# कमलेश जैन

**शिक्षा** : एम.ए. (अंग्रेज़ी), एल.एल.बी.।

पटना उच्च न्यायालय में 13 मई, 1975 से दीवानी, फ़ौजदारी एवं संवैधानिक मामले की वकालत की शुरुआत। चार जनहित याचिकाएँ दायर कर चुकी हैं। बोका ठाकुर एवं रूदल साहा के मुक़दमों में सफलता प्राप्त की पर डॉ. संध्या दास के मुक़दमे में बुरी तरह हार का सामना करना पड़ा। इस मुक़दमे में उन्होंने मुवक्किल के एक विचित्र बीमारी से ग्रसित होकर बिस्तर पर पड़े रहने के कारण उसके स्वेच्छा अवकाश प्राप्त कर पेंशन आदि की माँग की थी। इस पुस्तक को लिखने की मूल प्रेरणा यह मुक़दमा ही है।

**प्रकाशन** : यदा-कदा सामाजिक-क़ानूनी सम्बन्धी लेख पत्र-पत्रिकाओं में।

पहली पुस्तक अंग्रेज़ी में *ज्यूडिशियरी आन ट्रायल*। इसका हिन्दी अनुवाद *न्यायपालिका कसौटी पर*।

**सम्प्रति** : उच्चतम् न्यायालय, दिल्ली में वकालत।

# एचआईवी/एड्स

## शताब्दी का सबसे बड़ा धोखा

कमलेश जैन

राजकमल पेपरबैक्स

राजकमल पेपरबैक्स में
**पहला संस्करण** : 2003
**दूसरा संस्करण** : 2018



**राजकमल पेपरबैक्स** : उत्कृष्ट साहित्य के जनसुलभ संस्करण

राजकमल प्रकाशन प्रा. लि.
1-बी, नेताजी सुभाष मार्ग, दरियागंज
नई दिल्ली-110 002
द्वारा प्रकाशित

**शाखाएँ** : अशोक राजपथ, साइंस कॉलेज के सामने, पटना-800 006
पहली मंजिल, दरबारी बिल्डिंग, महात्मा गांधी मार्ग, इलाहाबाद-211 001
36 ए, शेक्सपियर सरणी, कोलकाता-700 017

वेबसाइट : www.rajkamalprakashan.com
ई-मेल : info@rajkamalprakashan.com

बी.के. ऑफसेट
नवीन शाहदरा, दिल्ली-110 032
द्वारा मुद्रित

**मूल्य** : ₹195

HIV/AIDS : SATABDI KA SABASE BADA DHOKHA
*by* Kamlesh Jain

ISBN : 978-81-267-0711-9

# मरज़ बढ़ता गया ज्यूँ-ज्यूँ दवा की

बीसवीं सदी के अन्तिम दशक को प्रसिद्ध इतिहासकार एरिक हाब्सबाम ने विश्वव्यापी संकट का दशक कहा है। इस दशक में मानव-समाज के सामने जो संकट आए उनमें से एक एड्स के दुनिया-भर में फैलने की भयावह आशंका और चिन्ता का संकट भी था। जैसे इस दशक के अन्य अनेक संकटों का जनक अमेरिका रहा है वैसे ही एड्स की खतरनाक खबर भी अमेरिका ही में पैदा हुई और फिर सारी दुनिया में फैलाई गई। अमेरिकी सत्ता, सूचनातन्त्र और बौद्धिक समुदाय के अथक प्रयत्न के कारण आज एड्स सारी दुनिया में चिन्ता और चर्चा का मुख्य विषय बन गया है। भारत में एड्स के बारे में लोगों को जानकारी बहुत कम है, लेकिन अफवाह की तरह उसका प्रसार और प्रभाव बहुत अधिक है। ऐसी स्थिति में कमलेश जैन ने सहज, सुबोध और जानदार भाषा में 'एचआईवी/एड्स : शताब्दी का सबसे बड़ा धोखा' नामक पुस्तक लिखकर एड्स के बारे में प्रचारित अनेक मिथकों का राज-रहस्य खोला है और उसके झूठ-सच से विशेषज्ञों को ही नहीं सामान्य जनों को भी परिचित कराया है। यह सतर्क सामाजिक संवेदनशीलता और गहरी मानवीय जिम्मेदारी से लिखी गई पुस्तक है।

30 मई, 2003 के 'हिन्दू' अखबार में यह खबर छपी है कि एड्स भारत के सामाजिक ताने-बाने के लिए एक खतरा होगा। यह अमेरिका के स्वास्थ्य और विज्ञान मन्त्रालय के एक अधिकारी जैक चोव का कथन है। जैक चोव ने भारत में एड्स के होने, फैलने और उसे रोकने के बारे में अमेरिकी सरकार की चिन्ता और नीति के बारे में एक बयान दिया है। जैक चोव ने यह भी कहा है कि भारत में करीब चालीस लाख लोग एड्स जैसी भयानक बीमारी से प्रभावित हैं। जैक चोव के बयान को पढ़कर कोई भी भारतीय अपने समाज के भविष्य के बारे में चिन्तित होगा, वह एड्स के भयानक भावी परिणामों से आतंकित होगा और साथ ही, भारतीय समाज के प्रति अमेरिकी सहानुभूति से प्रभावित भी होगा।

भारत में एड्स की सम्भावना सम्बन्धी अमेरिकी चिन्ता और दिलचस्पी अनेक रूपों में सामने आ रही है। माइक्रोसॉफ्ट के मुगल बिल गेट्स जब भारत आए थे तो उन्होंने एड्स से बचाव और चिकित्सा के लिए दो सौ मिलियन डॉलर के अनुदान की घोषणा की थी। उन्होंने एड्स से बचाव के प्रसंग में कंडोम-क्रांति की भी बात की थी। अमेरिका की ओर से आजकल यह भी कहा जा रहा है कि दो सौ साल के नारी-मुक्ति आन्दोलन से जो नहीं हुआ वह कंडोम-क्रांति से हो जाएगा। हैदराबाद में बिल गेट्स के स्वागत के लिए

जो द्वार बनाए गए थे उनमें आठ-आठ फुट ऊँचे कंडोम का इस्तेमाल किया गया था। इन सब बातों को देखते हुए यह चिन्ता स्वाभाविक है कि अमेरिका की भारत के एड्स सम्बन्धी कार्यक्रमों में इतनी गहरी दिलचस्पी क्यों है। सी.आई.ए. से जुड़ी हुई एक अमेरिकी संस्था, नेशनल इंटेलिजेन्स कमिटी का अनुमान है कि 2010 तक भारत में एड्स के रोगियों की संख्या दो करोड़ पचास लाख तक पहुँच सकती है। इस रपट को विवादास्पद और अविश्वसनीय माना जा रहा है। लेकिन इससे अमेरिकी इरादे का कुछ अन्दाज तो लगता ही है। अमेरिकी प्रशासन, सी.आई.ए., अमेरिकी बुद्धिजीवी और वहाँ की दवा बनानेवाली बहुराष्ट्रीय कम्पनियों की भारत में दिलचस्पी का एक बड़ा कारण यह है कि एड्स से बचाव की एकमात्र दवा एन्टी रिट्रो वायरल ड्रग का निर्माण अमेरिका की एक कम्पनी करती है। भारत को उसका बाजार बनाने के लिए ही अमेरिका तरह-तरह की कोशिशें कर रहा है। द्वितीय महायुद्ध के बाद का इतिहास गवाह है कि अमेरिकी सत्ता ने जिस देश और समाज की अधिक चिन्ता की है उसका भविष्य खतरे में पड़ा है। कमलेश जैन की पुस्तक भारत के बारे में एड्स सम्बन्धी अमेरिकी दिलचस्पी के कारणों को समझने में पाठकों की मदद करती है और उसके खतरों के प्रति सावधान भी करती है।

एड्स के प्रसंग में आँकड़ों का खेल भी अत्यन्त विचित्र है। प्रायः अखबारों और पत्रिकाओं में एड्स सम्बन्धी आतंकित करनेवाले आँकड़े छपते रहे हैं और बाद में वे झूठे पाए गए हैं। ऐसे आँकड़े केवल अमेरिका में ही नहीं छपते, भारत के विशेषज्ञों की मदद से भारतीय अखबारों में भी छपते हैं। कुछ वर्ष पहले भारत की राज्यसभा में एक रिपोर्ट पेश हुई थी जिसमें कहा गया था कि भारत में एड्स से प्रभावित लोगों की संख्या इक्यासी लाख तीस हजार है। इससे चारों ओर सनसनी फैल गई। पूछ-ताछ करने पर मालूम हुआ कि नैको नामक सरकारी संस्था ने यह आँकड़ा तैयार किया है। बाद में, नैको के निर्देशक ने कहा कि यह संख्या टाइप की गलती का परिणाम है। इस खंडन के बावजूद एड्स के बारे में लिखने और बोलनेवाले अनेक लोगों ने इस गलत आँकड़े का उपयोग किया था। इससे यह जाहिर है कि एड्स के बारे में गढ़े हुए झूठ और अफवाहों के आधार पर आतंक फैल रहा है। कमलेश जैन ने अपनी पुस्तक में इस तरह की स्थितियों को स्पष्ट किया है और एड्स की भयावहता के बारे में फैले और फैलाए जानेवाले भ्रमों का खंडन भी किया है।

एड्स के बारे में अमेरिकी दिलचस्पी, उसकी नीतियों, गतिविधियों और इरादों को समझाने के लिए ही कमलेश जैन ने यह किताब लिखी है और एड्स सम्बन्धी अमेरिकी अभियान को 'शताब्दी का सबसे बड़ा धोखा' कहा है। उन्होंने वैज्ञानिक तथ्यों की जाँच-परख के बाद यह लिखा है कि ''एड्स एक जानलेवा बीमारी है, यह कोई वस्तुगत सच्चाई नहीं बल्कि एक विचार है, जिसे उत्तर आधुनिकतावाद के बाद पश्चिम का सबसे बड़ा वैचारिक हमला माना जाना चाहिए। निस्सन्देह आज पूरा भारत इस विचार की चपेट में है, अतः हर नागरिक को आज यह समझ लेना चाहिए कि उसे एड्स नामक बीमारी

से नहीं, एड्स नामक विचार से टकराना है।" कमलेश जैन ने एड्स के इतिहास की छान-बीन करते हुए वैज्ञानिक तथ्यों के आधार पर यह साबित किया है कि एड्स एक कल्पना है, एक विचार है, एक दुष्प्रचार है, एक धोखा है, एक साजिश है और अमेरिकी पूँजीवादी लूट का एक बहाना भी है। वैसे तो एड्स का पूरा नाम *एक्वायर्ड इम्यूनो डिफीसिएंसी सिंड्रोम* है, लेकिन इसमें निहित अमेरिकी इरादों को ध्यान में रखिए तो इसे अमेरिकन इम्पीरियलिस्ट डेवलेपमेंट सिंड्रोम कहना अधिक उचित होगा।

एड्स के इतिहास की खोज करते हुए कमलेश जैन ने ठीक ही लिखा है कि पिछली सदी के साठ-सत्तर के दशकों में अमेरिकी समाज में युवा समुदाय नशीले पदार्थों के सेवन और अनेक प्रकार के मुक्त यौन-व्यवहारों का शिकार था, जिसके परिणामस्वरूप वहाँ अनेक प्रकार की बीमारियाँ फैल रही थीं। उससे अमेरिकी समाज और सरकार में गहरी चिन्ता पैदा हुई। लेकिन, अमेरिकी समाज यह कैसे स्वीकार करता कि वह एक बीमार समाज है और उस समाज में फैलनेवाली बीमारी की दवा की खोज किसी अन्य देश के वैज्ञानिक करें। इसीलिए अमेरिका ने डॉक्टर गैलो नाम के एक वैज्ञानिक के झूठे दावे के आधार पर एड्स नाम की बीमारी और उसकी दवा की खोज का दावा किया और फिर बड़े पैमाने पर सारी दुनिया में उसका प्रचार-प्रसार शुरू हुआ। अमेरिकी मानसिकता तीसरी दुनिया के अधिकांश देशों और समाजों को असभ्य, गन्दा और बीमार मानती है। एड्स सम्बन्धी अमेरिकी प्रचार-प्रसार के पीछे भी वही मानसिकता काम करती दिखाई देती है। यही कारण है कि अमेरिका ने कभी दक्षिण अफ्रीका को एड्स की राजधानी घोषित किया था। बाद में, वह घोषणा वैज्ञानिक जाँच के परिणामस्वरूप झूठी साबित हुई। अब अमेरिका की नजर भारत पर है और वह भारत को एड्स से ग्रस्त समाज साबित करके एक हाथ से आर्थिक अनुदान देकर स्वयं को उदार और मानवीय सिद्ध करने का प्रयत्न कर रहा है तो दूसरे हाथ से अमेरिकी दवाइयों की बिक्री के माध्यम से भारत के गरीबों को लूटने की कोशिश भी कर रहा है।

प्रसिद्ध फ्रांसीसी समाजशास्त्री पियरे बोर्दिए ने 'साम्राज्यवादी बुद्धि की चालाकी' नामक लेख में लिखा है कि पिछले दो-तीन सौ वर्षों से साम्राज्यवादी देश अपनी ऐतिहासिक स्थितियों से उत्पन्न समस्याओं को विश्व समस्या के रूप में पेश करते हैं और फिर उन समस्याओं के अपने समाधानों को सारी दुनिया पर लादने की कोशिश भी करते हैं। वैसे तो पिछले दो-तीन सौ वर्षों के इतिहास से इसके अनेक उदाहरण दिए जा सकते हैं, लेकिन आजकल अमेरिकी साम्राज्यवादी बुद्धि की चालाकी का एक प्रमाण एड्स के आतंक का प्रचार और उससे बचाव के अमेरिकी उपायों के अभियान में दिखाई देता है। इस साम्राज्यवादी बुद्धि को प्रभावशाली विचार में बदलने का काम वे बुद्धिजीवी करते हैं जो अमेरिकी सत्ता की सेवा में लगे रहते हैं। ऐसे बुद्धिजीवियों की जमात में वैज्ञानिक, अर्थशास्त्री, राजनीतिशास्त्री, दार्शनिक आदि शामिल हैं। एड्स के प्रसंग में साम्राज्यवादी बुद्धि की चालों और चालाकियों को समझने के लिए कमलेश जैन की पुस्तक को ध्यान से पढ़ना जरूरी है। इस पुस्तक में यह भी स्पष्ट किया गया है कि अमेरिका में जो

वैज्ञानिक एड्स सम्बन्धी विचारों और दावों का खंडन करते हैं उनके विचारों को दबाया जाता है। इससे अमेरिका के बहु-प्रचारित लोकतन्त्र का खोखलापन भी सामने आता है।

एड्स सम्बन्धी अमेरिकी मान्यताओं और चिन्ताओं को भारत तथा तीसरी दुनिया के देशों में फैलाने का काम इन देशों के जनसंचार के विभिन्न माध्यम भी करते रहे हैं, जिसके लिए उन्हें पर्याप्त धन मिलता है। उदाहरण के लिए, हिन्दी के अखबारों में छपनेवाली एड्स सम्बन्धी रपटों और लेखों को देखा जा सकता है। 21 फरवरी, 2003 के 'राष्ट्रीय सहारा' में आलोक तोमर का एक लेख छपा है–'मुहावरा नहीं महामारी है एड्स'। यह लेख मनगढ़ंत आँकड़ों से भरा हुआ है और ऐसे आँकड़ों के आधार पर भय और आतंक पैदा करने की कोशिश की गई है। इस लेख में अमेरिका द्वारा प्रचारित-प्रसारित आँकड़ों और विचारों के सहारे सामान्य रूप से सम्पूर्ण तीसरी दुनिया और विशेष रूप से भारत में एड्स के फैलने और उसके भयावह परिणामों की बात की गई है। आलोक तोमर ने लिखा है कि सहारा क्षेत्र के अफ्रीका को छोड़कर दुनिया में सबसे ज्यादा एड्स के मरीज भारत में ही हैं। ऐसा कौन-सा भारतीय होगा जो इस लेख को पढ़कर भारतीय समाज के बारे में चिन्तित और परेशान नहीं होगा।

सन्तोष की बात यह है कि भारत में ऐसे पत्रकार और बुद्धिजीवी भी हैं जो आलोक तोमर की राय से असहमत हैं और उसका खंडन भी करते हैं। 'राष्ट्रीय सहारा' में ही मदन जैड़ा का एक लेख छपा है जिसमें आलोक तोमर के लेख में मौजूद अधिकांश बातों का खंडन किया गया है। मदन जैड़ा ने ठीक ही लिखा है कि लेखक का दायित्व है कि वह लेखनी द्वारा आम जनता को बीमारियों से बचाने के उपाय बताए, लेकिन इसकी आड़ में भयभीत करना ठीक नहीं है। आलोक तोमर के लेख में दावा किया गया है कि अब तक एड्स से ढाई करोड़ लोग दुनिया में मारे जा चुके हैं और एड्स से भारत में सर्वाधिक मौतें हुई हैं। मदन जैड़ा कहते हैं कि ये दोनों बातें गलत हैं। मदन जैड़ा के अनुसार भारत के केन्द्रीय स्वास्थ्य मन्त्रालय ने दावा किया है कि पिछले चार सालों में एड्स से केवल 2,159 लोगों की मौतें दर्ज हुई हैं। मदन जैड़ा ने ठीक ही लिखा है कि एड्स अपने आप में कोई रोग नहीं है बल्कि वह कभी कुछ रोगों का कारण बनता है तो कभी रोगों से लड़ने की शारीरिक क्षमता का नाश करता है। एड्स का अब तक न कोई टीका उपलब्ध है न उसकी कोई प्रभावी दवा। कमलेश जैन ने भी अपनी पुस्तक में इस तथ्य का उल्लेख किया है कि एड्स के लिए अमेरिका से जो दवाइयाँ आती हैं वे जान बचाने की जगह जान लेने का काम ही अधिक करती हैं। यह एक जानी-पहचानी सच्चाई है कि दुनिया में आज भी ऐसी अनेक बीमारियाँ हैं जो सदियों से मानव समाज के लिए खतरा बनी हुई हैं। उनमें से अनेक आज भी लाइलाज हैं। कैंसर की आज तक कोई दवा नहीं खोजी जा सकी। भारत में आज भी टी.बी., मलेरिया, मधुमेह और प्लेग तक से लोग मरते हैं। इन बीमारियों की रोकथाम और दवा की चिन्ता करने के बदले अमेरिकी इशारे पर तीसरी दुनिया के देशों की सरकारें और भारत सरकार भी केवल एड्स की चिन्ता में डूबी दिखाई देती है। अनेक गैर सरकारी संस्थाएँ और स्वयंसेवी संगठन एड्स-दिवस के

नाम पर उत्सवों का आयोजन करते हैं और उसकी भयावहता का प्रचार-प्रसार भी। इस प्रक्रिया में उनको लूट की बहती गंगा में हाथ धोने का मौका मिलता है। 3 अगस्त, 2002 के 'जनसत्ता' में रामबहादुर राय का एक लेख छपा है–'अमेरिकी इशारे को समझो ! एड्स की रोकथाम तो बहाना है।' इस लेख में एड्स के प्रसंग में अमेरिकी दादागिरी के अनेक उदाहरण दिए गए हैं। दुनिया के विभिन्न देशों को लोकतन्त्र तथा मानवाधिकारों की शिक्षा देने की अमेरिकी आदत और अमेरिकी हितों की सेवा करनेवाली दूसरे देशों में क्रियाशील संस्थाओं के बचाव के लिए अन्य देशों के आन्तरिक मामलों में हस्तक्षेप करने की अमेरिकी पद्धति के कुछ प्रमाण भी इस लेख में हैं। इस लेख से यह भी जाहिर होता है कि यद्यपि भारत में एड्स का प्रभाव घट रहा है लेकिन अमेरिकी दवा कम्पनियाँ यह नहीं चाहतीं कि भारत में एड्स की कमी आए। इसीलिए ये कम्पनियाँ, उनसे जुड़े बुद्धिजीवी और उनके इशारों पर काम करनेवाले गैर सरकारी संगठन आँकड़ों की कलाबाजी के सहारे एड्स का आतंक बढ़ा रहे हैं। रामबहादुर राय ने ठीक ही लिखा है कि 'यह प्रयास असल में बड़ी चाल का हिस्सा है जिसका मकसद भारत के आत्म-विश्वास को तोड़ना है।' दुनिया के किसी भी आत्मविश्वासी समाज और व्यवस्था को अमेरिका अपना दुश्मन समझता है और उसके आत्मविश्वास को तोड़ने की कोशिश करता है।

एड्स के बारे में अमेरिकी प्रचार को मानें तो यह जाहिर होगा कि दुनिया में जो गरीब हैं और पिछड़ेपन तथा बदहाली के शिकार हैं वे ही एड्स के कारण भी हैं। भारत में एड्स की खोज करनेवालों ने सबसे पहले मणिपुर राज्य को बड़े पैमान पर एड्स-ग्रस्त माना था। एड्स की खोज करनेवालों की नजर सबसे अधिक आदिवासी समुदायों पर है। मध्यप्रदेश के मानवाधिकार आयोग ने अपनी एक रिपोर्ट में कहा था कि बंछारा और बोदिया आदिवासी समुदाय की सभी लड़कियाँ वेश्यावृत्ति में लगी रहती हैं, इसीलिए वे एड्स के लिए अति संवेदनशील हैं। मध्य प्रदेश मानवाधिकार आयोग की इस राय का व्यापक रूप से विरोध हुआ था। आयोग की रिपोर्ट में बंछारा जाति के बारे में यह भी कहा गया था कि उस समुदाय के पुरुष आमतौर पर अपराधी होते हैं। 1871 में भारत की ब्रिटिश सरकार ने इस देश की अनेक जनजातियों को जन्मजात अपराधी जनजातियाँ घोषित किया था। यद्यपि 1952 में उस घोषणा को निरस्त कर दिया गया था, लेकिन आज भी भारत में अंग्रेजी राज के उत्तराधिकारी शासक और प्रशासक अनेक जनजातियों को जन्मजात अपराधी मानते हैं। कमलेश जैन की पुस्तक की एक विशेषता यह है कि इसमें आमतौर पर तीसरी दुनिया की और विशेष रूप से भारत की बहुसंख्यक गरीब जनता के प्रति गहरी सहानुभूति है और उनके भविष्य की चिन्ता भी।

कमलेश जैन की पुस्तक यह साबित करती है कि विज्ञान के क्षेत्र में विचारधारा किस प्रकार काम करती है और यह भी कि विज्ञान को किस तरह जनविरोधी तथा जनता का पक्षधर बनाया जा सकता है। इस पुस्तक में एक अध्याय है 'जन वैज्ञानिकों ने छेड़ी मुहिम'। उसमें लिखा है 'अगर ग्लैक्सो वेलकम या दूसरी बहुराष्ट्रीय कम्पनियाँ अपने लम्बे-चौड़े खर्च अनुसंधानों पर नहीं करतीं और अमेरिका में राष्ट्रपति के चुनावों में भारी

धनराशि खर्च कर उसे प्रभावित करनेवाली ये कम्पनियाँ राजनीति का सहारा नहीं लेतीं और इस तरह अपने लिए अरबों-खरबों कमाने की रणनीति पर नहीं चलतीं तो यह दुनिया—खासकर तीसरी दुनिया की गरीब जनता एक भारी फ़रेब से बच जाती।' इस कथन से यह भी ज़ाहिर है कि एड्स के अर्थशास्त्र का अमेरिका की राजनीति से गहरा सम्बन्ध है।

कमलेश जैन ने यह भी स्पष्ट किया है कि एड्स के अमेरिकी अभियान में सहयोग करनेवाले वैज्ञानिक हैं तो दुनिया में उसका विरोध करनेवाले वैज्ञानिक भी हैं। उन्होंने एड्स पर शोध करनेवाले डॉक्टर जीराल्डो नामक एक वैज्ञानिक के जवाहरलाल नेहरू विश्वविद्यालय में फरवरी 1999 में दिए गए एक भाषण का उल्लेख करते हुए कहा है कि डॉक्टर जीराल्डो के अनुसार किसी भी वैज्ञानिक सिद्धान्त को प्रामाणिक बनानेवाली प्रविधियों का पालन एड्स की खोज करनेवाले तथाकथित वैज्ञानिकों ने नहीं किया है, इसलिए उसके बारे में जो दावे किए जा रहे हैं वे अवैज्ञानिक हैं। अनेक अन्य वैज्ञानिकों ने भी यह कहा है कि एड्स के प्रचारक जिस वायरस की खोज की बात कर रहे हैं वह अप्रामाणिक है और उसके लिए जो दवाइयाँ बनाई और बेची जा रही हैं वे जहरीली हैं। कमलेश जैन ने यह प्रश्न किया है कि जब दुनिया के अनेक वैज्ञानिक एड्स के झूठ के विरुद्ध आवाज़ उठा रहे हैं तब भारत में चालाक चुप्पी क्यों फैली हुई है ?

एड्स के प्रचार-प्रसार में सरकारी संस्थाओं के साथ-साथ असंख्य गैर सरकारी संगठन भी लगे हुए हैं। हाल के वर्षों में समाज के विभिन्न क्षेत्रों में सेवा के नाम पर कमाई करनेवाले बहुत सारे गैर सरकारी संगठन कुकुरमुत्तों की तरह उग आए हैं। इनमें से कुछ राष्ट्रीय हैं तो कुछ अन्तर्राष्ट्रीय भी। जो गैर सरकारी संगठन एड्स के काम में लगे हैं उनके बारे में यह कहना ज्यादा सही है कि 'एड्स से जितने लोग मरते नहीं उससे कहीं ज्यादा लोग एड्स के नाम पर जिन्दा हैं।' वैसे तो ये संगठन गैर सरकारी हैं लेकिन इनमें से अधिकांश को देशी एवं विदेशी सरकारों की सहायता तथा सुरक्षा प्राप्त है। ऐसे संगठन एड्स की रोकथाम के लिए जिन उपायों का प्रचार-प्रसार करते हैं उनमें से अधिकांश मनुष्य को असामाजिक तथा अमानवीय बनानेवाले हैं। कमलेश जैन ने 'संगिनी' नामक एक गैर सरकारी संगठन की गतिविधियों का ब्यौरा दिया है, जिसे पढ़कर यह जाना जा सकता है कि ऐसे संगठन सेक्स सम्बन्धी किन बातों और व्यवहारों का प्रचार-प्रसार करते हैं।

कमलेश जैन एक कुशल अधिवक्ता हैं। उन्होंने इस पुस्तक के एक अध्याय में एड्स से दुनिया भर की और विशेष रूप से भारत की न्यायपालिका के सम्बन्धों का बारीकी से विश्लेषण किया है। इसमें 10 जनवरी 2002 को एड्स पर आयोजित वकीलों तथा न्यायाधीशों की संगोष्ठी का विवरण दिया हुआ है, जिसे पढ़कर पाठक यह जान सकेंगे कि समाज के विवेक और हित की रक्षा का दावा करनेवाली न्यायपालिका में एड्स सम्बन्धी प्रचार-प्रसार का किस तरह प्रवेश हो रहा है। न्यायाधीशों तथा वकीलों से यह उम्मीद करना अनुचित होगा कि वे एड्स की वैज्ञानिकता, अवैज्ञानिकता के बारे में पूरी

जानकारी रखें। लेकिन, अगर उन्हें एड्स की पूरी जानकारी नहीं है तो फिर वे एड्स की किसी दवा की वकालत कैसे कर सकते हैं ? जब वकील और न्यायाधीश एड्स की किसी दवा की वकालत करते हैं तब लगता है कि उन्हें नैतिक चिन्ता उतनी नहीं है जितनी आर्थिक चिन्ता। हाल के वर्षों में एड्स सम्बन्धी प्रचार-प्रसार को अधिक सुगम बनाने के लिए ऐसे कानून बनाने की माँग हो रही है जो अप्राकृतिक मैथुन को अपराध न माने। इसके साथ ही वेश्यावृत्ति को उद्योग बनाने की कोशिश हो रही है। अमेरिका में वेश्याओं को सेक्स वर्कर कहा जाता है। यह भी कोशिश हो रही है कि भारत में एचआईवी जाँच करवाना प्रत्येक व्यक्ति के लिए अनिवार्य बना दिया जाए। यह कहने की जरूरत नहीं है कि भारत में स्वास्थ्य सम्बन्धी संस्थाओं, सेवाओं और कार्यकर्ताओं की जो मानसिक बनावट है उसे देखते हुए प्रत्येक व्यक्ति को एड्स की जाँच करवाने के लिए मजबूर करना उसे एक भयानक खतरे की ओर ढकेलना होगा और प्रत्येक व्यक्ति को एड्स का जन्मजात रोगी भी मानना होगा। इस पुस्तक के परिशिष्ट 'ख' में भारत के प्रधानमन्त्री अटल बिहारी वाजपेयी के नाम लिखा डॉक्टर मनु कोठारी का एक लम्बा पत्र है जो एक ओर एड्स सम्बन्धी भ्रमों का खंडन करता है तो दूसरी ओर उनके खतरों से सावधान भी करता है।

हिन्दी में स्वास्थ्य सम्बन्धी लेखन बहुत अधिक उपलब्ध नहीं है और स्वास्थ्य सम्बन्धी ऐसा साहित्य तो और भी कम है जिसमें गरीबों और मजबूरों की चिन्ता मिलती हो। कमलेश जैन ने विज्ञान, राजनीति और कानून सम्बन्धी अपने व्यापक ज्ञान और भारतीय समाज की बहुसंख्यक जनता के प्रति सच्ची हमदर्दी के साथ यह पुस्तक लिखी है। आज के समय में जबकि अधिकांश मध्यवर्गीय बुद्धिजीवी पूँजीवाद के वर्तमान दौर से जुड़कर तरह-तरह के लाभ उठाने में लगे हैं तब पूरी निर्भीकता और व्यापक सामाजिक सहृदयता के साथ एड्स के बारे में प्रचारित भ्रामक दावों, विचारों और मिथकों की पोल खोलना दुर्लभ बौद्धिक साहस का काम है। आजकल एड्स मधुमेह या मलेरिया की तरह केवल एक रोग नहीं है। वह किसी समाज या समुदाय के आर्थिक, सामाजिक और सांस्कृतिक पतन का प्रतीक तथा लक्षण भी माना जाता है। अमेरिका जब किसी समाज या समुदाय को एड्स का शिकार घोषित करता है तब वह उसे आर्थिक, सामाजिक और सांस्कृतिक दृष्टि से पतित भी समझता है। एड्स का पूँजीवाद से गहरा सम्बन्ध है। अगर यह सच है कि एड्स के शिकार वे लोग होते हैं जो गरीबी, बदहाली और कुपोषण के शिकार हैं तो मानना होगा कि एड्स का एक कारण पूँजीवादी व्यवस्था भी है, जो अमीरी के समानान्तर गरीबी और विलासिता के समानान्तर भूख पैदा करती है। असमानता पूँजीवाद की बुनियादी विशेषता है। पहले भी सामाजिक, आर्थिक स्थितियों से रोगों का सम्बन्ध माना जाता था, इसीलिए टी.बी. को राज रोग कहा जाता था। अगर टी.बी. सामन्ती दौर की बीमारी है तो एड्स पूँजीवाद के वर्तमान दौर की। एक पुरानी कहावत है कि 'लालच बुरी बलाय।' कमलेश जैन ने ठीक ही लिखा है कि 'लालच से बड़ी महामारी आज दूसरी नहीं। पूरी दुनिया को पूँजीवाद ने यही दिया है।' आश्चर्य की बात

तो यह है कि आज कोई भी इस महामारी के विरुद्ध कुछ नहीं कहता। आज की यह सच्चाई है कि पूँजीवाद ने बीमार समाज बनाया है और उसके साथ ही असीमित लाभ कमानेवाली दवाओं और स्वास्थ्य सेवाओं का भी विकास किया है, जिसका उपयोग और उपभोग केवल सम्पन्न वर्ग के व्यक्ति कर सकते हैं। पूँजीवाद से रोगों के सम्बन्ध को जानना हो तो पिछले दस-पन्द्रह वर्षों में रूस में आक्रामक पूँजीवाद के आने और समाजवादी काल की सार्वभौम स्वास्थ्य सेवा की व्यवस्था के समाप्त होने के बाद वहाँ विभिन्न प्रकार की बीमारियों के बढ़ते घातक प्रभाव को देखा जा सकता है। कमलेश जैन की यह किताब साबित करती है कि पूँजीवाद के लिए नैतिकता इत्र की तरह है जिसकी मदद से वह अपनी भीतरी गन्दगी और बदबू को छिपाने की कोशिश करता है। भयादोहन (ब्लैकमेलिंग) पूँजीवादी सत्ता की जानी-पहचानी विशेषता है। अमेरिका का एड्स सम्बन्धी अभियान उसी भयादोहन का एक रूप है।

यह समझना मुश्किल नहीं है कि एड्स के बारे में विभिन्न देशों की सरकारों, गैर सरकारी संगठनों और सूचना साम्राज्य के तन्त्रजालों द्वारा जो झूठा-सच रोज़-रोज़ बार-बार लगातार प्रचारित किया जा रहा है उसके विरुद्ध कुछ सुनना, समझना और स्वीकार करना आसान नहीं है। लेकिन, जो एड्स सम्बन्धी जानलेवा झूठ से बचना चाहते हैं और अपने जीवन तथा अपने समाज के जीवन में आस्था रखते हैं वे इस पुस्तक को जरूर पढ़ेंगे और इसके संजीवन सच को स्वीकार करेंगे।

एड्स के बारे में अमेरिकी सरकार, वहाँ की दवा कम्पनियाँ और उनके द्वारा पोषित तथा पालित गैर सरकारी संगठनों के आग्रहों, अनुग्रहों और आश्वासनों के घातक प्रभावों का जो विश्लेषण इस पुस्तक में है उसे पढ़ते हुए मुझे यह शेर बार-बार याद आता है—

*मरीज़े इश्क़ पर रहमत ख़ुदा की,*
*मरज़ बढ़ता गया ज्यूँ-ज्यूँ दवा की।*

इस शेर में अगर आप इश्क़ की जगह एड्स और ख़ुदा की जगह अमेरिका को रखकर इसे पढ़ें तो एड्स के बारे में अमेरिका की भूमिका पूरी तरह समझ में आ जाएगी। वैसे ख़ुदा की जगह अमेरिका को रखने पर शेर की बनावट में गड़बड़ी पैदा जरूर होगी; क्योंकि अमेरिका का वज़न ख़ुदा से अधिक होगा। लेकिन आज की दुनिया में भी तो अमेरिका का वज़न ख़ुदा से अधिक हो गया है, इसीलिए दुनिया की बनावट में अनेक प्रकार की गड़बड़ियाँ पैदा हो रही हैं।

**मैनेजर पाण्डेय**

# दो शब्द

एक वकील अपनी जिन्दगी में सैकड़ों मुकदमे करता है पर अदालत के बाहर कहने को शायद ज्यादा कुछ नहीं होता। सब कुछ एक रूटीन में चलता रहता है। पर कभी-कभी कोई मुकदमा उसके वजूद को झकझोर जाता है इसके बावजूद या इसी वजह से कि बात अदालत के अन्दर निबट नहीं पाती और न ही उसकी विषयवस्तु सिर्फ अदालत की परिधि के अन्तर्गत सिमट पाती है। तब जरूरी हो जाता है उस विषय को सबके बीच रखना।

एचआईवी/एड्स से सम्बन्धित, सर्वोच्च न्यायालय में जनहित याचिका के बतौर फाइल किया गया मुकदमा कुछ ऐसा ही था जिसे जनता तक ले जाना नैतिक जिम्मेदारी तो है ही, एक मजबूरी भी है।

पुस्तक की विषयवस्तु (आँकड़े एवं विवरण) जनहित याचिका में दायर किए गए दस्तावेजों से ली गई है। सर्वोच्च न्यायालय ने 18 जनवरी 2002 को दिए आदेश में कहा कि भारत सरकार भविष्य में इस बाबत कोई निर्णय लेने के पहले इस याचिका में उठाए गए सवालों को देखेगी और तब कुछ निर्णय लेगी।

पर आज जो निर्णय लिये जा रहे हैं वे सर्वोच्च न्यायालय को ताक पर रखकर बेधड़क लिये जा रहे हैं—न तो याचिका में उठाए गए बिन्दुओं पर विचार किया जा रहा है और न आम लोगों को विश्वास में लेने की कोशिश की जा रही है। जब उच्चतम न्यायालय ने फैसला लेने का दायित्व देश के कर्णधारों पर छोड़ दिया तो प्रकारांतर से यह कहा जा सकता है कि उच्चतम न्यायालय ने यह दायित्व देश की जनता को सौंप दिया।

लेकिन हम देख क्या रहे हैं ! विदेशी पूँजीपति बिल गेट्स आते हैं और दो सौ करोड़ डॉलर, एड्स की रोकथाम एवं एड्स को लेकर जागरूकता हेतु प्रचारार्थ दे जाते हैं और सरकार समेत सैकड़ों गैर-सरकारी संगठन एकाएक सक्रिय हो जाते हैं। यह सब पैसों की लूट-खसोट से जुड़ा मामला है लेकिन गुमराह आम जनता होती है। इतना ही नहीं, कई बार तो वह गहरे संकट में फँस जाती है। वह एचआईवी पॉजिटिव को एड्स समझ लेती है और उसके जीवन में भूचाल आ जाता है। गहरी निराशा

न सिर्फ उसका बल्कि उसके पूरे परिवार का बेड़ा गर्क कर देती है। पर वैज्ञानिक एवं चिकित्सीय दृष्टि से यह कहाँ तक सच है इसकी पड़ताल ही इस पुस्तक की कोशिश है।

एड्स के चकाचौंध कर देनेवाले विज्ञापन के पीछे का अँधेरा जितना गहरा है उससे भी गहरा वह षड्यंत्र है जिसके तहत जानकार लोग चुप हैं। ऐसे में हजारों किताबों की जरूरत है। यह किताब उन्हीं में से एक है। अगर यह किताब किसी एक के जीवन में भी रोशनी पैदा कर सके तो इसे एक बड़ी घटना के रूप में देखा जाना चाहिए।

**–कमलेश जैन**

# क्रम

# एड्स-उत्सव और गरीब

हर वर्ष की तरह पिछले वर्ष भी एक दिसम्बर को विश्व एड्स दिवस मनाया गया। जिस तरह से यह खबर प्रकाशित एवं प्रचारित की गई, लगता था यह कोई उत्सव है और वह भी ऐसा उत्सव जिसमें सारी दुनिया एक हो गई हो। मानो इस तरह वे 'वसुधैव कुटुम्बकम्' का सदियों पुराना सपना पूरा कर रहे हों। एम.टी.वी. पर एक विदेशी स्टार गायक गर्व से कह रहा था—एड्स के लिए सब समान हैं—छोटे-बड़े, अमीर-गरीब, काले-गोरे, बच्चे-बूढ़े। यह किसी के पास भी आ सकता है।

राजधानी दिल्ली में कई कार्यक्रम किए गए जिसमें सिने कलाकार से लेकर नेता तक शरीक हुए। बड़े जोशोखरोश से एड्स पर लोगों ने भाषण दिए और सुरक्षित सेक्स अपनाने को प्रोत्साहित किया। कहीं किसी अभिनेत्री ने एड्स जागरूकता अभियान का शुभारम्भ किया। उसने रटे-रटाए ढंग से कहा कि भारत में 38 लाख लोग इस रोग से पीड़ित हैं अतः इससे बचाव के लिए जरूरी है कि हम रोकथाम से काम लें। रोकथाम से उनका तात्पर्य 'कंडोम' इस्तेमाल करने से था, न कि अनेकानेक सेक्स सम्बन्धों को समाप्त करने से। उन्होंने विद्यालय स्तर पर सेक्स की शिक्षा को शुरू करने का अनुरोध किया। इसी कार्यक्रम में दिल्ली नगरपालिका परिषद् के अध्यक्ष ने कहा कि परिषद् एचआईवी रोगियों को निःशुल्क दवाएँ उपलब्ध करवा रही है। इतना ही नहीं, उन्होंने ऐसे और भी कई केन्द्र खोलने की एवं इसके लिए अन्तर्राष्ट्रीय एजेंसियों से परामर्श तक लेने की बात की।

इस अवसर पर विभिन्न जगहों पर पोस्टर प्रदर्शनियों एवं नुक्कड़ नाटकों की प्रस्तुति की गई। भारतीय महिला विद्यालय द्वारा प्रस्तुत नाटक में दिखाया गया कि कैसे शहरी चकाचौंध के चक्कर में पड़कर गाँव का सीधा-सादा युवक मुम्बई पहुँच जाता है जहाँ शुरू में तो उसे सब कुछ अच्छा लगता है लेकिन कुछ ही दिनों में वह बुरी संगत में पड़कर नशे का आदी हो जाता है और फिर एड्स उसे आ दबोचता है। वह वापस गाँव आता है और सोचता है कि काश, वह शहर नहीं गया होता। समझना मुश्किल नहीं कि यह प्लॉट आया कैसे ? दरअसल यह परिकल्पना भी संयुक्त राष्ट्र संघ की ही है। उसका साफ मानना है कि भारत में एक बड़ी आबादी गाँव से शहर की ओर आती रहती है और एचआईवी फैलाने का एक बड़ा कारक बनती है। उसी के अनुसार करीब दो करोड़ मज़दूर, काम की तलाश में परिवार से अलग, शहर में शरण लिए होते हैं और वे उस

महानगर का 30-40 प्रतिशत हिस्सा बन जाते हैं। इनमें से अधिकांश 'रेड लाइट' इलाके के ग्राहक होते हैं। एड्स एवं बचाव पर आयातित विचारों से लैश इसी तरह के अनेकानेक रंगारंग-कार्यक्रम कई जगह होते देखे गए।

अन्तर्राष्ट्रीय स्तर पर मनाए जानेवाले एड्स दिवस में भारत की भागीदारी नौवें दशक में शुरू हुई। यह शुरुआत यूँ तो धीमी थी लेकिन पिछले 2-3 वर्षों से यह एक मुहिम का रूप अख्तियार कर चुकी है जिसमें सरकारी संगठनों के अलावा गैर-सरकारी संगठनों को बढ़-चढ़कर हिस्सा लेते देखा जा सकता है और यह आज अपने चरम पर है। ऐसा लगता है मानो ये तमाम संगठन किसी बड़ी महामारी से जूझ रहे हों।

आखिर ऐसा क्या हुआ, इन दिनों !

कई कारणों की पड़ताल की जा सकती है। उनमें से एक संयुक्त राष्ट्र संघ (यू.एन.ओ.) की इस स्थापना को भी समझा जा सकता है जिसमें संयुक्त राष्ट्र कहता है कि भारत में 320 मिलियन लोग गरीबी रेखा के नीचे जीते हैं और यह तबका वेश्यावृत्ति को अपनी जवान एवं अनपढ़ बेटियों के लिए एक लाभदायक धन्धे के रूप में देखता है। आगे वह इसी आधार पर कहता है कि भारत के हर महानगर में करीब 9 लाख लोग इस उत्तरोत्तर बढ़ते जा रहे यौन उद्योग में संलग्न हैं। यह स्थापना उसी संयुक्त राष्ट्र संघ की है जो कभी गरीबी से लड़ने की योजनाएँ बनाया करता था और धन एवं अन्न मुहैया करता था, और इस तरह से गरीबों के प्रति अपनी पूरी हमदर्दी एवं चिन्ता दर्शाता था लेकिन आज हम देखते हैं कि कैसे उसने एक झटके में अपना पूरा स्वरूप बदल दिया है। उसने न सिर्फ़ गरीबी से लड़ना बन्द कर दिया बल्कि साफ़-साफ़ गरीबों के खिलाफ खड़ा हो गया। उसने गरीबी को एड्स का जनक बताया और गरीबों को इसका संवाहक। उसने गरीबों को यौन उद्योग चलानेवालों की संज्ञा दी। कुछ ही वर्षों में यह क्या से क्या हो गया। जब गरीबी दूर न हो सकी तो गरीबों को ही समाप्त करने का जैसे उसने मोर्चा खोल दिया। लेकिन उससे भी पहले उस पूरे वर्ग समुदाय को अनैतिक करार कर उन्हें दुनिया की नजरों से गिरा दिया। क्या ऐसा नहीं लगता कि जब वह गरीबी दूर करने के लिए धन एवं अन्न बाँट रहा था तब भी वह यही काम कर रहा था ? क्या ऐसा नहीं लगता कि इस तरह वह पूरे भारत के मनोभावों एवं नैतिक मूल्यों के साथ खिलवाड़ कर रहा है जैसा कि उन्होंने दक्षिण अफ्रीका के साथ किया ? क्या यह अजीब नहीं लगता कि जब दक्षिण अफ्रीका के राष्ट्रपति मबैकी यह पूछे जाने पर कि क्या एचआईवी से एड्स होता है, कहते हैं कि 'मैं नहीं जानता' तो पश्चिमी मीडिया बड़े ही घृणित ढंग से इसकी व्याख्या करते हुए कहता है कि उन्होंने ऐसा इसलिए कहा ताकि दुनिया यह न समझे कि अफ्रीकी नैतिक दृष्टि से गिरे हुए एवं बीमार लोग हैं, जो रोगाणु के संवाहक और गिरे-पड़े लोग हैं, जो अपनी यौन उत्तेजना पर काबू पाने में असफल हैं और जो स्वजनित बीमारी से मर जाते हैं जबकि यह बात छिपी नहीं है। क्या ऐसा नहीं लगता कि भारत में भी अगर कोई 'मबैकी' की तरह विरोध जताएगा तो उस पर भी पश्चिमी मीडिया या भारत में पल रही उसकी अवैध सन्तानें

हमला नहीं करेंगी। आखिर इस हमले की ताकत क्या है ? कैसे यह मन में भय पैदा करता है जबकि यह जान से नहीं मारता। तो क्या यह अलग-थलग कर दिए जाने का भय है ? क्या यह वह मनोविज्ञान नहीं है जो 11 सितम्बर, 2001 की विश्व व्यापार केन्द्र पर आतंकवादी हमलों के बाद अमेरिकी राष्ट्रपति जार्ज डब्ल्यू बुश के इस कथन के बाद व्यापा है कि जो हमारे साथ नहीं है, उसे आतंकवादियों के साथ माना जाएगा। नहीं तो और क्या वजह है कि अमेरिकी डॉक्टर के बे-शोधपरक दावे के बाद, कि उसने एचआईवी वायरस खोज लिया है जो कि 'एड्स' का कारक है, पूरी दुनिया एकमत होती दिखाई देती है। हालाँकि यह दावा उन्होंने 1984 में किया था लेकिन उसे फलने-फूलने की मनोवैज्ञानिक पृष्ठभूमि आज मिली है। 'एड्स एक जानलेवा बीमारी है' कोई वस्तुगत सच्चाई नहीं बल्कि एक विचार है जिसे उत्तर आधुनिकता के बाद पश्चिम का सबसे बड़ा वैचारिक हमला माना जाना चाहिए। निःसन्देह, आज पूरा भारत इस विचार की चपेट में है अतः हर नागरिक को आज यह समझ लेना चाहिए कि उसे 'एड्स' नामक बीमारी से नहीं—'एड्स' नामक विचार से टकराना है। यह कोई 'इतिहास के अन्त' की घोषणा नहीं कि आप अनैतिहासिक होकर उससे बच जाएँ और न यह 'विचार के अन्त' की घोषणा है जिससे आप अपने और अपने परिवार के पेट पालने के नाम पर आँख चुरा सकें, यह 'समाज के अन्त' की घोषणा है जिससे किसी भी सूरत में आप नहीं बच सकते।

निःसन्देह यह अन्त हमारे समाज का होगा—जहाँ 'लोग' रहते हैं, 'हम लोग' रहते हैं। जैसा कि हम देख रहे हैं घोषणा हो चुकी है। अब यह मत पूछिएगा कि कैसी घोषणा। क्या आप सुन नहीं रहे ! उनके डॉक्टर, उनके वैज्ञानिक, उनके मानवाधिकार विशेषज्ञ, उनके समाजशास्त्री, उनका संयुक्त राष्ट्र संघ लगातार कह रहा है—यह पूरा समाज एड्स से पीड़ित है। यह सब वे बहुत पहले से कह रहे हैं। अब तो वे इस कल्पित महामारी से अपने सम्भ्रान्त समाज को बचाने के उपायों में लग चुके हैं। उन्होंने अपनी शरणस्थली के रूप नें महानगरों को चुना है और तय किया है कि वे गरीबों से इस जगह को महफूज रखेंगे। वे बीमार हैं अतः उन्हें बाहर जाना चाहिए वरना स्वस्थ समाज के लिए वे खतरा बन जाएँगे—ऐसा उनके मानवाधिकार विशेषज्ञ भी मानते हैं।

यह उनकी बहुत पुरानी चाहत रही है। कभी उन्होंने यह काम रंग भेद, नस्ल भेद के नाम पर चलाया। उन्होंने यह प्रयोग सफलतापूर्वक अफ्रीका की धरती पर किया। ऊँची इमारतों से शहर को सजाया। चौड़ी सड़कें बनाईं लेकिन फुटपाथ नहीं बनाया, जेबरा लाइन भी नहीं। पैदलगामी के लिए कोई सिग्नल की भी व्यवस्था नहीं रखी। उनके लिए यह शहर नहीं था। ठेला, रिक्शा, साइकिल की तो इन सड़कों पर कल्पना ही नहीं की जा सकती थी। ऐसे तमाम लोग शहर से बीस-पच्चीस किलोमीटर दूर बस्ती में रहने के लिए बाध्य थे। कमाने के लिए उन्हें इन्हीं शहरों की ओर आना पड़ता था। सड़क पार करना, जान हथेली पर रखने के समान था।

लेकिन यह सब भारी विरोध का कारण बना। उन्हीं के बीच के लोगों ने इसे

अमानवीय करार दिया। इस व्यवस्था को जारी रखना मुश्किल नजर आने लगा। तर्क चाहिए, वाजिब तर्क। चाहे जितना भी बड़ा अपराधी कोई क्यों न हो वह अपने काम को न्यायोचित बताना चाहता है। उन्हें भी तर्क चाहिए था। तभी उन्हें प्रदूषण का मुद्दा मिला। यह साबित करने की कोशिश की जाने लगी कि सारा प्रदूषण निचले तबके की वजह से है। अतः उन्हें शहर से दूर करो। कुछ न्यायालयों ने तो इस पर अपना फैसला भी सुना दिया और निचले तबके को प्रदूषण के लिए दोषी मान लिया। हालाँकि इन फैसलों को शक की निगाह से देखा जा रहा है और बहस चल रही है कि तभी जैसे अचूक हमला करते हुए उन्होंने एड्स का मुद्दा उठा दिया।

अब आप क्या करेंगे ? आप तो अपनी नजर में ही गिरने लगे। अंग्रेजी में एक कहावत है–(गिव द डौग ए बैडनेम एंड किल हिम) उसे एक बुरा नाम दे दो वह खुद मर जाएगा।

क्या वे इसी कहावत को चरितार्थ नहीं कर रहे ?

# एचआईवी–एड्स सम्बन्ध : एक परिकल्पना

बात 23 अप्रैल, 1984 की है। अमेरिकी वैज्ञानिक डॉ. गैलो ने यू.एस. डिपार्टमेंट ऑफ हेल्थ एवं ह्यूमन सर्विसेज (एच.एच.एस) के सौजन्य से एक अन्तर्राष्ट्रीय प्रेस कान्फ्रेंस बुलाया। इस कान्फ्रेंस में उन्होंने ऐलान किया कि उन्होंने एक रेट्रोवायरस की खोज की है जो शायद एड्स का कारण है। आश्चर्य की बात है कि उन्होंने यह दावा बिना किसी प्रमाण या शोध पत्र के किया फिर भी एच.एच.एस. ने गर्व से कहा–'यह अमेरिकन दवाओं के इतिहास में एक नया जादू है। एक खतरनाक बीमारी पर विज्ञान की जीत है।' फिर उसी दिन गैलो ने अपनी खोज के लिए पेटेंट फाइल किया। समर्थन में अखबार भी खड़े हो गए और दूसरे ही दिन अपने सम्पादकीय में लिखा–यह पेटेंट मिलना शर्तिया है। परिणामस्वरूप एड्स की खोज के ऊपर होनेवाले तमाम खर्चों पर सरकार द्वारा रोक लगा दी गई। यह सब इतने आनन-फानन में किया गया कि सरकार, मीडिया या दूसरी किसी संस्था ने इस पर विचार करने की जरूरत भी नहीं समझी कि बिना किसी शोध पत्र के दावा करना वैज्ञानिक प्रक्रिया के मौलिक सिद्धान्त का उल्लंघन है। पूरी प्रक्रिया यह है कि वैज्ञानिक खोज करनेवाला पहले अपना शोधलेख विज्ञान की किसी पत्रिका में प्रकाशित करे जिसमें वह साफ-साफ कहे कि यह शोध परीक्षण पर आधारित है और यह भी बताए कि इसके क्या नतीजे निकले। और उसके बाद जब दूसरे वैज्ञानिक भी वही परीक्षण कर उसी नतीजे पर पहुँचते हैं तब कहीं जाकर उस अनुसन्धान पर मुहर लगती है। लेकिन गैलो ने इस सारी प्रक्रिया से गुजरने की जहमत नहीं उठाई। और वह उठाता भी क्यों ? वह अमेरिकी सरकार के कठपुतली-वैज्ञानिक की तरह काम कर रहा था। उसे तो वही कहना था जो अमेरिकी सरकार चाहती थी। दरअसल यह सरकार की चिन्ता थी जिसके वैज्ञानिक निष्कर्ष गैलो के माध्यम से लाए गए।

हम 1984 के थोड़ा और पहले 60 के दशक में जाएँ तो पाते हैं कि अमेरिकी युवा समुदाय नशीली दवाओं एवं मुक्त सेक्स के साथ समलिंगी सेक्स का शिकार हो चुका था। युवक-युवती भरी जवानी में किसी अजनबी रोग से पीड़ित हो रहे थे, यहाँ तक कि मर रहे थे। अमेरिकी सरकार अन्दर से हिल गई। पूरी दुनिया के सामने उनका सामाजिक एवं नैतिक चेहरा बिगड़ रहा था। उसे जल्दी थी। अपनी धाक बरकरार रखने के लिए उसके लिए जरूरी था कि वह वैज्ञानिक निदान के साथ दुनिया के सामने हाजिर हो। वह कैसे इस बात को बर्दाश्त कर पाता कि उनके बीमार समाज का इलाज लेकर दूसरे

देश के वैज्ञानिक पहले सामने आएँ। तभी उनके लोगों ने डॉ. गैलो को ढूँढ़ निकाला जो इसके पहले भी कैंसर के वायरस की खोज करने का झूठा दावा कर चुका था। उसे भी सरकार की मदद करने में कोई कठिनाई नहीं हुई।

बहरहाल गैलो ने काफी दिनों बाद एचआईवी/एड्स के परस्पर सम्बन्ध का डाटा प्रकाशित किया, और विडम्बना देखिए यह डाटा उसके अनुमान को सिद्ध नहीं बल्कि गलत साबित करता था क्योंकि एड्स से पीड़ित कहे जानेवाले आधे से ज्यादा मरीजों में यह वायरस था ही नहीं। उनके अनुसार शरीर में 'एंटीबॉडी' का पाया जाना एचआईवी का होना साबित करता था जबकि यह मानी हुई बात है कि विज्ञान 'एंटीबॉडी' को कई बार स्वस्थ शरीर में भी पाता है। गैलो का कहना है कि 'रेट्रोवायरस' एड्स का कारण है और एचआईवी प्रतिरोधक सेल्स को मार देता है। पर 70 वर्ष की चिकित्सीय शोध बताती है कि रेट्रोवायरस सेल्स को मारने में असफल है, और गैलो यह प्रमाणित नहीं कर सका कि एचआईवी अहानिकर रेट्रोवायरस से किसी भी तरह से अलग है।

इधर जबकि गैलो इन वैज्ञानिक उलझनों को नहीं सुलझा पा रहा था तभी फ्रांस के पाश्तर इंस्टीट्यूट के डॉक्टर ल्यूक मांटेग्नियर ने गैलो पर एचआईवी सैम्पल चुराने का आरोप लगा दिया। जाँच-पड़ताल (कांग्रेसनल) शुरू हुई। मांटेग्नियर सही साबित हुआ। रिपोर्ट में साफ कहा गया है कि गैलो ने जिस एचआईवी सैम्पल की खोज का दावा किया है वह वास्तव में मांटेग्नियर ने ही उसे भेजा था। जाँच-पड़ताल के दरमियान यह भी पाया गया कि गैलो ने जो 'डाटा' प्रस्तुत किया था वह भी गलत एवं बेबुनियाद था।

यह अमेरिकी सरकार के लिए एक धक्के के समान था। उसने फ्रांस की सरकार से बात की। मांटेग्नियर को अपना मुकदमा वापस लेना पड़ा। अब पेटेंट के लिए दोनों ने अपने संयुक्त नाम भेजे। इस तरह अनुसन्धान पर उन्होंने अपना कब्जा कर लिया। इसके बावजूद मांटेग्नियर गैलो से अलग राय रखता है। उनका कहना है कि एचआईवी अकेला एड्स के लिए जिम्मेदार नहीं है।

अब समय आ गया है कि हम जानें कि यह एचआईवी एड्स है क्या ? एचआईवी का पूरा नाम है—ह्यूमन इम्यूनो डेफिसिएंसी वायरस। इसका अर्थ है—मनुष्यों में प्रतिरोधक क्षमता कम करनेवाला वायरस। इसे ही एड्स के कारक के रूप में चिह्नित किया गया है। एड्स का पूरा नाम है एक्वायर्ड इम्यूनो डिफिसियेंसी सिंड्रोम। इसका अर्थ है—शरीर की एक अवस्था जिसमें प्रतिरोधक क्षमता में कमी आ जाती है। जैसा कि नाम से ही जाहिर है, यह समझने में कोई मुश्किल नहीं है कि एड्स कोई बीमारी नहीं है बल्कि कई पुरानी एवं जानी-पहचानी बीमारियों में इसे तब चिह्नित किया जाता है जब साथ में एचआईवी पॉजिटिव वायरस को शरीर में पाया जाता है। शुरुआती दिनों में इसमें 29 बीमारियों के नाम थे। फिलहाल यह सूची लम्बी होती हुई अपने में और भी कई बीमारियों को समाहित कर चुकी है। ये बीमारियाँ बहुत आम हैं। मसलन—हेपटाइटिस, टी.बी., फ्लू, हरपिस, खाँसी-जुकाम, मलेरिया, कई तरह के न्यूमोनिया, कैंसर, चर्म रोग,

डायरिया, वजन में कमी, बुखार आदि। और संयोग देखिए कि इनमें से कुछ बीमारियाँ मसलन फ्लू, टिटनस ऐसी हैं जिनकी दवाएँ खाने पर भी बहुत मुमकिन है कि खून में एचआईवी पॉजिटिव मिल जाए। ग्लूबोलिन नाम की दवा लेने से भी यह परिणाम आ सकता है। यही नहीं डायलिसिस एवं ताप चिकित्सा करा रहे रोगी का रक्त भी एचआईवी पॉजिटिव हो सकता है।

तो यह है सच्चाई। लेकिन एड्स के सिद्धान्तकारों का कहना है कि यदि आप एचआईवी पॉजिटिव हैं और आपको मलेरिया है तो आप एड्स से पीड़ित हैं पर यदि आप एचआईवी निगेटिव हैं और आपको मलेरिया है तो आप सिर्फ़ मलेरिया से ग्रस्त हैं। पर दोनों ही हालत में रोगविषयक लक्षण मलेरिया के ही पाए जाएँगे। हाँ, इलाज एवं जीवन में जमीन-आसमान का अन्तर आ जाएगा। यही नहीं अगर आपको कोई बीमारी नहीं है, आप बिल्कुल स्वस्थ हैं पर एचआईवी पॉजिटिव हैं तो वे आपको एड्स का सम्भावित रोगी मानेंगे और आपको वे दवा देना शुरू कर देंगे और आपकी मौत होने तक वे आपको दवा देते रहेंगे। और यह निश्चित मानिए कि यह मृत्यु स्वाभाविक नहीं होगी, दवाओं की वजह से होगी क्योंकि ऐसे अनेकानेक उदाहरण देखे गए हैं जिनमें लोग एचआईवी पॉजिटिव के साथ पिछले 30 वर्षों से बिना दवा के जिन्दा हैं और स्वस्थ हैं। इस स्थिति को स्वीकार करते हुए उन्होंने अपनी प्राथमिक मान्यताओं को तो बदला और वे कहने को बाध्य हुए कि एचआईवी पॉजिटिव के साथ भी आदमी 30 वर्षों तक जिन्दा रह सकता है। लेकिन फिर भी वे दवाएँ देने से बाज नहीं आते जो अन्ततः आपकी अस्वाभाविक मृत्यु का कारण बनता है। समझा जा सकता है कि इन सबके पीछे एक बड़ा व्यापार भी है जिसकी चरम स्थिति हमें दूसरे प्रकार के सिद्धान्तकारों की मान्यताओं में दिखाई देती है। उनके अनुसार किसी को एड्स है या नहीं इसके लिए वे एचआईवी टेस्ट कराने की भी जरूरत नहीं समझते। दरअसल उनकी सारी रुचि संख्या बताने में है। संख्या जो मन में आतंक पैदा कर दे, जो हमारी सोच, हमारे जीवन और व्यवहार को अस्त-व्यस्त करने की अकूत क्षमता रखती है।

# एचआईवी की जाँच–एक वैज्ञानिक हथकंडा

हो सकता है कि 'एड्स एक जानलेवा बीमारी है' की धारणा आपके अन्दर गहरे बैठी हो और आपके लिए यह समझना बहुत मुश्किल हो रहा हो कि एड्स कोई बीमारी ही नहीं है, जैसा कि पहले के अध्याय में कहा गया है। तो चलिए देखा जाए कि दुनिया-भर में इसकी शिनाख्त कैसे की जा रही है। आपको आश्चर्य होगा यह देखकर कि हर देश में इसके लिए अलग विधि है। यानी कि विज्ञान का निकृष्टतम ढंग से निषेध करते हुए वे अपनी सुविधानुसार तथ्यों को तोड़-मरोड़ कर प्रस्तुत करते हैं। अगर इसका कोई वैज्ञानिक आधार होता तो हर जगह निश्चित रूप से इसके एक ही कारण होते और निदान भी एक ही। जैसे कि दुनिया के किसी भी हिस्से से पानी लीजिए और उसे तोड़िए तो 2 : 1 के अनुपात में हाइड्रोजन एवं आक्सीजन मिलेगा लेकिन इस सन्दर्भ में हम ऐसा नहीं देखते हैं। यह देश, काल, हालात के अनुसार इस तरह बदलता है जैसे विश्वास या फिर अन्धविश्वास, रीतियाँ-कुरीतियाँ, धर्म एवं जातियाँ।

अमेरिका में एचआईवी की जाँच 'टी.सेल. काउंट' के आधार पर होती है जिसे कनाडा की लेबोरेटरी सेंटर फार कंट्रोल (सी.डी.सी.) सही नहीं मानती। इसका मतलब हुआ कि 1,82,000 अमरीकन एड्स के मरीज यदि कनाडा में होते तो वे मरीज नहीं माने जाते। विश्व स्वास्थ्य संगठन (डब्लू.एच.ओ.) ने अफ्रीका के वाशिन्दों के लिए एड्स परीक्षण के दो बिल्कुल ही अलग तरीके ढूँढ़ निकाले हैं। उनका अमरीकन एवं कनाडा के तरीकों से कोई सम्बन्ध नहीं। उसका मानना है कि अफ्रीकियों का किसी जाँच से गुजरना जरूरी नहीं। उनका काला होना, गरीब होना तथा अनपढ़ होना काफी है यह बताने को कि वे एड्स पीड़ित हैं। बस उन्हें बुखार, खाँसी, खुजली, सूजे हुए ग्लैंड्स, डायरिया हो जाए या उनका वजन दो महीनों के अन्दर 10 प्रतिशत गिर जाए तो फिर वे इस अन्तर्राष्ट्रीय कुचक्र से किसी भी सूरत में बच नहीं सकते। (डब्लू.एच.ओ. अप्रैल, 1999)

कुल मिलाकर मामला एड्स का हौवा खड़ा करने का है। यह काम सी.डी.सी., अमेरिका ने 1976 में भी किया था। उस समय उन्होंने 'फ्लू' को लेकर बवाल खड़ा किया था। हुआ यह कि न्यूजर्सी में 5 सैनिकों को फ्लू हो गया। सी.डी.सी. के अधिकारियों ने आनन-फानन में फतवा जारी कर दिया कि बहुत जल्द ही इन्फ्लूएंजा नाम की बीमारी से लोग ग्रस्त होने जा रहे हैं और इसके कारण एक वर्ष में कम से कम पाँच लाख

अमेरिकी काल-कवलित हो जाएँगे। इस फतवे को अमेरिकी कांग्रेस ने गम्भीर चेतावनी के रूप में लिया और करोड़ों डालर इसके टीके पर खर्च कर डाले। अमेरिका के तत्कालीन राष्ट्रपति फोर्ड की अपील पर लाखों लोगों ने 'स्वाइन फ्लू' के इंजेक्शन लगवा लिए। जबकि 'पिग वायरस' को ढूँढ़ा नहीं जा सका था। कोई महामारी भी देखने को नहीं मिली। अलबत्ता इन सूइयों को लेने के बाद छः सौ लोग फालिज के शिकार हो गए और सौ लोग मर गए। (ड्यूसबर्ग, P 1996—इन्भेटिंग द एड्स वायरस, रीजेंसी प्रेस, वाशिंगटन, डी.सी. P 44-45)।

सी.डी.सी. इतने ही से बाज नहीं आया। उसने अगले ही वर्ष 'लेजिनायर्स' (सामान्य-न्यूमोनिया) रोग को लेकर दिल दहला देनेवाली भविष्यवाणियाँ कीं। सरकारी स्तर पर भीषण शोधपरक कार्यवाहियाँ शुरू हो गईं। मीडिया ने भी अपनी तरफ से पूरा शमा बाँधा। लेकिन इन सबका अन्त देश-भर में, महज 30 लोगों की मृत्यु से हुआ। बाद में यह पाया गया कि यह पानी में सर्वत्र पाया जानेवाला सामान्य 'माइक्रोब' था जो कि 20-30 प्रतिशत अमेरीकियों में सामान्य रूप से पाया जाता है। (वही, पृ. 54-58)

इस तरह की 'चिन्ता' यह संस्था अपने देशवासियों के प्रति अक्सर करती रहती है। अब तो उसने अपने कार्यक्षेत्र का विस्तार कर लिया है। दुनिया-भर में उसने अपना जाल बिछा रखा है जो अपनी एक घोषणा से किसी भी देश की बड़ी से बड़ी राजनीतिक अस्थिरता से कहीं ज्यादा अस्थिरता पैदा कर सकती है। विज्ञान के नाम पर इतिहास में कभी किसी ने इतने व्यापक स्तर पर और बहुत ही सोचे-समझे ढंग से ऐसा हथकंडा अपनाने की पहल नहीं की है।

# कोई भी जाँच-पद्धति मान्य नहीं

जैसा कि हमने पिछले अध्याय में देखा एड्स की जाँच करने का कोई एक तरीका नहीं है, फलतः कहा जा सकता है कि एड्स की जाँच का कोई तरीका ही नहीं है। और यह जो बहुप्रचारित एड्स टेस्ट है वह वास्तव में एड्स है या नहीं, इसका पता नहीं लगा सकता। 'एलिसा' टेस्ट और 'वेस्टर्न ब्लाक' टेस्ट जिनसे एचआईवी रोग संक्रमण का पता लगाया जाता है—वह वस्तुतः किसी वायरस की जाँच नहीं करता वरन् शरीर में 'प्रोटीन' एवं 'एंटीबॉडी' की पारस्परिक क्रिया का पता लगाता है जिसे वे एचआईवी के लिए आवश्यक मानते हैं। लेकिन वे एचआईवी को ढूँढ़ नहीं पाते। इस जाँच की स्थापना वैसी ही है जैसे मान लीजिए कि कोई यह दावा करे कि जहाँ अँधेरा है और कोई नहीं रहता वहाँ भूत होता है। तो इसे आप क्या कहेंगे ? सिवाय अन्धविश्वास के यह है क्या ? लेकिन आश्चर्य देखिए यह सब विज्ञान के नाम पर हो रहा है।

कहा जा सकता है कि एचआईवी का कोई भी टेस्ट पूरी तरह विश्वस्त नहीं है। क्योंकि ऐसे बहुत से 'वायरस', 'बैक्टीरिया' एवं दूसरे 'एंटीजेन' (एंटीबॉडी जेनेरेटिंग) हैं जिसके कारण प्रतिरोधक (इम्यून सिस्टम) 'एंटीबॉडी' बनाता है जो कि एचआईवी से प्रतिक्रिया कर एचआईवी का पॉजिटिव परिणाम ले आता है। अतः यह काफी हद तक सम्भव है कि स्वस्थ व्यक्तियों की जाँच के उपरान्त भी यह परिणाम मिल जाए। (कॉड्र्स आर : अल. 1995—पिट्फाल्ज इन एचआईवी टेस्टिंग पोस्ट ग्रेजुएट, मेडिसिन 98 : 177) चूँकि यह 'एंटीबॉडी' (पुराने वायरस के अवशेष) शरीर में वर्षों या जीवनपर्यन्त पाए जा सकते हैं जो उस व्यक्ति की जाँच के उपरान्त 'फाल्स पॉजिटिव' परिणाम का कारण बन सकते हैं लेकिन इस वजह से यह नहीं कहा जा सकता है कि वह एचआईवी संक्रमण से ग्रस्त है।

बीमारियों के 'एलिसा' एवं 'वेस्टर्न ब्लाट' टेस्ट में—फ्लू या दूसरे टीके भी मिथ्या एचआईवी पॉजिटिव परिणाम ला सकते हैं। हर्पिस एवं हेपटाइटिस यदि आपको है या कभी था तो भी यही परिणाम आ सकता है जैसा कि 'हेपटाइटिस बी.' के टीके के बाद भी पाया जा सकता है। टी.बी. एवं मलेरिया ग्रस्त लोगों में भी इस तरह के पॉजिटिव परिणाम का मिलना असम्भव नहीं। यही परिणाम 'टेपवर्म' एवं पेट में पलनेवाले दूसरे कीड़ों की वजह से भी आ सकता है। इस सूची में वे लोग भी आ सकते हैं जो शराब के आदी हैं या 'लीवर' की बीमारी से ग्रस्त हैं और वे औरतें भी इनसे बच नहीं पातीं

जिन्होंने गर्भधारण कर रखा है या पहले कभी गर्भवती रह चुकी हैं। एक अध्ययन के अनुसार 13 प्रतिशत अमेजोनियन–इंडियन जिन्हें न तो एड्स था और न ही जिन्होंने कभी अपने कबीले के अलावा और किसी से सम्बन्ध रखा, में भी एचआईवी पॉजिटिव परिणाम आए। (पापा डोपुलस--इलोपुलस, 1993–हैज गैलो प्रूभन द रोल ऑफ एचआईवी इन एड्स-? इमरजेंसी मेडिसिन 5 : 113-123).

एक रिपोर्ट में यह भी देखा गया कि 50 प्रतिशत स्वस्थ कुत्तों का खून एचआईवी 'एंटीबॉडी' जाँच में पॉजिटिव पाया गया। (स्ट्रैंड स्ट्रोक एच. 1990)

एचआईवी 'एंटीबॉडी' टेस्ट एक ही हालत में अलग-थलग परिणाम लाते हैं। इनकी कोई मानक जाँच भी नहीं है। मतलब यह कि राष्ट्रीय एवं अन्तर्राष्ट्रीय स्तर पर कोई स्वीकृत कसौटी भी नहीं है जिसके आधार पर लाए परिणाम को स्थापित किया जा सके। स्थिति तो यह है कि यह परिणाम एक ही देश के अन्दर अलग-थलग प्रयोगशालाओं में अलग-अलग आ सकते हैं। बल्कि यह भी देखा गया है कि एक ही प्रयोगशाला आज कुछ तो कल कुछ और परिणाम दे रहा है। जैसा कि खुद एचआईवी टेस्ट किट निर्माता कहते हैं–'वर्तमान में कोई भी जाँच पद्धति मान्य नहीं है जो मानव खून में एंटीबॉडी का होना या न होना स्थापित कर सके।' (लियो अमोदर जी, रैमियर्ज--25 डरिगर्ज जे, 1990)

इस धारणा के पहले कि एचआईवी से एड्स होता है, एंटीबॉडी को रोग संक्रमण के खिलाफ सामान्य एवं स्वस्थ प्रतिक्रिया माना जाता था। इसे प्रतिरोधक क्षमता के होने का सूचक माना जाता था। एंटीबॉडी अकेला काफी नहीं था यह बताने को कि बीमारी क्या है और आगे क्या बीमारी हो सकती है। एचआईवी की परिकल्पना के पहले 'एलिसा' एवं 'वेस्टर्न ब्लाट' जाँच सिर्फ वायरल इंफेक्शन का पता लगाने का काम करते थे। एचआईवी को स्थापित करने के लिए, उपरोक्त नियमों को नजरअन्दाज करने का कोई वैज्ञानिक आधार नहीं है।

## *एचआईवी टेस्ट की विश्वसनीयता*

1. "हम नहीं जानते कि एचआईवी इंफेक्शन के बगैर भी कितने टेस्ट पॉजिटिव आते हैं। एचआईवी इंफेक्शन के लिए एंटीबॉडीज टेस्टों की कोई विशिष्टता नहीं है।"

*(बायोटेक्नोलॉजी जर्नल, 1993)*

2. "एचआईवी एंटीबॉडीज टेस्ट वायरस की पहचान नहीं करते। वे कुछ खास प्रोटीनों से प्रतिक्रिया करनेवाले एंटीबॉडीज की पहचान करते हैं। तथ्य यही है कि यदि बार-बार जाँच करने पर भी पॉजिटिव परिणाम आए तो भी यह वायरल इंफेक्शन को प्रमाणित नहीं करता।"

*[वॉल टर्नर, एम.डी. (कांटिनम पत्रिका), 1996]*

3. ''अफ्रीका में एचआईवी टेस्ट बिल्कुल भी विश्वसनीय नहीं है। 1994 में 'जर्नल ऑफ इंफेक्शस डिजीजेज' में प्रकाशित एक अध्ययन के अनुसार मध्य अफ्रीका में एचआईवी टेस्ट व्यर्थ है जहाँ टी.बी., मलेरिया और कुष्ठरोग के लिए जिम्मेदार जीवाणु इतने प्रचलित हैं कि वे 70 प्रतिशत गलत पॉजिटिव परिणाम का कारण होते हैं।''

*(सेक्रोमेंटो बी, 30 अक्तूबर, 1994)*

4. ''सार्वजनिक स्वास्थ्य अधिकारी और राजनेता इसी बहस में लगे रहते हैं कि उन्हें एचआईवी टेस्ट करवाना चाहिए जबकि उन टेस्टों की प्रामाणिकता को लगभग उपेक्षित कर दिया गया है। 'कांग्रेस ऑफिस ऑफ टेक्नोलॉजी असेस्मेंट' द्वारा किए गए एक अध्ययन में पाया गया कि एचआईवी टेस्ट बहुत गलत हो सकते हैं। 'लो रिस्क ग्रुप' में आनेवाले लोगों में जो न ड्रग्स लेते हैं और न ही समलिंगी पुरुषों से सम्बन्ध बनाते हैं 10 में 9 पॉजिटिव परिणाम गलत पाए गए।

*(यू.एस.न्यूज एंड वर्ल्ड रिपोर्ट, 23 नवम्बर, 1987)*

5. ''चिकन पॉक्स, मीजल्स और हैपेटाइटिस के लिए गामा ग्लोबुलीन से उपचारित लोग संक्रमित हुए बिना एचआईवी के लिए पॉजिटिव हो सकते हैं। 'फूड एंड ड्रग एडमिनिस्ट्रेशन' कहता है कि गामा ग्लोबुलीन के कारण उत्पन्न एंटीबॉडीज पॉजिटिव परिणाम दे सकते हैं। गामा ग्लोबुलीन दानकर्ताओं से एकत्रित रक्त से बनाया जाता है और यह कई संक्रमित रोगों के खिलाफ अस्थायी सुरक्षा के लिए प्रतिवर्ष करोड़ों लोगों को दिया जाता है।''

*(यू.एस.ए. टुडे, 2 अक्तूबर, 1987)*

6. ''उत्तरी केरोलिना में एक तीन वर्षीय बच्चे को एक दुर्घटना में घायल होने पर नजदीकी अस्पताल में दाखिल कराया गया। बच्चे के सिर में चोट आई थी, और खून बह रहा था, इसलिए उसका एचआईवी टेस्ट कराया गया। बच्चे की माँ को बताया गया कि वह एचआईवी पॉजिटिव है। उसके माता-पिता दोनों निगेटिव थे। डॉक्टर ने माँ को बताया कि बच्चे का यौन शोषण हुआ है क्योंकि और कोई कारण नहीं है कि वह एचआईवी पॉजिटिव हो। कुछ दिनों बाद माँ ने दूसरी बार टेस्ट कराने की माँग की। यह टेस्ट निगेटिव आया। अस्पताल में एक संवाददाता सम्मेलन आयोजित करके घोषित किया गया कि ये टेस्ट प्रामाणिक नहीं हैं और बुखार, गर्भावस्था जैसे कारक इन टेस्टों का परिणाम प्रभावित कर सकते हैं।''

*(सीलिया फेबर, इम्प्रेसन मैगजीन, जून 21, 1999)*

7. ''बेंकूवर में एक महिला को सेंट पॉल्स अस्पताल में एचआईवी पॉजिटिव घोषित किया गया। उसने अदालत में दावा किया कि 1995 में उसे अस्पताल में भर्ती

कराया गया क्योंकि वह गर्भवती थी। बिना उसकी जानकारी के उसका ब्लड सैम्पल लिया गया और बताया गया कि वह एचआईवी पॉजिटिव है। उसने अपनी नवजात बच्ची को गोद दे दिया और नसबन्दी करवा ली। डेढ़ वर्ष बाद एड्स की इलाज-प्रक्रिया के दौरान उसे पता चला कि वह एचआईवी पॉजिटिव नहीं थी। उसे बताया गया कि लैब की गलती के कारण ऐसा हुआ। उसका कहना है कि अस्पताल की लापरवाही के कारण वह बाँझ हो गई और उसने बेटी भी खो दी।"

*(वूमैन सूज सेंट पॉल्स, CKNW radio 98, जून 10, 1999)*

यह एक वैज्ञानिक सच है कि आज तक एचआईवी (ह्यूमन इम्यूनो डिफिशिएंसी वायरस) अलग नहीं किया जा सका है या दूसरे शब्दों में कहें कि एचआईवी को ढूँढ़ा नहीं जा सका है।

दूसरा वैज्ञानिक सच यह भी है कि कोई वायरल (कल्पित एचआईवी सहित) एड्स (वैज्ञानिकों के अनुसार कोई बीमारी नहीं बल्कि एक शारीरिक अवस्था है जिसमें प्रतिरोधक शक्तियों में कमी आ जाती है) का कारण नहीं है। एचआईवी को एक प्रकार का रेट्रोवायरस कहा गया है जिसका अध्ययन एक कैंसर वायरस की खोज के लिए आयोजित संघीय स्वास्थ्य कार्यक्रमों के द्वारा किया गया। रेट्रोवायरस में कोशिकाओं को नष्ट करने की कोई संरचना नहीं होती। उसे कैंसर का एक सम्भावित कारण माना गया। क्योंकि कैंसर एक ऐसी स्थिति है जिसमें कोशिकाओं में तेजी से वृद्धि होती है। बहुत सारे रेट्रोवायरस नुकसानदेह नहीं होते। केवल कुछ ही रेट्रोवायरस रोग का कारण बनते हैं।

# सुषुप्तावस्था की खोज–दूसरा धोखा

एक दशक से ज्यादा समय तक दुनिया-भर के वैज्ञानिक इस बात से सहमत रहे कि एचआईवी (वायरस) की एक सुषुप्तावस्था होती है जिसमें वह शरीर के अन्दर निष्क्रिय पड़ा रहता है। उनकी सहमति मजबूरी थी क्योंकि ऐसा होता नहीं। यह सभी जानते हैं कि किसी भी वायरस के शरीर में प्रवेश करते ही आदमी उससे सम्बन्धित बीमारी से ग्रस्त हो जाता है जबकि एचआईवी के प्रसंग में ऐसा नहीं हो रहा था। अतः उन्होंने सुषुप्तावस्था का सिद्धान्त इन प्रश्नों के हल के तौर पर निकाला।

शुरुआती दिनों में वे सुषुप्तावस्था की उम्र कुछ महीने मानते थे (अल्तमन एस. न्यूकेसेज–वाइडेन वायरस–अबाउट वायरस एड्स न्यूयॉर्क टाइम्स, जनवरी, 1984) लेकिन फिर उन्हें अपनी मान्यता में परिवर्तन करना पड़ा। फिर संशोधंन करते हुए वे इस काल को कुछ महीने से बढ़ाकर पूरे वर्ष तक ले गए। (बर्केट इ एचआईवी : नॉट गिल्टी ?. मियामी हेराल्ड–दिसम्बर 23, 1990, P. 12-17)। लेकिन जब उन्होंने पाया कि एचआईवी पॉजिटिव वाले बहुत सारे लोगों को एड्स नहीं हो रहा है, पाँच वर्ष, दस वर्ष बीत जाने के बाद भी, तब उन्होंने कहना शुरू किया कि यह सुषुप्तावस्था जीवन-भर की हो सकती है। (गैरेट एल, जून, 1999 प्लैक्स मे हैभ जेनेटिक रिस्क ऑफ एचआईवी इन्फैक्शन, एलाइव एंड किंकिग)

बहुत मुश्किल था विज्ञान के लिए उपरोक्त सुषुप्तावस्था की धारणा को स्वीकार करना। इस बात को वे वैज्ञानिक भी समझ रहे थे। उसकी विसंगति एवं अवैज्ञानिक सोच उन्हें खुद भी चैन से रहने नहीं दे रहे थे। भला ऐसा कहीं होता है कि वायरस अन्दर रहे और आदमी को रोगग्रस्त करने की जगह सोया रहे। वे तुरन्त नए प्रतिपादन के साथ सामने आए। लेकिन वे एचआईवी पॉजिटिव एवं एड्स के बीच की जीवनपर्यन्त दूरी को घटा नहीं पाए। बात सिर्फ इतनी हुई कि अब वो वायरस शरीर के अन्दर सोये पड़े रहने की ज़गह सक्रिय रहता है लेकिन शरीर की प्रतिरोधक क्षमता उसे अपने काम में सफल नहीं होने देती है। और यह सफलता उसे कब मिलेगी, कब वायरस प्रतिरोधक क्षमता पर विजय प्राप्त कर व्यक्ति को रोगग्रस्त बनाएगा, अनिश्चित है। फिर भी वे प्रस्तुत हैं भीषण प्रचार एवं जहरीली दवाओं के साथ हमारी सामाजिक, सांस्कृतिक एवं मनोवैज्ञानिक भूमि पर हमला करते हुए।

आखिर वे चाहते क्या हैं ?

मामूली सर्दी-खाँसी की दवा तो वे आज तक ईजाद नहीं कर पाए। पता नहीं कहीं उस पर शोध भी हो रहा है या नहीं। मधुमेह रोग उनके लिए कब से चुनौती बना हुआ है पर उसका निदान ढूँढ़ पाने में भी वे असफल साबित हुए। यही स्थिति स्पौंडेलाइटिस को लेकर है। कहने का मतलब कि जिसके लक्षण साफ दिखते हैं और जो रोग के रूप में नंगी आँखों से दिखता है उसे मार भगाना तो इनके लिए असम्भव हो रहा है। और दूसरी ओर जिस तथाकथित बीमारी को लक्षण से नहीं पकड़ा जा सकता, जाँच में सोया हुआ वायरस (वह भी स्पष्ट नहीं बल्कि उसके होने की कल्पित परिस्थिति) तो दिखता है पर उस वायरस से होनेवाली बीमारी एड्स (जबकि इस बात को लेकर भी मतैक्य नहीं है कि एचआईवी पॉजिटिव एड्स का कारक है) नहीं, क्योंकि उसका होना कहीं दूर भविष्य में जैसा कि वे खुद मानते हैं, होता है फिर भी वे उसे न सिर्फ देख लेते हैं बल्कि उसकी दवा लेकर भी हाजिर हो जाते हैं। यह बताते हुए कि यह जल्द ही महामारी का रूप लेने जा रहा है। हालाँकि यह घोषणा पुरानी है। कम-से-कम इतना समय तो बीत ही चुका है कि इसे मिथ्या मान लिया जाए। पर ऐसा हो नहीं पा रहा है। इसका एक कारण तो विज्ञान को लेकर अन्धविश्वास है। दूसरे, इस काम में संयुक्त राष्ट्र संघ, विश्व स्वास्थ्य संगठन से लेकर छोटी-बड़ी इतनी संस्थाएँ लगी हैं कि एकबारगी उन्हें झुठलाना मुश्किल लगता है और तीसरे, विदेशी मीडिया द्वारा उन तमाम मनगढ़न्त आँकड़ों एवं घोषणाओं को, विश्वसनीय ढंग से सामने लाना।

# एड्स कोई स्वास्थ्य समस्या नहीं

अमेरिका में 1981 से 1998 के बीच हृदय रोग से एक करोड़ 80 लाख लोगों की मृत्यु हुई थी। यह वह वक्त था जिसे एड्स का दौर माना जाता था जबकि उस दरमियान तथाकथित एड्स से मरनेवालों की संख्या सिर्फ पाँच लाख हुई। यानी कि हृदय रोग से मरनेवाले लोगों की संख्या उनसे एक करोड़ पैंतीस लाख अधिक थी। विश्व स्वास्थ्य संगठन के ताजा आँकड़े के अनुसार सिर्फ 2001 में पूरे विश्व में हृदय रोगियों की संख्या एक करोड़ 60 लाख है। यह एक चौंकानेवाला तथ्य है कि प्रत्येक चार सैकेंड में एक व्यक्ति 'हार्ट अटैक' का शिकार होता है और प्रत्येक पाँच सैकेंड में एक व्यक्ति 'हार्ट स्ट्रोक' को झेलता है।

अन्य बीमारियों से मरनेवालों की संख्या के आँकड़ों पर नजर डालें तो हम देखते हैं कि उसी दौरान अमेरिका में कैंसर से मरनेवालों की संख्या 90 लाख थी। अगर हम इसी तरह अस्वाभाविक एवं असामयिक मृत्यु पर नजर डालें तो जो तथ्य सामने आते हैं वह अपने आप में कम भयानक नहीं हैं। सिर्फ अमेरिका में उपरोक्त अवधि में 80 लाख से अधिक लोग तो कार दुर्घटना में मरे। और जहाँ तक आत्महत्या का सवाल है तो इसकी संख्या भी लाख से अधिक थी। दवाओं के असर से 13 लाख लोग मरे और फ्लू ने तो पूरी दुनिया में 2 करोड़ लोगों की जानें ली। जबकि पिछले लगभग 20 वर्षों में पूरी दुनिया में एड्स के मरीजों की संख्या 20 लाख रही। वैसे देखा जाए तो इन बीस लाख लोगों में आज भी अधिकांश लोग जीवित एवं स्वस्थ हैं। उन्हें किसी भी तरह से मरीज कह पाना सम्भव नहीं। फिर भी वे अपनी रट पर कायम हैं। यह बड़ी संख्या उनके आतंक फैलाने के मनसूबे को बड़ी सहजता से साकार करती है।

आखिर वे बड़ी संख्या लाते कहाँ से हैं ? पहली बात तो यह कि वह उन तमाम लोगों को इसमें शामिल करते हैं जिनके खून में एचआईवी पॉजिटिव पाया जाता है। यानी कि जो उनके हिसाब से एड्स के सम्भावित रोगी हैं। फिर इस संख्या में वे उन्हें भी शामिल करते हैं जिनके खून में एचआईवी पॉजिटिव था और जो किसी-न-किसी कारण से मर गए। मसलन फ्लू, मलेरिया, डायरिया या कोई भी अन्य बीमारी। इस तरह वे आँकड़ों की खतरनाक ऊँचाई को छूते हैं, जबकि वर्तमान में एड्स का रोगी ढूँढ़ना मुश्किल है। वे या तो मर चुके होते हैं या फिर भविष्य में रोगी होनेवाले हैं। मजेदार बात यह है कि भले ही यह स्थिति उनके दावे को झुठलाती हो पर सबसे ज्यादा फायदा

भी वे इसी से उठाते हैं। एक अध्ययन के अनुसार 1996 में एन.आई.एच. का शोध व्यय प्रति हृदय रोगी पर लगभग एक हजार एक सौ साठ डालर था और प्रति कैंसर रोगी पर चार हजार सात सौ डालर जबकि प्रति तथाकथित एड्स रोगी पर यह खर्च तैंतालीस हजार डालर से अधिक था।

आखिर क्यों ? जबकि देखा जाए तो बीस लाख की संख्या भी उतनी बड़ी नहीं जितनी बड़ी हृदयरोगियों एवं कैंसर से पीड़ित लोगों की है। यहाँ यह भी कहना अप्रासंगिक नहीं होगा कि अमेरिका में एड्स, मौत के दस प्रमुख कारणों में शामिल नहीं है। दरअसल उसके पीछे इसका महामारी के रूप में प्रस्तुत किया जाना है। थोड़ी भी असावधानी से इसके बुरी तरह से फैल जाने की घोषणा भय का वातावरण बनाती है। अक्सर यह रिपोर्ट प्रस्तुत की जाती है कि अमेरिका में 25 से 44 आयु-वर्ग में एड्स मौत का प्रमुख कारण है। जबकि वास्तविकता यह है कि इस आयु-वर्ग में मरनेवालों की संख्या कुल मृत्यु दर का 0.02 प्रतिशत है और इनमें तथाकथित एड्स से मरनेवालों की संख्या 0.03 प्रतिशत बताई जाती है।

देखा जाए तो वास्तविकता में यह संख्या इतनी कम होती है और उनके तमाम आकलनों के बावजूद इतनी धीमी कि वे कभी भी स्पष्ट आँकड़ों के साथ सामने नहीं आते। वे अनुमानों एवं मानचित्रों का प्रयोग कर इसकी व्यापकता एवं भयावहता का भ्रम पैदा करते हैं।

# क्या एचआईवी एवं एड्स में कोई सम्बन्ध है ?

इस बात का कोई सबूत नहीं है कि एचआईवी एड्स का कारक है। अभी तक जितने भी प्रयोग हुए हैं और साक्ष्य जुटाए गए हैं वे सब नाकाम साबित हुए हैं यह दिखाने में कि एचआईवी से एड्स होता है। यहाँ तक कि वे यह भी साबित नहीं कर पाए कि एचआईवी से कोई अन्य बीमारी भी हो सकती है। यह धारणा कि एड्स किसी वायरस के कारण होता है कोई सच्चाई नहीं अपितु एक विश्वास है जिसे नेशनल इंस्टीट्यूट ऑफ हेल्थ (NIH) द्वारा नियुक्त डॉ. रोबर्ट गैलो ने 1984 में एक पत्रकार सम्मेलन में व्यक्त किया था।

एचआईवी रेट्रोवायरस (एक प्रकार का वायरस) है जिसका गहन अध्ययन दो दशकों तक संघीय स्वास्थ्य कार्यक्रमों के दौरान किया गया। यह कार्यक्रम कैंसर के वायरस की खोज के लिए आयोजित था। चूँकि रेट्रोवायरस कोशिकाओं को नष्ट नही करता इसलिए उसे कैंसर का एक सम्भावित कारण माना गया क्योंकि कैंसर एक ऐसी स्थिति है जिसमें कोशिकाओं में तेजी से वृद्धि होती है। अतः ऐसा देखा गया कि अनगिनत रेट्रोवायरस के होते हुए भी आदमी स्वस्थ ढंग से रहता है। दरअसल बहुत सारे रेट्रोवायरस नुकसानदेह नहीं होते। हाँ, हो सकता है कुछ नुकसानदेह होते हों।

अस्सी के दशक में जब सी.डी.सी. ने एड्स की ओर अपना ध्यान केन्द्रित करना शुरू किया तो गैलो एवं अन्य कैंसर शोधकर्त्ता अपना ध्यान कैंसर से हटाकर एड्स पर लगाने लगे। और वे ही सरकारी वैज्ञानिक जो कल तक कैंसर के वायरस की खोज में लगे थे रातोंरात एड्स के वायरस की खोज में लग गए। और आश्चर्य देखिए उन्होंने इस वायरस को तुरन्त ढूँढ़ भी लिया। ये वही वैज्ञानिक थे जो लगभग दो दशकों तक लगातार शोधरत होते हुए भी कैंसर का वायरस नहीं ढूँढ़ पाए थे।

तेईस अप्रैल, 1984 को गैलो ने एक अन्तर्राष्ट्रीय पत्रकार सम्मेलन बुलाया और एक नए रेट्रोवायरस की खोज का दावा किया और उसे 'सम्भवतः एड्स का कारण' बताया। यद्यपि उन्होंने अपने दावे के समर्थन में कोई भी प्रमाण प्रस्तुत नहीं किया लेकिन स्वास्थ्य एवं मानव सेवा विभाग, अमेरिका (एच.एच.एस.) खुशी से चीख पड़ा—'यह औषधि के क्षेत्र में अमेरिका का एक और करिश्मा है...यह एक भयानक बीमारी पर विज्ञान की जीत है।'

यह हुई न बात ! गैलो ने अनुमान पर महज एक परिकल्पना की और एच.एच.एस. ने इसे सच मान लिया। इतना ही नहीं, मीडिया ने भी इसे एक स्थापित सत्य के तौर पर उछाला। इनकी बेचैनी सच पूछिए तो मन में गहरी शंका पैदा करती है। इनके खतरनाक

इरादों के शुरुआती दिन थे ये। इस घोषणा के कुछ ही दिनों बाद गैलो एक शोधपत्र के साथ प्रस्तुत हुआ जिसमें उसने साफ तौर पर कहा कि अपने अध्ययन में उसे एड्स से पीड़ित लोगों में एचआईवी नजर नहीं आया। हाँ, उसे रोग प्रतिकारक जरूर मिला लेकिन इसे वर्तमान रोग का कारण नहीं कहा जा सकता। अपने शोधपत्र में उसने यह विवरण भी नहीं दिया कि कैसे रेट्रोवायरस से एड्स होता है। गैलो ने सिर्फ सुझाव के तौर पर कहा कि एचआईवी, प्रतिरोधक क्षमता रखनेवाली कोशिकाओं को मारता है। लेकिन उसकी इस स्थापना को, चिकित्सा के क्षेत्र में किए गए सत्तर वर्षों के शोध के निष्कर्ष झुठलाते हैं। गैलो इस बात का भी कोई प्रमाण नहीं दे पाया कि एचआईवी हानिरहित रेट्रोवायरस से भिन्न है।

सच बात तो यह है कि 1984 से अब तक दस हजार से भी ज्यादा पर्चे एचआईवी द्वारा प्रकाशित किए जा चुके हैं, लेकिन इनमें से कोई भी पर्चा तर्कसंगत ढंग से एचआईवी का एड्स से सम्बन्ध को प्रमाणित नहीं कर पाया। इस बात के भी प्रमाण नहीं मिले कि एचआईवी टी. कोशिका को नष्ट करता है।

एचआईवी को लेकर अब तक जो भी सिद्धान्त प्रतिपादित किए गए हैं वे अपने आप में कितने वैज्ञानिक एवं तर्कसंगत हैं यह जानने के लिए बेहतर है कि इसकी तुलना दूसरे वायरस से की जाए। मसलन वी जेड वी को ही लिया जाए, जिसे चेचक का कारक माना जाता है, तो यह समझने में कोई कठिनाई नहीं होगी कि एचआईवी को लेकर गढ़े गए सिद्धान्त अवैज्ञानिक एवं तर्क से परे हैं। आगे बढ़कर यह भी कहा जा सकता है कि पूरी की पूरी अवधारणा अन्धविश्वास पर टिकी हुई है।

| वी जेड वी = चेचक | एचआईवी = एड्स ? |
| --- | --- |
| 1. सभी मामलों में समान लक्षण। | 1. अलग-अलग लक्षण। |
| 2. यदि वायरस नहीं है और प्राकृतिक वी जेड वी रोग प्रतिकारक हैं तो ये जीवन भर प्रतिरोधक क्षमता दर्शाते हैं। | 2. यदि वायरस नहीं है और प्राकृतिक एचआईवी रोग प्रतिकारक हैं तो ये एड्स होने की भविष्यवाणी करते हैं। |
| 3. चेचक के सभी मामले में वी जेड वी तत्परता से पाया जाता है। | 3. एड्स के मामले में एचआईवी शायद ही कभी पाया जाता है। |
| 4. सभी मरीजों के तमाम प्रभावित उत्तकों में वायरस केन्द्रित होते हैं। | 4. टी. कोशिकाओं में शायद ही कभी एचआईवी के होने के लक्षण पाए जाते हैं और वह भी काफी कम। |
| 5. वी जेड वी की बढ़ती संख्या कोशिकाओं को उसी अनुपात में मारती है। | 5. एचआईवी की बढ़ती संख्या कोशिकाओं को नहीं मारती। |
| 6. वायरस के आ जाने के तुरन्त बाद और रोग प्रतिकारक के इम्यून होने से पहले लक्षण दिखाई देने लगते हैं। | 6. वायरस के पाए जाने के वर्षों बाद भी लक्षण दिखाई नहीं देते और अगर लक्षण दिखते भी हैं (जैसा कि वे कहते हैं) तो वह रोगप्रतिकारक के इम्युन हो जाने के बाद। |

उपरोक्त विवरण काफी हैं यह दर्शाने को कि एचआईवी को एड्स से जोड़ने की अवधारणा किस कदर वैज्ञानिक सिद्धान्तों को ताक पर रखकर विकसित की गई है।

एड्स विशेषज्ञ कहते हैं कि एचआईवी अकेला वायरस है जो अनेक रोगों को पैदा कर सकता है जबकि ये वे रोग होते हैं जो वस्तुतः किसी और वायरस या बैक्टीरिया से होते हैं। मतलब यह कि एचआईवी खुद कोई बीमारी नहीं पैदा करता। एड्स विशेषज्ञ यह भी कहते हैं कि यूँ तो एड्स के मामले में एचआईवी प्रतिरोधक क्षमता रखने वाली कोशिकाओं को मारता है पर कैंसर के मामले में यह कोशिकाओं को बढ़ाता है।

समझा जा सकता है कि सारी बातें वैज्ञानिक सोच से परे हैं। पूरी स्थापना अन्तर्विरोध से भरी है। दुनिया-भर के सैकड़ों वैज्ञानिक एचआईवी परिकल्पना की आधिकारिक जाँच की माँग कर रहे हैं।

इसी सन्दर्भ में यहाँ प्रस्तुत है डॉ. गिराल्डो, डॉ. डि. हार्वेन एवं डॉ. कोहेलिन से एक बातचीत जिसे यहाँ फ्रंटलाइन (3 मार्च, 2000) से साभार लिया जा रहा है।

क्या एचआईवी एड्स का कारण है ? न्यूयॉर्क अस्पताल के 'लेबोरेटरी ऑफ क्लीनिकल इम्यूनोलॉजी' के डॉ. ए. गिराल्डो मानते हैं कि 'ऐसा नहीं है। जन्म से कोलम्बियन डॉ. गिराल्डो कहते हैं कि विषैले तत्त्व और कुपोषण अन्य तत्त्वों के साथ मिलकर इम्यून सिस्टम पर दबाव डालते हैं। साइंटिफिक रिअप्रेजल ग्रुप के सदस्य डॉ. गिराल्डो के अनुसार एड्स एक संक्रामक बीमारी नहीं है और इसमें कोई सच्चाई नहीं है कि यह सेक्सुअली फैलती है या किसी जीवाणु के कारण होती है।

डॉ. गिराल्डो ने दो अन्य मेडिकल विशेषज्ञों के साथ भारत का दौरा भी किया। दो अन्य विशेषज्ञ थे टोरन्टो यूनिवर्सिटी के डॉ. डि हार्वेन और Kiel यूनिवर्सिटी के Dr. Koehnlein। Dr. Harven कहते हैं कि उन्हें तब चिन्ता हुई जब दवा निर्माता कम्पनियों ने मेडिकल रिसर्च को प्रायोजित करना शुरू किया।

ए.जेड.टी. और अन्य एंटीवायरल पद्धतियों के प्रभाव को देखते हुए Dr. Koehnlein एड्स मरीजों का इलाज बिना एंटीवायरलों और इम्युनो सप्रेसिव के करते हैं। वे एचआईवी पॉजिटिव रोगियों के जीवित और स्वस्थ रहने का दावा करते हैं।

डॉ. गिराल्डो, Dr. koehnlein और Dr.de Harven शोधकर्त्ताओं के विरोधी समूह में आते हैं जिसमें वैज्ञानिकों की संख्या 2000 है। इस समूह में तीन नोबेल पुरस्कार के लिए प्रस्तावित लोग भी हैं जिनमें पोलिमेरीज चेन रिएक्शन (PCR) के आविष्कारक कार्ल मुलिस भी हैं। 'फ्रंटलाइन' से बातचीत में डॉ. गिराल्डो ने बताया कि जब भी कोई नई बीमारी लोगों को प्रभावित करती है तो पहला सवाल यह पूछा जाता है कि जिस स्थिति से सम्भवतः रोग उत्पन्न हुआ है, उसके बारे में नया क्या है ? उन्होंने कहा कि अमेरिका में एड्स के शुरुआती मामले पाँच समलिंगी लोगों के थे। वे सामान्य समलिंगी नहीं थे। वे नशीले पदार्थों के आदी थे जो कोकीन, हेरोइन और पॉपर का इस्तेमाल करते थे। पॉपर इम्युन सिस्टम को नष्ट करने के लिए जाना जाता है। डॉ. गिराल्डो ने कहा कि यह स्पष्ट था कि कोकीन इम्युन सिस्टम को क्षति पहुँचाता है और यही काम हेरोइन,

अल्कोहल और मेरिजुआना करते हैं। इनके साथ अन्य कारण जैसे कि खाद्य पदार्थ बहुत कम लेना, आदि मिलकर एड्स पैदा करते थे।

डॉ. गिराल्डो कहते हैं कि मूल गलतियाँ 1980 में एड्स शोध की शुरुआत में की गईं। 1965 तक संक्रामक रोगों का अध्ययन और इस विषय पर विशेषज्ञता कोर्स कर चुके डॉ. गिराल्डो ने अपने-आप से साधारण सन्देहों पर सवाल करना शुरू किया—10 में से 2 लोगों को क्यों टी.बी. हुई जबकि दूसरों को नहीं ? शताब्दी की शुरुआत से लोगों को इम्यून डिफिशिएंसी की समस्या थी 1970 के मध्य में डॉ. गिराल्डो को 'कापोसिस सरकोमा' (KS) में रुचि हुई जो मध्य अफ्रीका में प्रचलित था और जो अधिक इम्यून दबाव वाले लोगों में होता था। जैसे कैंसर के लिए कैमोथैरेपी करवा रहे लोगों, आदि को। एक और बीमारी Toxoplasmosis अधिक इम्युन दबाववाले लोगों में पाई जाती थी जो समलिंगी या 'हाई रिस्क' ग्रुप के नहीं थे। इन दोनों बीमारियों का सम्बन्ध एड्स से जोड़ा गया।

डॉ. गिराल्डो का मानना है कि एड्स मानसिक, शारीरिक, जैविक या रासायनिक दबाव के कारण होता है। वे स्वीकार करते हैं कि यह कहना आसान है कि एचआईवी एड्स का कारण है, उनके समूह की परिकल्पना को समझना मुश्किल है। यह साधारण तर्क है कि दवाओं या विषैले तत्वों के सम्पर्क में लम्बे समय तक रहने से मानव शरीर में विभिन्न प्रकार की प्रतिक्रियाएँ होती हैं। एड्स से संक्रमित होना आसान नहीं है। सामान्यतः मानव शरीर एक समय में कई 'स्ट्रेसर्स' से निपटने में सक्षम होता है। बहरहाल इन दिनों लोग बहुत मात्रा में स्ट्रेसर्स के सम्पर्क में आते हैं।

डॉ. गिराल्डो कहते हैं कि लोग अब अधिक दवाओं का प्रयोग करते हैं। दवाओं की प्रतिक्रिया से रासायनिक स्ट्रेसर्स होते हैं। प्रदूषण का स्तर अधिक है। यहाँ तक कि खाद्य सामग्री में भी रासायनिक स्तर पर बहुत अधिक प्रदूषण होता है। शारीरिक स्ट्रेसर्स में आते हैं—कम्प्यूटर, सेलफोन, वायरलैस, सैटेलाइट आदि जो इम्युन सिस्टम को प्रभावित करनेवाले इलैक्ट्रोमैगनेटिक क्षेत्र का निर्माण करते हैं। जैविक स्ट्रेसर्स जीवित तत्त्वों के शरीर में घुसने से पैदा होते हैं। डॉ. गिराल्डो कहते हैं कि शुक्राणु और रक्त दोनों जैविक स्ट्रेसर्स हैं। वे कहते हैं कि व्यावसायिक यौनकर्मी बड़ी संख्या में शुक्राणुओं के सम्पर्क में आते हैं। वियतनाम युद्ध के समय व्यावसायिक यौनकर्मियों के स्वास्थ्य पर कराए गए एक अध्ययन से पता चला कि उनमें अधिक गरीब यौनकर्मी जो हर दिन बड़ी संख्या में ग्राहकों को सन्तुष्ट करती थीं, उनमें संक्रमण की ऊँची दर पाई गई। स्वच्छन्द सेक्स और इम्यून सिस्टम के बीच पारस्परिक सम्बन्ध बताने में डॉ. गिराल्डो सतर्क रहते हुए कहते हैं कि पोषण सम्बन्धी स्ट्रेसर्स जैविक स्ट्रेसर्स से मिलकर इम्यून सिस्टम को नुकसान पहुँचा सकते हैं। उनके अनुसार समलिंगी सम्बन्ध हमेशा से अस्तित्व में रहे हैं लेकिन अब इसे नशीले पदार्थों के साथ जोड़कर देखा जाने लगा है। मानसिक स्ट्रेसर्स के बारे में वह कहते हैं कि यह एक स्वीकृत तथ्य है कि मानसिक तनाव शरीर में कुछ खास रासायनिक परिवर्तन लाता है जो इम्यून सिस्टम को प्रभावित करते हैं।

डॉ. गिराल्डो इस बात से सहमत हैं कि विकासशील देशों में एड्स के कारण विकसित देशों से भिन्न हैं। अगर अमेरिका या यूरोप में कुछ समलैंगिकों में एड्स पाया गया तो अफ्रीका में ऐसा नहीं है, न ही अफ्रीका में लोग पॉपर्स लेते हैं, न **सेक्सुअल उत्सव मनाते हैं। इसी प्रकार गरीब देशों के समलिंगी लोग एड्स से संक्रमित नहीं हैं।** व्यावसायिक यौनकर्मी जो गरीबी और नशीले पदार्थों के सम्पर्क में रहते हैं, उन्हीं को एड्स होता है। डॉ. गिराल्डो कहते हैं कि विकसित देशों में शारीरिक और मानसिक स्ट्रेसर्स एड्स के प्रमुख कारण हैं और विकासशील या अविकसित देशों में कुपोषण मुख्य वजह है।

डॉ. गिराल्डो कहते हैं कि मानवजाति के इतिहास में पहले कभी लोगों के आय-स्तर में इतना अधिक अन्तर नहीं था। पहले कभी गरीब देशों के लोग इतने गरीब और कुपोषित तथा अमीर लोग इतने अमीर नहीं थे।

डॉ. गिराल्डो और उनके ग्रुप के लिए एड्स एक 'टॉक्सिक सिंड्रोम' है न कि कोई संक्रामक रोग। वह कहते हैं कि वह एड्स का कारण ढूँढ़ने की वजह से चर्चित हुए वैज्ञानिक डॉ. राबर्ट गैलो से मिले और पूछा कि यह कैसे सम्भव है कि एड्स विकसित देशों में समलैंगिकता और अफ्रीका में विषमलैंगिकता से फैलता है। इसका उत्तर यह मिला कि एड्स के सेक्सुअली फैलने के बारे में कोई शोध नहीं हुआ और न ही एचआईवी वायरस को अलग किया जा सका है। डॉ. गिराल्डो कहते हैं कि 23 अप्रैल, 1984 को बिना किसी वैज्ञानिक विचार-विमर्श या शोधपत्र पेश किए डॉ. गैलो और अन्य तीन ने अमेरिकी मीडिया के सामने घोषणा की कि एचआईवी एड्स का कारण है और केन्द्रीय सरकार के शोधकर्ताओं ने भी यही पाया।

एचआईवी की उपस्थिति जाँचने के लिए इस्तेमाल किए जानेवाले तीनों टेस्ट—एलीसा, वेस्टर्न ब्लाट और पी.सी.आर. एचआईवी की उपस्थिति की पुष्टि नहीं करते। दवा निर्माता कम्पनियाँ इस तथ्य को जानती थीं, फिर भी उन्होंने इन टेस्टों को प्रोत्साहित किया। डॉ. गिराल्डो कहते हैं कि 70 से अधिक शारीरिक अवस्थाओं में एलीसा टेस्ट पॉजिटिव परिणाम देता है।

डॉ. गिराल्डो और उसका ग्रुप मानता है कि एड्स एक नई अवस्था है और पहले इस प्रकार की इम्यून डिफिशिएंसी नहीं थी। वे चाहते हैं कि एड्स पर एचआईवी से स्वतन्त्र होकर शोध किया जाए। हालाँकि बहुत कम पत्रिकाएँ ऐसी हैं जो इस 'साइंटिफिक रिअप्रेजल ग्रुप' की एड्स परिकल्पना की समीक्षा की माँग सम्बन्धी बयान छापना पसन्द करेंगी।

# वायरल लोड

एचआईवी/एड्स परिकल्पना के साथ एक स्पष्ट समस्या यह है कि शोधकर्ता पॉजिटिव व्यक्तियों में पर्याप्त एचआईवी खोज पाने में असमर्थ रहे। यहाँ तक कि एड्स सूचक बीमारियों से गम्भीर रूप से पीड़ित लोगों में भी उतनी संख्या में एचआईवी की पहचान नहीं हो सकी जो इम्यून कोशिकाओं में कमी ला सके। (हो डी 1991, न्यू इंग्लैंड जर्नल ऑफ मेडिसिन-324-961)

शरीर को हानि पहुँचाने के लिए एक वायरस को कम से कम एक तिहाई टारगेट सेल्स को संक्रमित करना होता है (एड्स के मामले में ये इम्यून सिस्टम के टी सेल्स होते हैं) और उन्हें तेजी से नष्ट करना पड़ता है। जैसे हेपेटाइटिस या सामान्य सर्दी-जुकाम में जिम्मेदार वायरस प्रति मिलीलीटर रक्त में मिलियन या बिलियन की संख्या में होते हैं और एंटीवायरल इम्युनिटी को छोड़कर वे सभी प्रभावशील कोशिकाओं को संक्रमित कर देते हैं। एड्स में प्रति मिलीलीटर रक्त में मात्र औसतन 10 एचआईवी पाए जाते हैं और सामान्य एंटीवायरल इम्युनिटी व एंटीबॉडीज के रहते हुए व्यक्ति को बीमार घोषित कर दिया जाता है। (ड्यूसबर्ग, P -1996 इन्वेंटिंग द एड्स वायरस रीजेंसी प्रेस)

एचआईवी को एड्स का कारण माननेवाली धारणा के विपरीत एक बात यह है कि एचआईवी साइटोटौक्सिक नहीं है यानी यह कोशिकाओं को नष्ट नहीं करता। 1984 में एचआईवी को एड्स का कारण स्वीकार करने के बाद से एड्स शोधकर्ताओं ने एचआईवी की कोशिकानाशक क्षमताओं के बारे में असंख्य परिकल्पनाएँ प्रस्तुत कीं लेकिन वे यह स्पष्ट करने में असमर्थ रहे कि एक नन-साइटोटौक्सिक वायरस कैसे टी सेल्स को नुकसान पहुँचाकर एड्स का कारण बन सकता है।

लगभग एक दशक तक विशेषज्ञ यह दावा करते रहे कि एचआईवी एक धीमा वायरस है जो सक्रिय होकर इम्यून कोशिकाओं को क्षतिग्रस्त करने से पहले कुछ समय तक निष्क्रिय या छिपा हुआ रहता है। इस विचार को विश्व स्तर पर स्वीकार कर लिया गया हालाँकि एड्स के रोगी के गम्भीर रूप से बीमार होने पर जब एचआईवी को सर्वाधिक सक्रिय होना चाहिए, एचआईवी की समुचित मात्रा नहीं पाई गई। (वायरस एंड ड्रग इंड्यूस्ड, ड्यूसबर्ग, P-1996)

एचआईवी परिकल्पना की कमियों को 1995 में पूरा करने का प्रयास तब किया गया जब आरोन डायमंड रिसर्च सेंटर (Aaron Diamond Research Center) के

डॉ. David Ho और अल्बामा विश्वविद्यालय के डॉ. जॉर्ज शॉ तीत शोधकर्ताओं के एक दल ने अविवादित प्रमाण के रूप में अपना दावा प्रस्तुत किया। उनका कहना था कि एचआईवी संक्रमण के तुरन्त बाद ही सक्रिय हो जाता है और टी-सेल्स को नष्ट करने योग्य उचित मात्रा में उपस्थित रहता है। उन्होंने पालिमरीज चेन रिएक्सन (Polymerase chan reaction—P.C.R.) की नई प्रौद्योगिकी पर आधारित वायरस गणना विधि द्वारा एड्स रोगियों के प्रति मिलीलीटर रक्त में एक लाख से अधिक एचआईवी होने का दावा किया। उनके शोधपत्रों के अनुसार उचित संख्या में मौजूद होने के बावजूद एचआईवी को दूसरे तरीकों से नापा नहीं जा सकता। 1995 तक वायरस खोजने और उसकी मात्रा का पता लगाने के लिए वायरस को अलग करने की विधि का प्रयोग किया जाता था। एचआईवी के सिवाय अन्य सभी वायरसों पर इस तरीके का सफल प्रयोग होता रहा है। लेकिन वायरस लोड के समर्थकों ने इस बात पर बल दिया कि वैज्ञानिकों को वायरस अलग करने की बजाय जेनेटिक तत्त्वों के अंशों पर ध्यान केन्द्रित करना चाहिए।

पी.सी.आर. (P.C.R.) एक नई पद्धति है जिसमें वैज्ञानिक रक्त का एक ऐसा नमूना लेने में सक्षम होते हैं जिसमें पकड़ में न आनेवाले डी.एन.ए. एवं आर.एन.ए. खोजे जा सकते हैं। 'फोर्ब्स' पत्रिका ने पी.सी.आर. को 'जिरोक्स मशीन का जैवप्रौद्योगिकी रूपान्तरण' कहा। डॉ. Kary Mullis, जिन्हें इस रचना के लिए नोबेल पुरस्कार मिला, ने इसे स्पष्ट करते हुए कहा कि 'पी.सी.आर. द्वारा किसी ढेर में एक सुई को खोजना सम्भव है क्योंकि यह सुई को ही ढेर में बदल देता है।' पी.सी.आर. विज्ञान के कई क्षेत्रों में प्रभावशाली सिद्ध हुआ है लेकिन एड्स रिसर्च में इसका इस्तेमाल उपयोगी से अधिक भ्रामक रहा है। यह बात स्वयं कैरी मुलिस भी मानते हैं (कैरी मुलिस, हील, लॉस-ऐंजेल्स, अक्तूबर 25, 1995)

हो और अन्य शोधकर्ताओं ने पी.सी.आर. को एचआईवी नहीं बल्कि आर.एन.ए. के अंशों का पता लगाने के लिए इस्तेमाल किया। इस तर्क का इस्तेमाल करते हुए कि हर एचआईवी वायरस में दो एचआईवी आर.एन.ए. होते हैं, उन्होंने अनुमान लगाया कि हर दो आर.एन.ए. अंश को एक एचआईवी वायरस के बराबर होना चाहिए।

'वायरल लोड' को एड्स रिसर्च में एक उल्लेखनीय योगदान के रूप में देखा गया और इसके लिए डॉ. हो को अनेक पुरस्कार मिले जिसमें 'टाइम' पत्रिका द्वारा 1996 का 'मैन ऑफ द इयर' पुरस्कार शामिल था। वायरल लोड के परिणामों से ही नई एड्स दवाओं को प्रभावशाली माना गया। वायरल लोड को कम करने की क्षमताओं के कारण ही Protease Inhibitors को स्वीकृति दी गई। मीडिया, एड्स संगठन और अधिकतर एड्स डॉक्टरों ने 'वायरल लोड' परिकल्पना को एक तथ्य के रूप में स्वीकार कर लिया है।

वायरल लोड परिकल्पना के अनुसार किसी व्यक्ति के संक्रमित होने के बाद करोड़ों एचआईवी हर दिन सी.डी. 4 कोशिकाओं को संक्रमित करते हैं और घातक कोशिकाएँ

(CD 8 cells) लगातार करोड़ों सी.डी. 4 कोशिकाओं को नष्ट करती रहती हैं। नई असंक्रमित सी.डी. 4 कोशिकाएँ तुरन्त नष्ट कोशिकाओं के स्थान पर आ जाती हैं। आखिरकार इस संघर्ष के एक से 15 वर्षों बाद वायरस इम्यून सिस्टम पर विजय पा लेता है और एड्स सूचक बीमारियाँ उभरने लगती हैं। वायरल लोड के समर्थकों का मानना है कि सी.डी. 4 कोशिकाऔं का तुरन्त क्षतिग्रस्त कोशिकाओं की जगह आ जाने के कारण शुरू में इनका पता नहीं चलता। बहरहाल 'वायरल लोड' परिकल्पना दो महत्त्वपूर्ण सवालों का जवाब देने में असमर्थ है—अगर करोड़ों एचआईवी उपस्थित होते हैं तो उन्हें खोजने के लिए पी.सी.आर. क्यों आवश्यक है ? और यदि एचआईवी का पता लगाने का पी.सी.आर. ही एकमात्र रास्ता है तो उसके नतीजों की जाँच करना कैसे सम्भव है ?

एक और समस्या यह है कि पी.सी.आर. वायरस नहीं बल्कि जीन को खोजता और बढ़ाता है, अक्सर जीन के खंडों को। जब वह एक दर्जन सम्पूर्ण जीनों में से दो या तीन जेनेटिक खंडों को ढूँढ़ निकालता है तो यह इस बात का प्रमाण नहीं है कि सभी जीन या सम्पूर्ण जीनोम उपस्थित हैं या एक सम्पूर्ण एचआईवी वायरस उपस्थित हैं। इसके अतिरिक्त किसी व्यक्ति में बिना एक भी वायरस के उत्पन्न हुए जीवनपर्यन्त रेट्रोवायरल जीनोम रह सकता है।

एफ.डी.ए. ने पी.सी.आर. वायरल लोड को एचआईवी की खोज या डायग्नोस्टिक उद्देश्यों के लिए स्वीकृति नहीं दी है। सी.डी.सी. स्वीकार करता है कि पी.सी.आर. की विशेषता और संवेदनशीलता अज्ञात है और इसे नियमित डायग्नोस्टिक उद्देश्यों के लिए प्रयुक्त नहीं किया जा सकता। यह इस जाँच-पद्धति के निर्माता भी स्वीकार करते हैं। हालाँकि किसी शोध में एचआईवी निगेटिव लोगों पर पी.सी.आर. जाँच का अध्ययन नहीं किया गया लेकिन ऐसे कई मामले हैं जब एचआईवी निगेटिव लोगों में वायरल लोड का पर्याप्त स्तर पाया गया।

'Johns hopkins school of public health' के शोधकर्ताओं की एक टीम ने पी.सी.आर. वायरल लोड टेस्ट को अविश्वसनीय और खर्चीला बताया है। एड्स शोधकर्ता डॉ. डेविड रासनिक के एक शोधपत्र के अनुसार वायरल लोड द्वारा गणना किए गए 99.8 प्रतिशत वायरस कण असंक्रामक होते हैं और पी.सी.आर. के स्थान पर रक्त प्लाज्मा में वास्तविक एचआईवी की पहचान करनेवाले टेस्ट को विकसित किया जाना चाहिए।

इतनी कमियों और अविश्वसनीयता के बावजूद एड्स के डॉक्टर एचआईवी संक्रमण का पता लगाने के लिए पी.सी.आर. जाँच का इस्तेमाल करते हैं और इसके आधार पर दीर्घकालीन प्रोटीज इनहीबिटर्ज दवाएँ, ए.जेड.टी. जैसे कैमोथैरेपी मिश्रण, शक्तिशाली एंटीबायोटिक्स और अन्य दवाएँ लेने की सलाह देते हैं। साथ ही इसे नवजात शिशुओं पर भी इस्तेमाल करके उन्हें एड्स की दवाएँ दी जाती हैं।

वायरल लोड क्यों विश्वसनीय नहीं है ?

—वायरल लोड सिर्फ जीन के अंशों को पहचान कर उन्हें बढ़ाता है, एचआईवी को

नहीं।

—निर्माताओं का भी कहना है कि वायरल लोड एचआईवी की उपस्थिति सुनिश्चित नहीं करता।

—एफ.डी.ए. ने डायग्नोस्टिक इस्तेमाल के लिए वायरल लोड को मान्यता नहीं दी है।

—एचआईवी निगेटिव पाए गए स्वस्थ व्यक्तियों में भी वायरल लोड पाए गए।

—उच्च वायरल लोड का सम्बन्ध टी. सेल्स की कमी या बीमारी से नहीं है।

—कम वायरल लोड का अर्थ उच्च टी. सेल्स और अच्छा स्वास्थ्य नहीं है।

# एचआईवी नहीं तो क्या है एड्स का कारण

एड्स वायरस परिकल्पना के अनुसार एचआईवी संक्रमण के कारण एड्स होता है। यह वायरस शरीर की प्रतिरक्षात्मक प्रणाली को नष्ट करके एड्स सूचक रोगों को उभरने का मौका देता है। लेकिन विडम्बना यह है कि एड्स सूचक माने जानेवाले रोग एचआईवी निगेटिव लोगों में भी होते हैं और 'एड्स' नाम स्वीकार करने से पहले भी ये सभी रोग अस्तित्व में थे। रोग-प्रतिकारक क्षरण (इम्यून डिफिसिएंसी) बहुत से ऐसे तत्त्वों से भी हो सकता है जो न तो संक्रामक होते हैं और न रक्त द्वारा फैलनेवाले, जैसे शारीरिक, रासायनिक, जैविक एवं मनोवैज्ञानिक कारण। कुछ अवस्थाएँ ऐसी होती हैं जिसमें लगातार एवं लम्बे समय तक रहने पर एड्स हो सकता है।

**शारीरिक कारण :** शारीरिक कारणों में कुपोषण एवं लम्बे समय तक नींद की कमी प्रमुख है। 1985 में एड्स शोधकर्ता डॉ. एन्थोनी फौकी ने कहा कि पूरे विश्व में खासकर विकासशील देशों में कुपोषण रोग प्रतिकारक क्षरण का सबसे बड़ा कारण है। दुर्भाग्य से कुपोषण और संक्रमण एक-दूसरे से जुड़े हुए हैं और एक दूसरे को बढ़ाते भी हैं। गर्भवती महिलाओं को अगर पौष्टिक आहार न मिले तो यह सर्वविदित है कि उत्पन्न शिशु भी कुपोषण का शिकार होता है और दीर्घस्थायी रूप से या कभी-कभी तो जीवनपर्यन्त रोग-प्रतिकारक उन्मूलन (Immunne Suppression) का कारण बनता है। गरीबी, निम्न जीवन-स्तर और दूषित जल बीमारियों और खराब स्वास्थ्य को बढ़ावा देते हैं। इस तरह हम देखते हैं कि विकासशील देशों में कई ऐसी वजहें हैं जो शरीर की प्रतिरोधक क्षमता को कमजोर बनाती हैं और तब सामान्य जीवाणु भी प्रबल संक्रमण का कारण बन जाते हैं, जबकि विकसित देशों में उनसे कोई स्वास्थ्य समस्या नहीं होती। हेरोइन, कोकीन जैसे नशीले पदार्थों का लगातार सेवन करनेवाले लोग भी अपनी प्रतिरोधक क्षमता को नष्ट कर बैठते हैं। और तब एचआईवी/एड्स परिकल्पना के प्रतिपादकों के अनुसार 'एड्स' के रोगी हो जाते हैं।

**रासायनिक कारण :** प्रतिरोधक क्षमता को क्षति पहुँचानेवाले रसायनों में कुछ दवाएँ हैं जो संयोग से एड्स नामक बीमारी से लड़ने के लिए दी जाती हैं, जिसमें प्रमुख हैं—ए.जेड.टी. एवं अन्य कैमोथैरेपी मिश्रण, प्रोटीज इनहीबिटर्ज एवं एंटीबायटिक। कैमोथैरेपी अस्थि मज्जा कोशिकाओं को नष्ट करती है। यह पूरी तरह विकसित प्रतिरोधी कोशिकाओं, टी. सेल्स और लाल रक्त कोशिकाओं को भी नुकसान पहुँचाती है।

कैमोथैरेपी पाचन क्षेत्र के भीतरी परत को बनानेवाली कोशिकाओं को नष्ट करके पाचन क्रिया को खत्म कर देती है जो अन्ततः जीवन को खतरे में डाल देती है। बहुत कम मात्रा में इस्तेमाल किए जाने पर भी कैमोथैरेपी सामान्य प्रतिरोधी क्रियाओं का दमन करके बहुत से संक्रमणों को बढ़ावा देती है और जानलेवा 'एनीमिया' और 'डायरिया' का कारण बन जाती हैं। ए.जेड.टी., डी.डी. 1 और डी.डी.सी., डी. 4 टी और 3 टी. सी. ये सब कैमोथैरेपी मिश्रण हैं जो 'एड्स' के इलाज में दिए जाते हैं।

'प्रोटीज इनहीबिटर्ज' लीवर को क्षति पहुँचाती है और अन्ततः उसे पूरी तरह नष्ट कर देती है। साथ ही इससे उच्च कोलेस्ट्रोल स्तर, 'डायरिया' और अन्य स्वास्थ्य समस्याएँ पैदा होती हैं। 'स्टीरॉयड' भी रोग प्रतिकारक क्षरण का प्रमुख कारण है, जो एड्स रोगियों को दी जाती है। एंटीबॉयटिक का लगातार इस्तेमाल यीस्ट संक्रमण और डायरिया का कारण बनता है। एड्स रोगियों को दी जानेवाली 'सेप्ट्रा' और 'बैक्ट्रीम' दवाएँ डायरिया, मतली, ऐनोरेक्सिया, बुखार, हेपेटाइटिस, एनीमिया, पित्ति निकलना तथा और भी दूसरे 'साइड इफैक्ट' उत्पन्न करती हैं।

**जैविक कारण :** यौन रोग, हेपेटाइटिस, क्षय रोग, मलेरिया, फंगल बीमारियाँ, जियार्डिया जैसे परजीवी तथा बैक्टीरिया जनित रोग के बार-बार आक्रमण से प्रतिरोधी क्षमता पर बुरा प्रभाव पड़ता है।

**मनोवैज्ञानिक कारण :** लगातार तनाव, बेचैनी और अवसाद से ग्रस्त होने पर स्वास्थ्य खराब होता है और प्रतिरोधक प्रणाली को क्षति पहुँचती है। मानसिक तनाव के कारण कर्टिजल हारमोन का अधिक मात्रा में उत्पादन होने लगता है जिससे टी.सेल्स में तेजी से कमी आने लगती है। तनाव के कारण कुछ ही मिनटों में कार्टिजल स्तर 20 गुना बढ़ सकता है। उसी अनुपात में टी.सेल्स का क्षरण होता है। जिन लोगों की जाँच में बार-बार एचआईवी निगेटिव आता है उनमें भी एड्स का भय 'एड्स' सूचक शारीरिक लक्षण पैदा कर सकता है। इस 'एड्स फोबिया' से वजन में कमी तथा टी. सेल्स में कमी होते देखी गई है। एड्स सूचक लक्षणों में टी.सेल्स में कमी को प्रमुख माना जाता है। अतः एचआईवी एड्स की परिकल्पना के उद्घोषकों के लिए यह बड़ा सरल हो जाता है कि वह अपनी कल्पना की उपज 'एड्स' रोग को ऐसे लोगों के मत्थे मढ़ दें। एड्स का कारण एचआईवी नहीं है, यह समझने के लिए इन तथ्यों पर नजर डालना आवश्यक है।

—'एड्स' कई परिचित रोगों का नाम है। यह स्वयं में कोई रोग नहीं है।

—घोषित किए गए आधे से अधिक एड्स रोगियों में किसी बीमारी के लक्षण नहीं पाए गए।

—रोग प्रतिकारक क्षरण (इम्यून डिफिसिएंसी) के अनेक कारण हो सकते हैं।

—'एड्स' सूचक सभी रोग एचआईवी निगेटिव लोगों में भी होते हैं।

—एचआईवी जाँच से वास्तविक वायरस नहीं, बल्कि एंटी वायरल प्रोटीन या जेनेटिक तत्त्वों का ही पता लगाया जा सकता है।

—रक्त में पाए जानेवाले अन्य 'एंटीबॉडीज' और जीवाणु जाँच के दौरान 'पॉजिटिव' प्रतिक्रिया दे सकते हैं।

—एक बार एचआईवी पॉजिटिव जाँच आने पर व्यक्ति को कैमोथैरेपी तथा अन्य रसायन दिए जाते हैं जो शरीर की प्रतिरोधक क्षमता को नष्ट कर उसे वास्तव में रोगग्रस्त बना देते हैं।

'एड्स' के मामलों में अप्रमाणित धारणा और अनिश्चित जाँच के आधार पर पाए गए निष्कर्षों के तहत इस तथाकथित रोग के निदान की कोशिश की जाती है। मरीज को ऐसी दवाएँ लेने की सलाह दी जाती है जो न सिर्फ स्वास्थ्य को नुकसान पहुँचाती हैं बल्कि शरीर की महत्त्वपूर्ण क्रियाओं को भी हमेशा के लिए नष्ट कर देती हैं। एचआईवी घोषित व्यक्ति के लिए तथ्यों की सही जानकारी जीवन और मरण का प्रश्न है। उसके द्वारा लिया गया निर्णय सही और प्रामाणिक आँकड़ों पर आधारित होना चाहिए। एचआईवी एवं एड्स के बारे में सही जानकारी पाना हम सबकी आवश्यकता एवं अधिकार है। लेकिन एड्स संगठनवाले करते क्या हैं ? वे एचआईवी पॉजिटिव लोगों को निःशुल्क जानकारी एवं निर्देश उपलब्ध कराने का दम्भ तो भरते हैं पर उन जानकारियों में होता क्या है ? वे तटस्थ भाव से बताते हैं कि वसीयत कैसे बनाएँ, हेल्थ इंश्योरेंस कराएँ, कौन-सी जाँच और दवाइयाँ लें और कौन-कौन-सी बीमारियों का इन्तजार करें। जाहिर है ये सब बातें इस पूर्वानुमान पर आधारित होती है कि एचआईवी पॉजिटिव लोग बीमार हैं और उनका अधिक दिनों तक ज़िन्दा रहना सम्भव नहीं। कुछ एड्स संगठन लोगों तक उन आँकड़ों को पहुँचने से भी रोकते हैं जो उनके निष्कर्षों को गलत साबित करते हैं। पॉजिटिव घोषित व्यक्ति को जो एड्स शिक्षा मिलती है उसके अनुसार उनका चयन विषैली दवाओं तक सीमित हो जाता है और वह लगातार भय और निराशा के माहौल में जीने लगता है। यह स्थिति उसे मौत के करीब ले जाती है जबकि दूसरी ओर ऐसे हजारों एचआईवी पॉजिटिव लोग हैं जो विषैली दवाओं के बिना स्वस्थ जीवन बिता रहे हैं। 'एड्स' को अच्छी तरह समझने के लिए यह आवश्यक है कि उपलब्ध जानकारियों की पूरी जाँच की जाए और सम्पूर्ण जानकारी होने तक कोई फैसला न किया जाए।

लेकिन हो इसके विपरीत रहा है। वे अपने पूर्व निर्धारित कार्यक्रमों की तेज गति से अच्छे खासे लोगों को भ्रमित करते हमारे जीवन में प्रवेश कर चुके हैं। वे जितना खर्च प्रचार में कर रहे हैं उतना शोध पर नहीं, जबकि पक्के तौर पर कुछ भी कह पाना एड्स महारथियों के लिए भी सम्भव नहीं है। वे एड्स शिक्षा या जागरूकता अभियान चला रहे हैं। इसके तहत वे कर क्या रहे हैं ? वे कोई तथ्यात्मक जानकारी नहीं देते। बस, प्रचलित मत, अपुष्ट दावों और अप्रमाणिक अनुमान लोगों के सामने प्रस्तुत करके इसे एड्स जागरूकता का नाम दे रहे हैं। उनका कहना है एड्स एक महामारी है जबकि कायदे से वे यह भी नहीं सिद्ध कर पाए हैं कि यह कोई बीमारी भी है। बहरहाल वे जो भी रोगी एड्स के नाम पर ढूँढ़ पाए हैं वे सब के सब सूइयों से नशा करनेवाले पुरुष

समलैंगिक लोग हैं। व्यापक रूप से इसके फैलने का विश्व में कहीं कोई प्रमाण नहीं है। जिस अफ्रीका को उन्होंने 'एड्स' की राजधानी घोषित किया वहाँ भी 99.5 प्रतिशत लोगों में, उनके हिसाब से भी, एड्स का कोई लक्षण नहीं पाया गया। इसके संक्रामक होने का तो सवाल ही नहीं उठता। 'एंटीबॉडीज' के लिए किये जानेवाले टेस्ट में, जिसकी कोई प्रामाणिकता नहीं है, पॉजिटिव नतीजा आने पर वे उसे 'एड्स' से संक्रमित मान लेते हैं। 'एड्स' का वायरस अभी ढूँढ़ा जाना बाकी है, फिर भी वे कुछ जाँच करते हैं। हकीकत में यह 'एंटीबॉडीज' के लिए जाँच होती है लेकिन केवल वायरल 'एंटीबॉडी' किसी रोग का कारण नहीं बन सकते। 'एड्स' के निदान के लिए कोई जाँच नहीं है।

वैसे भी सबसे खतरनाक कार्यक्रम अभी आना बाकी है। दवा कम्पनियाँ अपनी प्रयोगशालाओं में करोड़ों खर्च कर टीका तैयार करने में लग चुकी हैं। शोधकर्ताओं का कहना है कि टीका द्वारा 'एंटीबॉडीज' का उत्पादन 'एड्स' से लोगों का बचाव करेगा। जबकि दूसरी ओर वे प्राकृतिक रूप से उत्पन्न एचआईवी एंटीबॉडी को वर्तमान या आसन्न रोग का संकेतक मानते हैं। समझा जा सकता है कि यह टीका हमारे जीवन में क्या कुछ लानेवाला है ! जब टीकाकरण कार्यक्रम के तहत किसी भी बच्चे का बच पाना मुश्किल होगा, तब कल्पना में जिस बीमार देश की तस्वीर उभरती है, उसे सोचकर ही रोंगटे खड़े हो जाते हैं।

एड्स संगठनों, मीडिया और सरकारी प्रचार अभियानों के अनुसार हर कोई एड्स के लक्ष्य पर है। एड्स परिकल्पना को मजबूती प्रदान करने के लिए इसे सबसे बड़ी स्वास्थ्य समस्या के रूप में सुनियोजित ढंग से प्रचारित किया जा रहा है। एड्स की दवाओं का जानलेवा कार्यक्रम अपनाने की सलाह दी जा रही है, मानो यह जिन्दगी लेती नहीं, देती हो। ऐसा नहीं है कि यह कार्यक्रम सिर्फ एड्स रोगियों तक सीमित है बल्कि उन पर भी यह कार्यक्रम समान रूप से लागू है जो स्वस्थ हैं, क्योंकि माना यह जा रहा है कि वे भी एड्स के सम्भावित रोगी हैं। इसे पक्का मानिए कि आनेवाले दिनों में यह अग्रिम हस्तक्षेप स्वास्थ्य समस्याएँ उत्पन्न करनेवाला साबित होनेवाला है। उदाहरण आने अभी से ही शुरू हो चुके हैं।

# एड्स और दवाएँ

चाहे यह बात जितनी भी अजीब लगे लेकिन देखने में यही आ रहा है कि दुनिया-भर के एड्स प्रवक्ता एवं मीडिया इस बात पर एकमत हैं कि एड्स के मामलों एवं मरने वालों की संख्या में गिरावट का कारण दवाओं का नया सम्मिश्रण है जबकि इन दावों का कोई चिकित्सीय आधार नहीं है। देखा जाए तो एड्स से हुई मौतों में गिरावट 1993 में शुरू हुई, जबकि इसके कई वर्षों बाद सामान्य इस्तेमाल के लिए ये दवाएँ उपलब्ध हुईं। सी.डी.सी. के आँकड़े भी बताते हैं कि इन दवाओं के अस्तित्व में आने से पहले ही एड्स मामलों में कमी आ चुकी थी। तो फिर क्या कारण है कि एड्स प्रवक्ता एवं मीडिया इस बात का श्रेय दवाओं को दे रहे हैं जबकि उस वक्त दवाएँ सामने आई ही नहीं थीं। दरअसल जब एड्सग्रस्त लोगों की संख्या ठहर गई और मौतें घट गईं और वह भी बिना दवाओं के तो उन्होंने एड्स की व्याख्या को नया विस्तार दिया और इसमें कई पुरानी बीमारियों को भी शामिल कर लिया और इस तरह साबित किया कि उन वर्षों में गिरावट नहीं बल्कि एड्स के मामलों में तेजी से वृद्धि हुई थी। हालाँकि उसके बाद फिर संख्या में लगातार गिरावट देखी गई। लेकिन वे संख्या में सिर्फ तभी से गिरावट देखते हैं जबसे दवाएँ अस्तित्व में आईं।

इस बात का कोई प्रमाण नहीं है कि इन दवाओं के सेवन से एड्स मरीज के स्वास्थ्य में सुधार आता है जबकि इसके कारण पनपनेवाली दूसरी बीमारियाँ, जैसे–सिरदर्द, बुखार, जी मचलाना, मितली, डायरिया, पेटदर्द, यौन कमजोरी आदि प्रमाणित हो चुकी हैं। साथ ही इनसे त्वचा सम्बन्धी समस्याएँ, अति संवेदनशीलता जिसके कारण मृत्यु भी हो सकती है, नर्वस सिस्टम नष्ट होना, लीवर बढ़ जाना, किडनी में पथरी, शारीरिक अपंगता जैसे कूबड़ निकलना, गाल धँस जाना, हाथ-पैर में अकड़न, मधुमेह, हृदयरोग, कई तरह के संक्रमण और रक्तस्राव भी हो सकते हैं। फिर भी मीडिया एड्स जनित मौतों में गिरावट के लिए इन दवाओं को श्रेय देते हैं, वे इस बात का जिक्र करना भी जरूरी नहीं समझते कि इन दवाओं की विफलता की दर बहुत ऊँची है और बहुत कम लोग इनके द्वारा उत्पन्न दुष्परिणामों को सहन कर पाते हैं। जेनेवा में हुए बारहवें विश्व एड्स सम्मेलन में शोधकर्ताओं द्वारा प्रस्तुत आँकड़ों के अनुसार बीस प्रतिशत मरीजों पर इन नई दवाओं का अनुकूल असर नहीं होता जबकि तीस से पचास प्रतिशत मरीजों के 'वायरल लोड' टेस्ट में मामूली-सा परिवर्तन होता है।

और जहाँ तक 'वायरल लोड' टेस्ट का सवाल है, वह पूरी तरह पी.सी.आर. टेस्ट के नतीजों पर निर्भर करता है जबकि वास्तविकता यह है कि पी.सी.आर. वास्तविक वायरस की पहचान करने में समर्थ नहीं है और इसके द्वारा उत्पन्न 'लोड' एक गणितीय गणना है जो हानिकारक वायरस की संख्या नहीं बताता। जब वायरस की गणना के प्रामाणिक तरीके इस्तेमाल किए जाते हैं तो एक लाख का वायरल लोड एचआईवी की दस से कम संक्रामक इकाइयों के बराबर पाया जाता है। इन सबसे अलग सबसे चौंकानेवाली बात यह है कि पी.सी.आर. के आविष्कारक डॉ. कैरी मुलिस एड्स की जाँच के लिए पी.सी.आर. टेस्ट को सही नहीं मानते। वे इस बात का भी खंडन करते हैं कि एचआईवी से एड्स होता है।

बहरहाल आइए अब हम देखें कि ये दवाएँ हैं क्या जो दरअसल जहर का काम करती हैं—ए.जेड.टी. कोई नई दवा नहीं है। यह न तो एंटीवायरल दवा है और न ही इसे एड्स के इलाज के लिए बनाया गया था। यह एक रासायनिक मिश्रण है जिसे लगभग 30 वर्ष पहले कैंसर के इलाज के लिए विकसित किया गया और फिर इसे छोड़ देना पड़ा क्योंकि इसको लेने के परिणाम इसे न लेने से ज्यादा घातक थे।

इसे कैमोथैरेपी चिकित्सा के रूप में विकसित किया गया था। कैमोथैरेपी से शरीर में विकसित हो रही सभी कोशिकाएँ नष्ट हो जाती हैं। बहुत से कैंसर रोगी इम्यून सिस्टम और आँतों पर इसके हानिकारक प्रभावों को सहन नहीं कर पाते थे। इसके हानिकारक प्रभावों के कारण कैमोथैरेपी को कभी भी कैंसर से बचाव के रूप में नहीं इस्तेमाल किया गया और इसे बहुत सीमित समय तक उपयोग में लाने की सलाह दी जाती है।

चूँकि कैंसर में कोशिकाएँ लगातार बढ़ती रहती हैं इसलिए ए.जेड.टी. को नई कोशिकाएँ बनने से रोकने के लिए तैयार किया गया था। 1964 में कैंसरग्रस्त चूहों पर ए.जेड.टी. के प्रयोग द्वारा पता चला कि यह स्वस्थ विकसित हो रही कोशिकाओं को नष्ट करने में इतना प्रभावी है कि चूहे अति विषैलेपन से मर गए। अतः ए.जेड.टी. को कैंसर रोगियों पर इस्तेमाल नहीं किया गया। इसके 20 वर्ष बाद एक दवा कम्पनी ग्लैक्सो 'वेलकम' ने ए.जेड.टी. को एड्स की दवा के रूप में दोबारा बाजार में उतारा और यह तर्क दिया कि यह एचआईवी की डी.एन.ए. श्रृंखला का बनना रोक सकती है। मात्र चार माह के अध्ययन के बाद इस कम्पनी को एड्स की दवा के रूप में ए.जेड.टी. का प्रयोग करने की एफ.डी.ए. द्वारा स्वीकृति मिल गई।

एड्स के मरीजों के लिए इस अत्यन्त विषैले कैमोथैरेपी का प्रयोग करने की स्वीकृति इस आधार पर दी गई कि ए.जेड.टी. टी सेल्स की संख्या बढ़ाती है और इस तरह एड्स से सम्बन्धित रोगों की शुरुआत को विलम्बित कर देती है। ए.जेड.टी. के दीर्घकालीन प्रभावों को जाने बिना ही इसके समर्थकों ने यह स्थापित कर दिया कि ए.जेड.टी. का प्रयोग लगातार और जीवन-भर किया जाना चाहिए। एफ.डी.ए. की स्वीकृति के पहले और बाद में हुए बहुत से स्वतन्त्र अध्ययनों से पता लगा कि ए.जेड.टी. टी सेल्स में बहुत साधारण वृद्धि करता है और इससे न तो स्वास्थ्य में सुधार होता है और न ही यह एड्स

सूचक रोगों के आरम्भ को विलम्बित करती है। ए.जेड.टी. लेना शुरू करने के बाद टी रोल्स में थोड़ी वृद्धि इसके विषैले प्रभाव और अस्थि मज्जा के नष्ट होने की प्रतिक्रिया स्वरूप होती है। जब ए.जेड.टी. अस्थि मज्जा को नष्ट करती है तो रक्त प्रणाली इस कमी को पूरा करने के लिए अधिक टी सेल्स बनाती है लेकिन चूँकि इन टी सेल्स का स्रोत अस्थि मज्जा नष्ट हो जाती है तो टी सेल्स धीरे-धीरे कम होने शुरू हो जाते हैं और आखिरकार इम्यून सिस्टम पूरी तरह नष्ट हो जाता है।

एक तिहाई या आधे एचआईवी पॉजिटिव लोगों में ए.जेड.टी. लेना शुरू करने के बाद एड्स विकसित होता है। स्वतन्त्र अध्ययनों से यह साबित हुआ है कि कभी-कभी एड्स सूचक बीमारियों के प्रकट होने से पहले ही ए.जेड.टी. रोगी की मौत का कारण बन जाती है।

टी सेल्स, बी सेल्स और लाल रक्त कोशिकाओं को क्षतिग्रस्त करने के साथ-साथ ए.जेड.टी. और अन्य दवाएँ किडनी, लीवर, आँतों, मांसपेशियों के उत्तक और केन्द्रीय नाड़ी तन्त्र को भी नष्ट कर देता है।

ऐसा नहीं कि दवा निर्माता इस बात से अनभिज्ञ थे। शुरुआती दिनों में जब यह दवा जानवरों पर प्रयोग की जा रही थी तब इस पर चेतावनी देता हुआ एक लेबल लगा होता था जिस पर साफ लिखा होता था–'दवा सूँघने पर विषैली है, छूने पर त्वचा को हानि पहुँचाती है और यदि निगल ली जाए तो 'ब्लड बोन मैरो' को नष्ट करती है। यदि आप अस्वस्थ महसूस करते हैं तो डॉक्टर से सम्पर्क करें। ऐसे कपड़े पहनें जिससे इसका प्रयोग करते वक्त सुरक्षित रहें।'

उपर्युक्त चेतावनी को सही ठहराती हुई यह दवा बिल्कुल जहरीली साबित हुई। यह 1964 की बात है जब इसका प्रयोग चूहों पर किया जा रहा था। यह बढ़ रही स्वस्थ कोशिकाओं को नष्ट कर देता था। फलतः प्रयोग बन्द कर दिए गए। कम्पनी ने दवा को बाजार से हटा दिया। लेकिन बीस वर्ष बाद उसी कम्पनी ने अपना नाम बदलकर

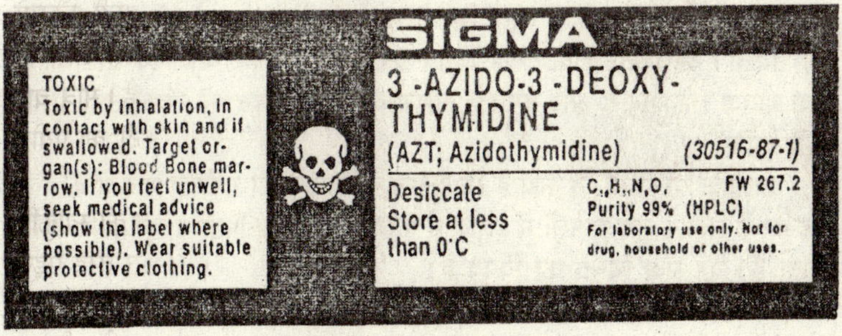


Copy of an AZT Label

*This label has appeared on bottles containing as little as 25 milligrams, a small fraction (1/20 to 1/60) of a patient's daily prescribed dose of 500 to 1,500 mg.*[109]

(बरोज वेलकम से ग्लैक्सो वेलकम) फिर इसी दवा को बाजार में उतारा। एफ.डी.ए. ने भी बिना किसी अध्ययन के इस दवा को अपनी मंजूरी दे दी।

## *गर्भवती महिलाओं पर ए.जेड.टी. का प्रभाव*

अभी हाल तक गर्भावस्था के दौरान ए.जेड.टी. का प्रयोग प्रतिबन्धित था लेकिन मात्र एक परीक्षण के आधार पर इसे गर्भवती महिलाओं के लिए स्वीकृत कर दिया गया। ए.जेड.टी. के निर्माता द्वारा प्रायोजित इस परीक्षण के अनुसार ए.जेड.टी. लेनेवाली माताओं के शिशुओं में संक्रमण दर 8.3 प्रतिशत और न लेनेवाली माताओं के शिशुओं में यह दर 25.5 प्रतिशत है। इस परीक्षण के परिणाम इसके बाद किए गए अध्ययनों से मेल नहीं खाते। अन्य रिपोर्टों ने यह साबित किया कि जिन गर्भवती महिलाओं ने मल्टी विटामिनों का प्रयोग किया, उनके शिशुओं में एचआईवी संक्रमण की दर ए.जेड.टी. लेनेवाली महिलाओं की अपेक्षा कम थी।

गर्भवती महिलाओं पर ए.जेड.टी. के प्रभावों में मांसपेशियाँ कमजोर होना, गम्भीर एनीमिया, स्नायुओं का क्षतिग्रस्त होना, Lymphoma, जी मिचलाना, डायरिया और Dementia मुख्य हैं। साथ ही बढ़ते शिशुओं में सिर का आकार विकृत होना, अतिरिक्त उँगलियाँ, तिकोना चेहरा, दिल में छेद, एनीमिया आदि लक्षण उभर सकते हैं। गर्भवती महिलाओं की एचआईवी जाँच विशेष रूप से चिन्ता का विषय है क्योंकि गर्भावस्था भी जाँच के पॉजिटिव होने का कारण हो सकती है।

एड्स के इलाज की अनिवार्यता का मुद्दा भी गर्भवती महिलाओं की एचआईवी जाँच को आवश्यक बनाता है। हालाँकि सी.डी.सी. के अनुसार अपने और अपने बच्चे के लिए ए.जेड.टी. को स्वीकार या अस्वीकार करना महिला का अधिकार और जिम्मेदारी है, फिर भी इलाज के विकल्पों पर बातचीत के दौरान एड्स की दवाओं के विषैले प्रभावों या अन्य जानकारियाँ नहीं दी जातीं जिनके आधार पर इन दवाओं को अस्वीकार किया जा सकता। अधिकतर डॉक्टर यह विचार प्रकट करते हैं कि पॉजिटिव टेस्ट का अर्थ एक घातक इंफेक्शन है और गर्भवती महिला को तुरन्त एड्स की दवाएँ लेनी शुरू कर देनी चाहिए।

हालाँकि सी.डी.सी. ने कहा है कि इलाज न करवाने का गर्भवती महिला का निर्णय दंडनीय है लेकिन कुछ मामलों में इलाज न करवाने पर माता-पिता से बच्चों को ले लिया जाता है। यह एक चिन्ता का विषय है।

## *प्रोटीज़ इनहीबिटर्ज एवं कौम्बो कॉकटेल*

प्रोटीज इनहीबिटर्ज एड्स की दवाओं का एक नया प्रकार है जिसे पुराने कैमोथैरेपी मिश्रणों, जैसे—ए.जेड.टी. और डी.डी. 1 के साथ दिया जाता है। इस प्रकार की मिश्रित

चिकित्सा को 'काम्बिनेशन कॉकटेल' या 'हाइली एक्टिव एंटीरेट्रोवायरल थैरेपी (HAART) कहा जाता है। इसमें दो भाग न्यूक्लिमो एनालॉग और एक भाग प्रोटीज एनहीबिटर्ज होता है। मीडिया रिपोर्टों और एड्स संगठनों के अनुसार यह मिश्रित चिकित्सा पुरानी कैमोथैरेपी में नई शक्ति लाकर आश्चर्यजनक परिणाम देती है।

एफ.डी.ए. के इतिहास में सबसे शीघ्र और उदार समीक्षा प्रक्रिया के बाद इन दवाओं को स्वीकृति मिल गई और मीडिया ने तुरन्त इसे अद्‌भुत खोज बताया लेकिन इस बात का अब तक कोई प्रमाण नहीं है कि इनसे एड्स के मरीजों को लाभ पहुँचता है। इन दवाओं की शुरुआत के चार सालों बाद भी इससे स्वास्थ्य सुधार के सम्बन्ध में कोई रिपोर्ट प्रकाशित नहीं हुई।

नई दवाओं के इस्तेमाल से 1.4 प्रतिशत और पुरानी दवाओं के इस्तेमाल से 3.1 प्रतिशत मृत्यु दर के दावों का कोई सांख्यिकीय प्रमाण नहीं है। इस तथ्य को छुपाने के लिए दवा के प्रचारक स्वीकार करते हैं कि चूँकि अध्ययन समय पूर्व ही समाप्त कर दिया गया था, इसलिए पूरे आँकड़े उपलब्ध नहीं हैं।

प्रोटीज इनहीबिटर्ज के एक अध्ययन ए.सी.टी.जी. 315 को सफल माना गया जबकि उसके नतीजे मात्र 12 सप्ताह के परीक्षण पर आधारित थे। एड्स संगठन दवाओं की विश्वसनीयता और प्रभाव जाँचने की बजाय लोगों की उन तक व्यापक पहुँच सुनिश्चित करने पर बल देते हैं। मरीजों को प्रोटीज इनहीबिटर्ज का जीवन पर्यन्त इस्तेमाल करने की सलाह दी जाती है जबकि दवा निर्माता स्पष्ट करते हैं कि इन दवाओं के दीर्घकालीन प्रभाव अज्ञात हैं। रोगी को 24 घंटे में लगभग 30 गोलियाँ लेनी पड़ती हैं, कुछ भोजन के साथ, कुछ खाली पेट, कई को एक साथ नहीं लिया जा सकता। विभिन्न रिपोर्ट इस बात पर बल देते हैं कि साइड इफैक्ट कितने भी असहनीय हों, किसी का दवा छोड़ना स्वास्थ्य के लिए खतरनाक है। इस परिस्थिति ने कुछ स्वास्थ्य अधिकारियों और नेताओं को एचआईवी पॉजिटिव लोगों के लिए चिकित्सा कानून बनाने को भी प्रेरित किया है।

प्रोटीज इनहीबिटर्ज की सबसे बड़ी उपलब्धि, एड्स प्रचार अभियान को, उनसे मिली मजबूती है। पोस्टरों, पत्रिकाओं में पूरे पन्ने के विज्ञापनों के ढेर, मरीज को ये दवाएँ लेने को प्रोत्साहित करते हैं। हालाँकि सच इसके बिल्कुल विपरीत है। यहाँ तक कि डॉ. राबर्ट गैलो ने भी कहा कि ये दवाएँ विषैली हैं और इन्हें जितने लम्बे समय तक लिया जाएगा, इनका विषैला प्रभाव उतना ही अधिक होगा।

एक और एड्स विशेषज्ञ Dr. Jay Levy के अनुसार ये दवाएँ विषैली हो सकती हैं और एचआईवी के प्रति शरीर की प्राकृतिक इम्यून प्रक्रिया के लिए भी हानिकारक हो सकती हैं।

हालाँकि मीडिया, एड्स मामलों में कमी का सम्बन्ध, इन मिश्रित दवाओं से जोड़ने का प्रयास करती है लेकिन सी.डी.सी. की रिपोर्ट में स्पष्ट तौर पर कहा गया है कि एड्स मामलों और मौतों में 1993 के बाद से लगातार कमी आ रही है। यानी इन दवाओं के

अस्तित्व में आने के तीन वर्ष पहले से ही एड्स मामलों में गिरावट शुरू हो गई थी।

## *दवा के प्रभाव को लेकर कुछ टिप्पणियाँ*

1. एचआईवी–1 से संक्रमित बच्चों और उनकी माताओं जिन्हें जिडोव्यूडाइन से उपचारित किया गया, उनमें बगैर उपचारित बच्चों की बजाय गम्भीर रोगों से ग्रसित होने की अधिक सम्भावनाएँ दिखीं। साथ ही इन बच्चों में गम्भीर इम्यून दबाव और कम जीवन दर देखा गया।

   *(Reuters Health, 2 जून, 1999)*

2. वाशिंगटन, डी.सी. के नजदीक स्थित नेशनल कैंसर इंस्टीट्यूट में हुए एक अध्ययन ने चिन्ता बढ़ा दी है। 'एड्स' पत्रिका (Vol. 13) में शोधकर्ताओं ने स्पष्ट किया है कि ए.जेड.टी. का सेवन कर रहे लोगों जिनमें गर्भवती महिलाएँ और उनके शिशु भी शामिल हैं, की श्वेत रक्त कोशिकाओं के डी.एन.ए. में ए.जेड.टी. घुल-मिल जाता है। इसके कारण ऐसे लोगों में कैंसर विकसित होने की सम्भावनाएँ अधिक हो जाती हैं।

   *(माइकल डे, न्यू साइंटिस्ट, 26 जून, 1999)*

3. एचआईवी पॉजिटिव महिलाएँ जो गर्भावस्था में ए.जेड.टी. का प्रयोग करती हैं, उनमें 80 में से 8 मामले पैदाइशी विकृतियों के पाए गए।

   *(Kumar et al, Zidovudeine use in pregnancy : a report on 104 cases & the occurance & birth defects, Jorunal AIDS, Vol. 4, 1994)*

4. पेरिस के नीकर अस्पताल में स्टीफेन ब्लेंच द्वारा किए गए एक अध्ययन में लगभग एक हजार एचआईवी पॉजिटिव गर्भवती महिलाओं की जाँच की गई। पाया गया कि इनमें आठ महिलाओं ने ऐसे बच्चों को जन्म दिया जो एचआईवी नेगेटिव होते हुए भी एक 'न्यूरोडिजेनेरेटिव कंडिशन' के शिकार थे जो शिशुओं के लिए जानलेवा होती है। ऐसी स्थिति माइटोकाद्रिया में किसी प्रकार की गड़बड़ी से पैदा होती है। इन सभी शिशुओं की माताओं ने गर्भावस्था के बत्तीसवें सप्ताह से ए.जेड.टी. और 3 टी.सी. दवाएँ ली थीं। ऐसी स्थिति सामान्यतः 10 हजार या 1 लाख में से एक प्रसव में पाई जाती है।

   *(माइकल डे, न्यू साइंटिस्ट, 26 जून, 1999)*

5. वर्तमान में गर्भवती एचआईवी पॉजिटिव महिलाओं पर जेड.डी.वी. दवाओं की प्रभावी क्षमता का अनुमान नहीं लगाया जा सका है। यह भी सम्भव है कि यह दवा कारगर न हो और माँ व बच्चे दोनों के स्वास्थ्य के लिए हानिकारक हो।

   *(Benmet, mandatory testing of pregnant woman & newborns : A necessary evil ? AIDS/STD Health promotion exchange 1998)*

6. डॉ. लॉरेंजी की टीम ने 37 गर्भवती महिलाओं और 30 नवजात शिशुओं की

जाँच की। सभी महिलाओं को दो reverse transcriptase inhibitors दिए गए और 16 महिलाओं को एक प्रोटीज इनटीबिटर्ज भी दिया गया। शिशुओं में सबसे अधिक नकारात्मक प्रभाव था समय पूर्व प्रसव और एनीमिया। साथ ही शोधकर्ताओं ने पाया कि सभी शिशु किसी न किसी रोग के शिकार थे।

*(Reuters, 1 जनवरी, 1999)*

7. न्यूयार्क के शोधकर्ताओं ने एक नवजात शिशु में गम्भीर एनीमिया के लक्षण पाए जो सम्भवतः उसकी एचआईवी पॉजिटिव माँ को दी जा रही एंटीरेट्रोवायरस दवाओं के कारण हुआ। उस शिशु में अन्य गम्भीर किस्म की बीमारियाँ भी पाई गईं।

*(Reuters, 8 जून, 1998)*

8. ए.जेड.टी. का सेवन कर रहे रोगियों में लिम्फोमा विकसित होने की सम्भावना 30 माह में 28.6 प्रतिशत और 36 माह में 46.4 प्रतिशत पाई गई।

*(Annals of internal medicine, 1990)*

9. गर्भस्थित और नवजात शिशुओं पर जिडोव्यूडाइन के क्या प्रभाव पड़ते हैं, यह अभी तक अज्ञात है। साथ ही गर्भवती महिलाओं पर भी इसके दीर्घकालीन प्रभावों का पता नहीं लग सका है।

*(Retrovir, canadian pharmaceutical association compendium of pharmaceuticals, 1997 )*

10. अगस्त 1991 में शुरू हुआ ए.जेड.टी. का अध्ययन, जिसमें 62 अस्पतालों के 839 बच्चे शामिल थे, बन्द कर दिया गया। एक स्वतन्त्र समिति ने इसे बन्द करने का प्रस्ताव किया क्योंकि ए.जेड.टी. का सेवन कर रहे बच्चों में रोगों के विकास, एड्स सम्बन्धी संक्रमण, न्यूरोलॉजिकल असामान्यताएँ और मृत्यु की दर बहुत अधिक थी।

*(द न्यूयार्क टाइम्स, 14 फरवरी, 1995)*

## *आप क्यों वायरल लोड पद्धति पर यकीन नहीं कर सकते ?*

—वायरल लोड टेस्ट केवल जीन के अंशों की पहचान करके उन्हें बढ़ाता है, वह एचआईवी की पहचान नहीं करता।

—इस टेस्ट के निर्माताओं का कहना है कि वायरल लोड एचआईवी की उपस्थिति की पुष्टि नहीं करता।

—एफ.डी.ए. ने नैदानिक इस्तेमाल के लिए वायरल लोड टेस्टों को स्वीकृति नहीं दी है।

—वायरल लोड एचआईवी नेगेटिव स्वस्थ लोगों में भी पाया जाता है।

—अधिक उच्च वायरल लोड का मतलब कम टी.सेल्स या बीमारी नहीं है।

—कम वायरल लोड का सम्बन्ध उच्च टी.सेल्स या अच्छे स्वास्थ्य से नहीं है।

## *एचआईवी की खोज*

जैसा कि एड्स वायरल परिकल्पना पर विश्वास करनेवाले लोग मानते हैं कि उसने एक रेट्रोवायरस एचआईवी की पहचान की है और एचआईवी एंटीबॉडी टेस्टों के निर्माण के लिए इस्तेमाल होनेवाले प्रोटीन इसी को ध्यान में रखकर बनाए गए हैं लेकिन गैलो की एचआईवी खोज सामने आने पर बहुत से वैज्ञानिकों ने उस पर सवाल उठाए हैं। उनके दावों के अनुसार अन्य वायरसों के विपरीत एचआईवी को एक स्वतन्त्र अंश के रूप में पहचाना नहीं जा सकता। सामान्यतः किसी वायरस को बिना परेशानी के अलग नहीं किया जा सकता, क्योंकि सक्रिय वायरस संक्रमणवाले व्यक्ति के प्लाज्मा में ढेर सारे वायरस होते हैं। ऐसा एचआईवी के मामले में नहीं होता। हकीकत में इसका कोई प्रमाण नहीं है कि ताजे प्लाज्मा में किसी ने एचआईवी प्राप्त किया हो। वायरस को अलग करने के लिए ताजे और असंवर्द्धित प्लाज्मा की जरूरत होती है।

अब तक यह पता नहीं चल सका है कि कितने प्रतिशत एचआईवी पॉजिटिव लोगों के ताजे प्लाज्मा से एचआईवी वायरस अलग किया जा सका है। जिसे एचआईवी का नाम दिया गया है, वह केवल प्रयोगशाला में रासायनिक तत्त्वों द्वारा उत्तेजित करके ही देखा जा सका है। इस बात से कुछ वैज्ञानिकों ने निष्कर्ष निकाला है कि एचआईवी को कभी अलग नहीं किया जा सका है और सभी एचआईवी टेस्ट अविश्वसनीय हैं।

## *कुछ और टिप्पणियाँ*

1. प्रोटीज इनहीबिटर्ज के दीर्घकालीन प्रभावों के विषय में कोई वैज्ञानिक लेख नहीं मिलता, फिर भी उसे इस्तेमाल न करना अपराध है।

   *(डॉ. चार्ल्स कारपेंटर, डायरेक्टर-इंटरनेशनल हेल्थ इंस्टीट्यूट, ब्राउन यूनिवर्सिटी, 6 मार्च, 1999)*

2. महत्त्वपूर्ण सूचना : ZIAGEN लेनेवाले लगभग 5 प्रतिशत रोगियों को गम्भीर एलर्जिक प्रतिक्रिया हो सकती है जिसके कारण मौत भी हो सकती है। अगर आपकी त्वचा पर रैश हैं या निम्नलिखित में से दो लक्षण हैं तो ZIAGEN लेना बन्द कर दें और तुरन्त डॉक्टर से सम्पर्क करें। ये लक्षण हैं--बुखार, जी मितलाना, मतली, डायरिया या पेट दर्द, अधिक थकान या बीमार-सा महसूस करना।

   *(एंटी.एचआईवी दवा ZIAGEN के लिए ग्लैक्सो-वेलकम का विज्ञापन, मार्च, 1999)*

3. अगर वायरस आपको शिकार नहीं बनाता तो दवाएँ बना लेंगी।

   *(Steve gendin, Contributing editor, POZ Magazine, जनवरी, 1999)*

4. एचआईवी के इलाज में एक प्रमुख समस्या यह है कि अधिकतर लोग एंटी-एचआईवी दवाओं के सेवन से पहले बीमार महसूस नहीं करते लेकिन दवाएँ लेना शुरू करने के बाद वे कमजोरी महसूस करने लगते हैं।

*(Dr. Lori Smwick, The Toronto Star, 24 सितम्बर, 1999)*

5. हम ऐसी दवाएँ लेते हैं जिनके बारे में किसी को अधिक पता नहीं। हम ऐसे रसायन लेते हैं जो हर किसी और प्रकृति के लिए पूरी तरह अनजान हैं, लेकिन जरा-सी किस्मत, सकारात्मक सोच और पौस्टिक तत्त्व लेने से स्वास्थ्य में सुधार हो सकता है।

*(Jenniher Jensen, Rd (deceased), Nutritional advisor for the AIDS organization Being Alive, सितम्बर, 1997)*

6. कुछ नई एड्स दवाएँ रोगियों में गम्भीर बीमारियाँ पैदा कर रही हैं जिसमें हृदय रोग, गम्भीर किस्म का मोटापा और लीवर रोग शामिल हैं। इस क्षेत्र में बहुत प्रगति हुई है लेकिन हमें जानलेवा विषैलेपन को कम करने के रास्ते तलाश करने होंगे। इसी कारण एड्स के इलाज के लिए शोध जारी रहना चाहिए।

*(Dr. Joep Lange, एड्स विशेषज्ञ, 'द ग्लोब एंड मेल', 4 मई, 1999)*

7. लगातार असफलता देखने को मिल रही है। वे (रोगी) एड्स जनित बीमारियों के कारण नहीं मर रहे। मैं नहीं जानता वे किस कारण से मर रहे हैं। हम केवल अनुमान लगा सकते हैं। हम नहीं जानते कि हम क्या कर रहे हैं।

*(Dr. Michael Saap, एड्स शोधकर्ता, अलवामा विश्वविद्यालय Esquire magazine, अप्रैल, 1999)*

8. अगर एचआईवी का प्रसार जारी रहा तो 2001 तक अनुमानतः 10 बिलियन लोग संक्रमित होंगे। बहरहाल, विश्व की जनसंख्या केवल पाँच बिलियन है। क्या हमें विलुप्त होने के खतरे का सामना करना होगा।

*(Theresa Crenshaw, President's AIDS Commision, 1987, 'स्पिन' पत्रिका, जून, 1995)*

9. हम नहीं जानते कि गर्भावस्था के दौरान ए.जेड.टी. के इस्तेमाल से क्या दीर्घकालीन प्रभाव पड़ते हैं लेकिन अब तक अल्पकाल में कोई विपरीत प्रभाव देखने को नहीं मिला। एक ट्यूमर तक नहीं। बच्चों को कैंसर, लिम्फोमा और अन्य समस्याएँ हुई हैं लेकिन उन्हें ए.जेड.टी. से सम्बद्ध करने का कोई कारण नहीं है।

*(डॉ. एलेन कूपर, शोधकर्ता, 'मदरिंग' पत्रिका, सितम्बर/अक्तूबर, 1998)*

10. हम अब भी सी.डी. 4 सेलों को नष्ट करने की प्रक्रिया के बारे में भ्रमित हैं

लेकिन कम-से-कम हम अब जानकारी के उच्चतर स्तर पर भ्रमित हैं।

*(डॉ. पॉल जॉनसन, हारवर्ड मेडिकल स्कूल, साइंस, मई, 1997)*

11. कभी-कभी हम वायरलॉजिस्टों को किसी रोग की खोज के दौरान एक वायरस मिल जाता है।

*(डॉ. राबर्ट गैलो, वायरस हेटिंग, बेसिक बुक्स 1991)*

12. लगभग दो सालों में एड्स का टीका प्रयोग के लिए तैयार हो जाना चाहिए।

*(मारग्रेट हेकलर, स्वास्थ्य व मानवीय सेवाएँ प्रमुख, 24 अप्रैल, 1984)*

13. मैं यह समझे बिना ही कब्र में चला जाऊँगा कि सरकार ने जो कहा, उसे सबने तुरन्त सच के रूप में स्वीकार कैसे कर लिया। खासकर यह कल्पना कि एड्स का कारण स्पष्ट है। एक संवाददाता सम्मेलन के आधार पर दुनिया-भर के कार्यकर्त्ताओं ने यह स्वीकार कैसे कर लिया ?

*(Michaeal Callen, लेखक—एड्स कार्यकर्त्ता, जेनर पत्रिका, फरवरी/मार्च, 1994)*

14. अधिकतर एचआईवी ट्रायल बेकार और बकवास होते हैं। अन्य शोध वैज्ञानिक हम पर हँसते हैं। उनके लिए 30,000 लोगों का सैम्पल ठीक होता है। हम 1500 लोगों पर अध्ययन करते हैं और उस समय खुश होते हैं जब प्रासंगिक रोगियों की संख्या बहुत छोटी होती है। आप इस बात से इनकार नहीं कर सकते कि ऐसे में प्राप्त परिणामों का कारण संयोग भी हो सकता है। यह भी अनैतिक है कि मलेशिया जैसी जगह जहाँ केवल 30 लोग अध्ययन में शामिल हों, दवाओं का परीक्षण किया जाए और फिर इन गलत परीक्षणों को उचित ठहराया जाए क्योंकि कुछ लोग दवाओं का इस्तेमाल कर सकते हैं।

*(केविन फ्रॉस्ट, 'अमेरिकन फाउंडेशन फॉर एड्स रिसर्च' में शोध कार्यक्रमों के प्रबन्धक/पॉजिटिव नेशन, सितम्बर, 1998)*

15. एड्स की कहानी कैंसर के शोध कार्यक्रमों की असफलता और कैंसर का कारण वायरस को माननेवाले सिद्धान्त में हेर-फेर से जुड़ी है। माइकल वर्ने-इलियट ने इस पर सबसे तीव्र प्रतिक्रिया दी कि 'जो लोग कैंसर उत्पन्न करनेवाले वायरस को नहीं खोज पाए, उन्होंने उस वायरस की खोज की है जो एड्स का कारण नहीं है।'

*(Jay Adams, लेखक—'द एचआईवी मिथ', 1989)*

16. एड्स कोई रोग नहीं है। यह इतिहास का सर्वाधिक आलंकारिक रोग है। यह विज्ञान पर राजनीति की जीत है।

*(माइकल फुमेंटो, लेखक—'द मिथ ऑफ हेट्रोसेक्सुअल एड्स', 1990)*

17. मैं ऐसा नहीं सोचता कि लोग एड्स से मर रहे हैं। मेरा ख्याल है वे खराब दवाइयों और खराब प्रवृत्ति से मर रहे हैं। मैं राष्ट्रपति से कुछ नहीं चाहता, न

उनकी दवा चाहता हूँ, न उनके कानून, न ही उनकी स्वीकृति।

*(Gawln Dillard, लेखक 'इन द फ्लेश', 1985 से एचआईवी पॉजिटिव, सेन फ्रांसिस्को फ्रेटियर्स, मई 20, 1999)*

18. 'जर्नल ऑफ द अमेरिकन मेडिकल एसोसिएशन' के 4 सितम्बर के अंक में सी.डी.सी. ने घोषणा की कि अब एड्स के निदान के लिए एचआईवी जाँच की आवश्यकता नहीं है। अगर आप एड्स सूचक बीमारियों की नई सूची की किसी एक बीमारी से पीड़ित हैं तो सरकार आपको एड्स पीड़ित घोषित कर देगी। बीमारियों की नई सूची में सामान्य संक्रमण जैसे हरपीस सिम्पलेक्स, ट्यूबरकुलोसिस, सेलमोनेलोसिस और 'अन्य बैक्टीरियल इंफेक्शनों' की व्यापक श्रेणी है। इस विस्तृत परिभाषा के कारण असंख्य नए लोग एड्स पीड़ितों में शामिल होंगे चाहे उन्हें हकीकत में एड्स हो या नहीं। नई एड्स व्याख्या के साथ एक बड़ी समस्या यह है कि यह इम्यून दबाव के कई परिस्थितिजन्य कारणों की उपेक्षा करता है। जहरीले तत्त्वों से सम्पर्क, अल्कोहल लेने, अधिक दवाइयाँ या कड़े एंटीबायोटिक उपर्युक्त एड्स सूचक बीमारियों का कारण बन सकते हैं।

*(लांस एंजेल्स वीकली, 18 दिसम्बर, 1987)*

19. सबसे बढ़िया तरीका है दवाइयाँ लेना छोड़ देना। मुझे लगा था जैसे मैं जीवन की गुणवत्ता खोता जा रहा था।

*(Greg Louganis, एचआईवी, पॉजिटिव ओलम्पिक गोल्डमेडलिस्ट, 'द स्टेट', 15 अप्रैल, 1997)*

20. अगर इस बात का प्रमाण है कि एचआईवी एड्स का कारण है तो इस तथ्य को दर्शाने के लिए वैज्ञानिक दस्तावेज होने चाहिए, कम-से-कम उच्च सम्भावना के साथ। ऐसे कोई दस्तावेज नहीं हैं।

*(डॉ. कैरी मुलिस, 'एचआईवी नॉट गिल्टी', 5 अक्तूबर, 1996)*

21. एड्स की महामारी केवल भ्रामक कहानियों का ढेर है जो वायरस-एड्स परिकल्पना को मजबूत करने के लिए जुटाई गई है। लोग प्रचलित मत या सर्वेक्षण के नतीजों की जाँच करने की परवाह नहीं करते।

*(डॉ. पीटर ड्यूसबर्ग, 'डू यू थिंक एचआईवी कॉजेज एड्स', 1995)*

22. उस वैज्ञानिक पर भरोसा मत करो जो सोचता है कि किसी सार्वजनिक स्वास्थ्य मुद्दे पर मुख्यधारा शोध सच के बराबर है या फिर उस वैज्ञानिक पर जो अन्य वैज्ञानिकों को इसलिए धमकाता या उनका उपहास करता है क्योंकि वे प्रचलित मत का विरोध करते हैं। ऐसा व्यक्ति प्रोपगैंडिस्ट (प्रचारवादी) है और उस पर विश्वास नहीं किया जाना चाहिए।

मैंने 30 सालों तक मेडिकल साइंस रिपोर्टर के रूप में काम किया। मैंने

अखबारों व पत्रिकाओं, रेडियो, टेलीविजन और किताबों के लिए हजारों वैज्ञानिकों का इंटरव्यू लिया। मैं ऐसे वैज्ञानिकों से मिला जो वैज्ञानिक मुद्दों पर खुला मत रखते हैं। मैं ऐसे प्रचारवादियों से भी मिला जो खुद को वैज्ञानिक समझते हैं। जितने समय भी मैंने पत्रकार के रूप में काम किया, एचआईवी शोधकार्य करनेवाले प्रचारवादियों से अधिक फूहड़ लोगों के सम्पर्क में नहीं आया।

*(Nicholas Regush, चिकित्सा विज्ञान पत्रकार, सेकेंड ओपिनियन, एबीसी न्यूज डॉट कॉम, 29 सितम्बर, 1999)*

23. एचआईवी और एड्स को जोड़ने का वैज्ञानिक प्रमाण न होने के कारण क्या ए.जेड.टी. जैसी विषैली दवा, जिसे 30 वर्ष पहले कैंसर केमोथैरेपी के रूप में विकसित किया गया था, को एंटी-एचआईवी दवा के रूप में देना उचित है ?

*(Gil gutknecht, US house of representatives, Letter to NIAID director Dr. Anthong Fauci 14 मार्च, 1975)*

# इतिहास का सबसे बड़ा धोखा

अब तक के अध्ययन से जैसा कि स्पष्ट है एड्स दरअसल कोई रोग नहीं। एक विचार है जिसके प्रतिपादक अमरीका के डॉ. रॉबर्ट गैलो हैं। सर्वप्रथम उन्होंने अन्तर्राष्ट्रीय पत्रकार सम्मेलन में यह दावा किया कि उन्होंने एचआईवी नामक 'वायरस' को ढूँढ़ निकाला है जो सम्भवतः एड्स का कारण है। सच देखा जाए तो ऐसे दावों का कोई मतलब नहीं होता। खासकर तब जबकि इसकी कोई वैज्ञानिक पृष्ठभूमि न हो। लेकिन इस घोषणा को अमेरिकी सरकार ने गम्भीरता से लिया, या क्या पता हो सकता है अमेरिकी सरकार के इशारे पर ही यह घोषणा की गई हो, खैर जो भी हो लेकिन जब नतीजे के तौर पर एक भयानक किस्म का उलटफेर दिखाई देने लगा तो स्वाभाविक रूप से दुनिया-भर के वैज्ञानिकों का ध्यान इधर आकृष्ट हुआ। हालाँकि इनमें से कई ऐसे भी थे जो पहले से ही इस ओर काम कर रहे थे। उन्हें इसलिए और भी आश्चर्य हुआ क्योंकि प्रयोगों के निष्कर्ष प्रमाणिक तौर पर कुछ भी बता पाने में असमर्थ थे। यही वजह रही कि दुनिया-भर में इसे किसी वैज्ञानिक प्रस्थापना की तरह नहीं बल्कि एक परिकल्पना या विचार की तरह देखा गया और वह भी निष्पक्ष नहीं बल्कि पक्षपातपूर्ण विचार जो बाद में चलकर सभी को खुलकर दिखाई देने लगा। क्योंकि जो आँकड़े दिए जा रहे थे और जिन क्षेत्रों को इसमें समेटा जा रहा था वह अमेरिकी राजनीति की तिकड़म भरी चाल के रूप में खुद को जगजाहिर कर रहा था। स्वाभाविक था इस विचार का विरोध होना। वे तमाम वैज्ञानिक जिन्होंने अपनी पूरी मेधा और ऊर्जा मानव-कल्याण के हित में लगा रखी थी, वे सब इस चाल के खिलाफ एकजुट हो गए। उन्होंने इसे विज्ञान के नाम पर इतिहास का सबसे बड़ा धोखा बताया, उन्होंने इसे विज्ञान पर राजनीति की जीत कहा। उन्हें अपने इस विरोध के लिए भारी कीमत चुकानी पड़ी, अपमान तक सहना पड़ा, लेकिन विज्ञान एवं मानव-कल्याण के प्रति उनकी कटिबद्धता उन्हें लगातार अपनी बात कहने के लिए प्रेरित करती रही। इनमें से कुछ प्रमुख वैज्ञानिकों के विचार एवं परिचय हम यहाँ संक्षेप में रख रहे हैं :

1. डॉ. पीटर एच. ड्यूसबर्ग—बर्कले स्थित यूनिवर्सिटी ऑफ कैलिफोर्निया के आजबिक तथा कोशिकीय बायोलॉजी के प्रोफेसर। गैलो के अनुसार रेट्रोवायरस के बारे में उनका ज्ञान किसी भी जीवित व्यक्ति से अधिक है। 1987 में उन्होंने

सार्वजनिक रूप से एचआईवी से एड्स होने के बारे में सवाल उठाया। इसके जवाब में उनके बोलने पर रुकावटें खड़ी की गईं। पहले तो उन्हें वैज्ञानिक सम्मेलनों में बोलने से रोका गया और जहाँ वह बोले भी वहाँ उन पर एचआईवी के बारे में खामोश रहने का दबाव पड़ा। 25 साल के वैज्ञानिक जीवन में पहली बार उनके दस्तावेजों को प्रकाशित होने से रोका गया। इतना ही नहीं 1990 में उन्हें सूचित किया गया कि शोधकार्य के लिए उन्हें जो साढ़े तीन सौ हजार डॉलर प्रतिवर्ष अनुदान मिलता है वह रोक दिया गया है। एड्स पर प्रकाशित उनकी पुस्तक 'इनभेंटिंग द एड्स वायरस' में उन्होंने लिखा है कि वायरोलॉजिकली या एपिडेमियोलॉजिकली, एचआईवी/एड्स की कल्पना के पीछे कोई सबूत नहीं है। उनके अनुसार एड्स एक संक्रामक रोग भी नहीं है।

2. डॉ. रॉबर्ट रूट-बर्नस्टेन—मिशिगन स्टेट यूनिवर्सिटी में फीजियोलॉजी के एसोसिएट प्रोफेसर। एड्स पर लिखी उनकी किताब 'रिथिंक एड्स—द ट्रेजिक कॉस्ट ऑफ प्रिमेच्योर कांसेंसस' को एड्स का एचआईवी थ्योरी के खिलाफ सबसे सावधान दस्तावेजी आक्रमण माना जाता है। उनके अनुसार एचआईवी से एड्स होने, एड्स—एक नई बीमारी होने या इसके संक्रामक होने का कोई सबूत नहीं है।
3. पर्थ समूह—ऑस्ट्रेलिया के पर्थ के वैज्ञानिकों का समूह। इस समूह ने भी एचआईवी/एड्स की थ्योरी पर सवाल उठाए हैं। इस समूह का नेतृत्व रॉयल पर्थ हॉस्पिटल के प्रोफेसर डॉ. इलेनी पापा डोपुलस-इलोपुलस कर रहे हैं। इस समूह ने एचआईवी के अस्तित्व पर सवाल उठाए हैं। समूह द्वारा शोध के निष्कर्षों को 12वें विश्व एड्स कान्फ्रेंस, जेनेवा में प्रस्तुत किया गया और यह एड्स के प्रचलित सिद्धान्त के खिलाफ एक बवंडर की तरह देखा गया। इन निष्कर्षों को नेविल हॉकिंसन की पुस्तक 'एड्स : द फेल्योर ऑफ कॉन्ट्रेरी साइंस' में प्रस्तुत किया गया है।
4. डॉ. गोर्डन स्वीवर्ट—ग्लास्गो यूनिवर्सिटी के प्रोफेसर और विश्व स्वास्थ्य संगठन के पूर्व एड्स सलाहकार। इन्होंने एड्स का महामारी सम्बन्धी अध्ययन ब्रिटेन में किया और वे इस निष्कर्ष पर पहुँचे कि एड्स वायरस से होनेवाली बीमारी नहीं है।
5. डॉ एल्फेड हासिग—बर्न यूनिवर्सिटी में प्रोफेसर और इंटरनेशनल सोसायटी ऑफ ब्लड ट्रांस्फ्यूजन के बोर्ड ऑफ ट्रस्टीज के पूर्व अध्यक्ष। अपने सहयोगियों के साथ इन्होंने न्यूट्रीशन तथा इम्यूनिटी पर एक अध्ययन समूह का गठन किया। हासिग के अनुसार एचआईवी, एड्स का कारण नहीं है। उनके अनुसार एड्स की चिकित्सा जाँच के साथ जुड़े मौत के भय को खत्म होना चाहिए।
6. डॉ. केरी मुलिस—1993 में रसायनशास्त्र के नोबेल पुरस्कार से सम्मानित। एड्स के टेस्ट में काम आनेवाले पॉलीमर चेन रिएक्शन (पी.सी.आर.) की खोज के

लिए इन्हें नोबेल पुरस्कार मिला। उन्होंने कहा कि 'यदि इसका जरा-सा भी सबूत हो कि एचआईवी, एड्स का कारक है तो इसका कोई वैज्ञानिक दस्तावेजी सबूत भी होना चाहिए जो अकेला या सामूहिक रूप से यह साबित कर सके। कम-से-कम उच्च तर्क तो रख ही सके। ऐसा कोई दस्तावेज उपलब्ध नहीं है।' उन्होंने अपने विचारों को अपनी किताब 'डांसिंग नैकेड इन द माइंड फिल्ड' में व्यक्त किया है।

7. डॉ. वाल्टर गिल्बर्ट—1980 में रसायनशास्त्र के नोबेल पुरस्कार विजेता। इन्होंने भी एड्स होने में एचआईवी की भूमिका पर सवाल उठाए हैं।
8. डॉ. ल्यूक मांटेग्नियर—वायरोलॉजिस्ट, एचआईवी के खोजकर्ता। मांटेग्नियर ने अपने सहयोगियों को तब चौंका दिया जब 1990 में विश्व एड्स सम्मेलन में उन्होंने यह घोषणा की कि बिना किसी सहायक तत्त्व के एचआईवी, एड्स का कारण नहीं हो सकता।
9. डॉ. चार्ल्स थॉमस जूनियर—'द ग्रुप' के संस्थापक और हार्वर्ड तथा जॉन हाफिंस विश्वविद्यालयों के बायो कैमेस्ट्री के प्रोफेसर। उन्होंने कहा कि एचआईवी, एड्स का कारक है यह पश्चिमी दुनिया के युवक-युवतियों के दिमाग में भरा गया सबसे बड़ा धोखा है।
10. डॉ. जोसफ सोनाबेंड—न्यूयार्क के फिजीसियन और अमेरिकन फाउंडेशन फॉर एड्स के संस्थापक। एड्स के सबसे प्रारम्भिक शोधकर्त्ताओं में से एक। इन्होंने भी एचआईवी से एड्स होने पर सवाल खड़े किए हैं। उन्होंने कहा कि प्रेस विज्ञप्तियों और बयानों द्वारा एचआईवी को एक हत्यारे वायरस के रूप में चिह्नित करना और यह बताना कि बिना किसी सहायक कारक के यह एड्स का कारक होता है, हजारों लोगों की जिन्दगी से खेलने जैसा है।
11. डॉ. स्टीफेन लेंका—जर्मन वैज्ञानिक। अपने शोध के बाद इस नतीजे पर पहुँचे कि एचआईवी सिर्फ एक प्रयोगशालीय फंतासी है।
12. डॉ. हैरी रूबिन—बर्कले स्थित कैलिफोर्निया विश्वविद्यालय के प्रोफेसर। उनके अनुसार यह साबित नहीं हो सका है कि एड्स, एचआईवी के कारण होता है, न ही यह साबित हुआ है कि सिंड्रोम में इसकी क्या भूमिका है।
13. डॉ. रिचर्ड स्ट्रोव्हमैन—बर्कले स्थित कैलिफोर्निया विश्वविद्यालय के प्रोफेसर। इन्होंने कहा, 'पुराने समय में यह जरूरी होता था कि कोई वैज्ञानिक अपनी परिकल्पना के सच या झूठ होने के सम्बन्ध में सभी तर्क दे परन्तु करोड़ों डॉलर के एचआईवी/एड्स कार्यक्रम में ऐसा कुछ भी नजर नहीं आ रहा है।'
14. डॉ. एटिनी डी हार्वे—यूनिवर्सिटी ऑफ टोरंटो में पैथोलॉजी के प्रोफेसर। उनके अनुसार मीडिया, विशेष दबाव समूहों तथा कुछ दवा कम्पनियों के निजी हितों की वजह से एड्स संस्थान बीमारी पर नियन्त्रण पाने की कोशिशों में खुले दिमाग से नाता तोड़ बैठे हैं। दरअसल एक काल्पनिक एचआईवी/एड्स को

नियन्त्रित करने के लिए 100 प्रतिशत रिसर्च फंड मुहैया कराया जा रहा है और दूसरे क्षेत्रों की उपेक्षा हो रही है।'

15. डॉ. बर्नार्ड फोर्सेचर–'यूएस प्रोसिडिंग ऑफ द नेशनल एकेडमी ऑफ साइंस' के पूर्व सम्पादक। उनके अनुसार एचआईवी परिकल्पना को मलेरिया के 'गन्दी हवा' से होने के सिद्धान्त और बेरीबेरी तथा पेलाग्रा के बैक्टीरिया से फैलने के सिद्धान्त के बराबर रखा जा सकता है। (गौरतलब है कि पेलाग्रा खान-पान में पौष्टिक तत्त्वों के अभाव में होता है) फोर्सेचर के अनुसार यह शुरू में एक मजाक या धोखा था मगर अब यह एक बड़ा घोटाला है।'
16. कैथरीन पिकोलीन--इन्होंने अपनी पुस्तक 'द एड्स डिसेप्शन' में इस बात के पर्याप्त प्रमाण दिए हैं कि एड्स के सम्बन्ध में दी जा रही अधिकतर सूचनाएँ न केवल गलत बल्कि धोखेबाजी से परिपूर्ण हैं।
17. हील (HEAL—Health Education—AIDS Liason)–लन्दन में माइकल एलनर द्वारा चलाया जा रहा एक 'सेल्फ हेल्प ग्रुप' अपने सदस्यों को ए.जेड. टी. के खिलाफ सलाह देता है।

# जन-वैज्ञानिकों ने छेड़ी मुहिम

एड्स को लेकर जितना धुँधलका है उतना शायद ही मानव इतिहास में कभी किसी विषय पर देखने को मिला हो। इसका गणित यह है कि गैलो या उनके कुछ सहयोगी जिन्होंने एड्स की परिकल्पना दुनिया के सामने रखी वे पक्के तौर पर जानते हैं कि एड्स को लेकर जो शोध हुए हैं या हो रहे हैं वे ककहरा से आगे नहीं बढ़ पाए हैं। अतः प्रामाणिक तौर पर क्या, सच पूछा जाए तो एड्स के सम्बन्ध में एक शब्द भी कहने का वैज्ञानिक आधार नहीं है। अगर ग्लैक्सो वेलकम या दूसरी सहयोगी बहुराष्ट्रीय कम्पनियाँ अपने लम्बे-चौड़े खर्च अनुसन्धानों पर नहीं करतीं और अमेरिका में राष्ट्रपति के चुनावों में भारी धनराशि खर्च कर उसे प्रभावित करनेवाली ये कम्पनियाँ राजनीति का सहारा नहीं लेतीं और इस तरह अपने लिए अरबों-खरबों कमाने की रणनीति पर न चलतीं तो शायद यह दुनिया—खासकर तीसरी दुनिया की गरीब जनता, एक भारी फरेब से बच जाती।

दूसरी ओर दलित समुदाय है जो या तो जानता ही नहीं कि उसको लेकर दुनिया-भर का शातिर दिमाग कौन-सा चक्रव्यूह रच रहा है या फिर वह इसे एक कटु सच के रूप में मानकर चल रहा है। पूरे देश में फैला हुआ एक विशाल मध्य वर्ग है जो यह सोचकर कि ऐसा कुछ भी उसके जीवन में नहीं घटित होनेवाला, इस ओर से आँखें मूँदे हुए है। वह जरूरत ही नहीं समझ रहा कि इसकी सच्चाई को लेकर सवाल उठाया जाना चाहिए। प्रचार का सीधा असर इस वर्ग पर दिल्ली, मुम्बई से लेकर सीतामढ़ी तक देखा जा सकता है।

जबकि, कुछ ऐसे जागरूक मस्तिष्क भी हैं, जिन्होंने विज्ञान के क्षेत्र में काम करते हुए कई बेहद सफल खोजें की हैं और जिन्होंने एड्स को लेकर प्रचार एवं राजनीतिक वक्तव्यों द्वारा परोसे जा रहे झूठ के खिलाफ मुहिम छेड़ रखी है। इसी क्रम में प्रसिद्ध एड्स शोधकर्ता डॉ. जिराल्डो फरवरी, 1999 में भारत आए। यहाँ उन्होंने जवाहरलाल नेहरू विश्वविद्यालय, दिल्ली में भाषण देते हुए कहा कि किसी भी वैज्ञानिक सिद्धान्त को प्रामाणिक बनानेवाले 'कंट्रोल्ड टेस्ट्स' की 'गैलो' या किसी अन्य वैज्ञानिक ने जिम्मेदारी नहीं ली। अगर तथाकथित एचआईवी पॉजिटिव व्यक्ति के रक्त में कुछ विशिष्ट प्रोटीनों के उत्पादन को संक्रमण के प्रमाण के रूप में देखा जाए तो यह भी बताना जरूरी है कि वही प्रोटीन एचआईवी निगेटिव व्यक्ति के रक्त में नहीं पाया जाता। लेकिन यह कभी नहीं किया गया इसलिए जो कुछ भी एक खोज के रूप में प्रचारित

किया जा रहा है वह पूरी तरह से अवैज्ञानिक है और केवल एक छलावा है। उन्होंने आगे कहा कि जब वे और उनके सहयोगियों ने न्यूयार्क सिटी यूनिवर्सिटी में 'कंट्रोल्ड टेस्ट' किए तो पाया कि वही 'प्रोटीन' सामान्य रक्त से भी उत्पन्न हो रहे थे। इसी सन्दर्भ में जिराल्डो 'एलिसा' टेस्ट के दौरान रक्त को 400 गुना पतला करने पर भी सवाल उठाते हैं। वे कहते हैं कि मलेरिया के परजीवियों या बैसिलस ट्यूबरकुली की उपस्थिति खोजने के लिए ऐसा नहीं किया जाता। उनका मानना है कि रक्त पतला करने की असली वजह यह है कि अगर ऐसा नहीं किया जाए तो हर किसी का रक्त एचआईवी पॉजिटिव निकलेगा। इस प्रकार प्रत्येक व्यक्ति की शारीरिक अवस्था में एड्स ग्रहण करने की प्रवृत्ति होती है। संक्षेप में, एड्स एक कल्पना है।

मिसिगन स्टेट यूनिवर्सिटी में फिजियोलॉजी के एसोसिएट प्रोफेसर डॉ. रॉबर्ट रूटबर्न बर्नस्टेन द्वारा लिखित पुस्तक 'रिथिंक एड्स–दी ट्रैजिक कास्ट ऑफ प्रिमेच्योर्ड कंसेंसस' को एड्स की एचआईवी थ्योरी के खिलाफ सबसे सावधान दस्तावेजी आक्रमण माना जाता है। उनके अनुसार एचआईवी से एड्स होना या इससे संक्रामक होने का कोई सबूत नहीं है। 'गैलो' के उस शोध पक्ष के जवाब में जिसमें उन्होंने कहा कि दो एड्स रोगियों के वीर्य में एचआईवी पाया गया, प्रोफेसर बर्नस्टेन कहते हैं–'हम नहीं जानते उन्होंने कितने लोगों में एचआईवी की तलाश की।' दरअसल उन्हीं दिनों एक अन्य अध्ययन में 12 एड्स रोगियों के वीर्य में जाँच की गई थी और केवल एक में एचआईवी पाया गया था।

'सरवाइविंग एड्स' के लेखक माइकल कैलिंग दावा करते हैं कि लम्बे समय तक जीवित रहनेवाले रोगी वही रहे हैं जिन्होंने ए.जेड.टी. का सेवन नहीं किया। 'वायरस' के अस्तित्व के बारे में पीटर ड्यूसबर्ग कहते हैं कि 'वायरस' आक्रमण करने के पहले बढ़ते हैं पर एचआईवी का प्रसार स्तर वही है जो लगभग 1985 में था। यह एक और सम्भावना को जन्म देता है कि यहं वायरस नया नहीं है। समझा जा सकता है कि यह केवल चिकित्सा एवं विज्ञान सम्बन्धी धोखा नहीं है जिसके खिलाफ विरोधी गुट के लोग लड़ रहे हैं बल्कि इस खेल में बहुत पैसे लगे हैं। बड़ी दवा निर्माता कम्पनियों का बहुत कुछ दाँव पर लगा है। ग्लैक्सो वेलकम का 'काम्बीमीर' बड़े धूमधाम से लांच किया गया और बहुत से अमेरिकी सीनेटर्स ने इसमें रुचि दिखाई। 'ग्लैक्सो वेलकम' द्वारा उत्पादित ए.जेड.टी. एवं अन्य सहयोगी दवाएँ (सभी एंटी एड्स) की बिक्री सिर्फ 1997 में 2.35 बिलियन डॉलर की हुई, इसके बावजूद कि यह बहुत विषैली दवा है और जिसने तथाकथित एड्स रोगियों का नुकसान ही किया है।

हर तार्किक मस्तिष्क में एक सवाल उठ सकता है कि अगर 'वायरस' के अस्तित्व पर ही सवाल है तो ऐसा क्यों कहा गया है कि एड्स विशेषतः वेश्याओं, समलैंगिकों एवं नशीले पदार्थों का सेवन करनेवालों में ही प्रचलित है। देखा जाए तो यह तीनों ही वर्ग समाज में हेय दृष्टि से देखे जाते हैं चाहे वे दुनिया के किसी भी कोने में क्यों न रहते हों। खुद अमेरिकियों ने वियतनाम युद्ध के बाद समलैंगिकों की बढ़ती संख्या से

घबराकर उन्हें समाज की मुख्यधारा से अलग कर दिया था। अब इसी नुस्खे का इस्तेमाल अमेरिका उन देशों पर आजमा रहा है जो उसकी राजनीतिक दादागिरी को नहीं स्वीकारते। हमारे सामने दक्षिण अफ्रीका एक उदाहरण है जिसे अमेरिका ने 'एड्स की राजधानी' कहकर दुनिया के राजनीतिक नक्शे से गिराने की कोशिश की। आज की स्थिति को देखते हुए कहा जा सकता है कि अमेरिका भारत के खिलाफ भी इसी नुस्खे का इस्तेमाल कर रहा है। लगातार अमेरिका समर्थित बड़ी-बड़ी संस्थाएँ घोषित कर रही हैं कि भारत एड्स के प्रति अत्यन्त संवेदनशील देश है। विडम्बना देखिए कि इनकी बातों को सही ठहराने की कवायद में हमारे देश में कुकुरमुत्तों की तरह उग आए हजारों गैर सरकारी संगठन बढ़ा-चढ़ाकर आँकड़े प्रस्तुत करते हैं। बिना यह सोचे कि आगे चलकर ये आँकड़े किस तरह के परिणाम लाएँगे और अगर यह सोच-समझकर किया जा रहा है तो इससे बड़ा अपराध ढूँढ़ना मुश्किल है, जबकि विधि विशेषज्ञ कह सकते हैं कि भारतीय दंड संहिता की कोई धारा इससे प्रभावित नहीं होती। आखिर यह कैसी सोच है जो एक कुकर्म को भारत की मुख्यधारा में लाने को संलग्न है जबकि इस बात के साबित होते ही भारत दुनिया की मुख्यधारा से छिटककर दूर जा पड़ेगा। दिल्ली में नाज फाउंडेशन नामक एक गैर सरकारी संगठन ने दिल्ली उच्च न्यायालय में रिट याचिका दायर कर भारतीय दंड संहिता की धारा 377 (अप्राकृतिक यौन अपराध) की संवैधानिक वैधता को चुनौती दी है। इसे देश को रसातल में ले जाने का एक ऐतिहासिक कदम माना जाना चाहिए। अप्राकृतिक यौन व्यवहार को अपराध मुक्त करने की दिशा में एक हल्का-सा आदेश भी यौन अपसंस्कृति की बाढ़-सी ले आएगा और यह अपसंस्कृति अपने साथ नशे एवं वेश्यावृत्ति की एक काली दुनिया भी लाएगी जिससे शायद ही कोई बच पाए।

यह हम सबके लिए न सिर्फ चिन्ता की बात है बल्कि प्रभावी ढंग से हस्तक्षेप करने का लगभग अन्तिम अवसर है। आश्चर्य यह है कि इन सबके बावजूद अपने देश में विरोध में उठे स्वर सुनाई नहीं पड़ते जबकि दुनिया-भर के जन पक्षधर वैज्ञानिकों ने मुहिम छेड़ रखी है।*

* देखें परिशिष्ट 'क'

# क्या आप जानते हैं ?

आखिर क्या वजह है कि हम एचआईवी एवं एड्स से सम्बन्धित तथ्यों को नहीं जान पाते हैं। क्यों अस्पष्ट और अन्तर्विरोधों से भरे हुए आँकड़े प्रस्तुत किए जाते हैं और वह भी मानचित्रों के द्वारा ! यह कैसा व्यवहार है जिसने हम सबको संशय में डाल रखा है ? क्यों मीडिया लगातार प्रचारित एवं प्रसारित कर रहा है कि सामान्य जिन्दगी गुजारनेवाले नागरिक भी 'रिस्क ग्रुप' के अन्तर्गत हैं ? देखा जाए तो यह सब इस ओर लगे अकूत धन की महिमा है। जिसने अपने नियन्त्रण में दुनिया-भर की सरकारों, वैज्ञानिकों और मीडिया को ले लिया है।

अमेरिका में एड्स की खोज पर कुल खर्च की जानेवाली राशि 50 बिलियन डॉलर है। जिसमें प्रत्येक वर्ष उत्तरोत्तर वृद्धि हो रही है और जिस तरह से वे भयानक आँकड़े प्रस्तुत करते हैं उसको देखते हुए यह पक्के तौर पर कहा जा सकता है कि भविष्य में भी केन्द्रीय बजट में कोई कटौती नहीं होनेवाली है। अमेरिकी सरकार के मन में यह धारणा घर कर गई है कि एड्स अमरीकियों के बीच तेजी से फैलनेवाली एक भयानक स्वास्थ्य समस्या है। चूँकि आधिकारिक एड्स रिपोर्ट प्रस्तुत करने के लिए जिम्मेदार सरकारी संस्थाओं को ही यह अरबों डॉलर की रकम मिलती है अतः यह स्वाभाविक ही है कि वे बढ़ा-चढ़ाकर इसे दिखाते रहें। उनकी आधिकारिक रिपोर्ट ही अधिकांश एड्स खबरों का आधार होती हैं। इन रिपोर्टों को दुहराने से पहले मीडिया एवं एड्स संगठन न तो इसका विश्लेषण करना जरूरी समझते हैं और न ही कोई जाँच। और जहाँ तक एड्स से सम्बन्धित खोजी पत्रकारिता का सवाल है, उसे शुरू से हतोत्साहित किया जाता रहा है। इसका कारण एचआईवी/एड्स से जुड़े संवेदनशील-राजनीतिक एवं सामाजिक मुद्दे हैं। अमेरिका में एड्स जागरूकता, दवाएँ, सुरक्षित यौन सम्बन्ध एवं एचआईवी जाँच से सम्बन्धित असंख्य धारणाएँ इस कदर एक लोकप्रिय संस्कृति का रूप ले चुकी है कि इनके विपरीत कुछ भी कहना विवादास्पद ही नहीं, खतरनाक भी है। तभी तो रूढ़िवादी एड्स विशेषज्ञ एवं नोबल पुरस्कार से सम्मानित डॉ. डेविड बाल्तीमोर चेतावनी देते हुए घोषणा करते हैं—'इसमें कोई सन्देह नहीं कि एचआईवी एड्स का कारण है। अगर कोई सार्वजनिक तौर पर इसके विरुद्ध खड़ा होता है तो वह लोगों को अपना जीवन खतरे में डालने को प्रेरित कर रहा है।'

कई एड्स संगठन आरोप लगाते हैं कि एचआईवी और एड्स जाँच की आलोचना

असुरक्षित एड्स को बढ़ावा देती है और इसके प्रभाव में आकर एचआईवी पॉजिटिव लोग चिकित्सा से इनकार कर सकते हैं। मीडिया में भी एड्स के विषय में सामान्य धारणाओं को चुनौती देनेवाली खबरें विरल हैं।

एड्स के विषय में लिखनेवाले पत्रकार शायद ही खबरों की छानबीन करते हैं और आधिकारिक एड्स दृष्टिकोण को ही दुहराकर कामयाब कैरियर बनाते हैं। उन्हें पुरस्कृत तक किया जाता है। चूँकि एचआईवी पॉजिटिव लोगों तक पहुँचनेवाली प्रकाशित सामग्री के लिए बजट अधिकतर एड्स दवाओं के निर्माताओं के द्वारा उपलब्ध कराए जाते हैं इसलिए आश्चर्य की बात नहीं है कि उनमें एड्स पर आलोचनात्मक लेखों का अभाव होता है। शोध प्रयोगशालाएँ, जिनके द्वारा प्रस्तुत रिपोर्ट और अध्ययन ही एड्स खबरों का आधार होते हैं, भी केन्द्रीय एड्स कोशों पर निर्भर करती हैं। 1980 के बाद से एड्स रिसर्च के लिए सरकारी सहायता एचआईवी परिकल्पना पर आधारित है अतः उन्हें यह मानना पड़ता है कि एचआईवी ही रोग का कारण है। वैसे वैज्ञानिकों को अनुदान उपलब्ध नहीं होता जो एचआईवी की परिकल्पना को चुनौती देते हैं। कैलिफोर्निया विश्वविद्यालय के डॉ. पीटर ड्यूसबर्ग की प्रयोगशाला को दिया जानेवाला केन्द्रीय अनुदान उस समय समाप्त कर दिया गया जब 1987 में उन्होंने गैलो की एचआईवी परिकल्पना पर प्रश्न उठाया और एक वैकल्पिक एड्स परिकल्पना का सुझाव दिया। 1987 से पहले उनकी उपलब्धियों के आधार पर उन्हें लगातार सरकारी सहायता दी जाती रही थी।

एड्स रिसर्च के लिए धन का एक और प्रमुख स्रोत दवा बनानेवाली कम्पनियों द्वारा दिया जानेवाला अनुदान है जो दवाओं की निष्पक्ष जाँच को असम्भव बना देता है। ये कम्पनियाँ शोधकर्त्ताओं को अपने उत्पादों के अनुकूल रिपोर्ट देने के लिए धन मुहैया करती हैं। यह कहना गलत नहीं होगा कि ऐसे मामलों में शोधकर्त्ता एवं शोध करवानेवाली दवा कम्पनियों के निहित स्वार्थ आपस में नहीं टकराते हैं क्योंकि शोधकर्त्ता इन दवा कम्पनियों के मुनाफे के हिस्सेदार होते हैं।

यही स्थिति दूसरी बीमारियों से सम्बन्धित दवा बनानेवाली कम्पनियों की भी रही है। मसलन हृदय रोग की दवा बनानेवाली कम्पनियाँ अपने शोधकर्त्ताओं से अनुकूल रिपोर्ट लेती रहती हैं और इस तरह अपने बाजार का पक्का बन्दोबस्त कर लेती हैं। हृदय रोग से सम्बन्धित दवा कम्पनियों के इस रवैये पर विश्व स्वास्थ्य संगठन अपनी तीखी प्रतिक्रिया जाहिर करते हुए कहता है—'पिछले 50 वर्षों में नई दवाओं एवं टीकों की बाढ़-सी आ गई है। यह बढ़त दवा के चिकित्सीय प्रयोग की सफलता की रिपोर्ट पर निर्भर करती है। आगे सावधान करते हुए विश्व स्वास्थ्य संगठन कहता है कि व्यावसायिक हित प्रयोग के परिणामों को बुरी तरह प्रभावित कर अपने पक्ष में दर्शाते हैं।' विश्व स्वास्थ्य संगठन गहरी चिन्ता जाहिर करते हुए कहता है कि अगर चिकित्सीय प्रयोग व्यावसायिक प्रतियोगिता का शिकार हो जाता है तो जनहित, व्यक्तिगत हित की बलि-वेदी पर चढ़ जाता है और विज्ञान को इच्छा के आगे झुकना पड़ता है। (टाइम्स ऑफ इंडिया (दिल्ली) 31.12.01)

लेकिन दुर्भाग्य से 'एड्स' के मामले में ऐसी कोई प्रतिक्रिया देखने को नहीं मिलती, चाहे वह कितना ही मजबूत संगठन या सरकार क्यों न हो ? दक्षिण अफ्रीका के राष्ट्रपति मबैकी का उदाहरण यदि छोड़ दें तो चारों ओर 'एड्स' के खतरनाक प्रयोगों को लेकर एक अजीब-सी षड्यन्त्रकारी सहमति दिखाई देती है। जहाँ एक ओर विश्व स्वास्थ्य संगठन इस विषय पर चुप्पी साध कर अपनी सहमति जताता है वहीं संयुक्त राष्ट्र संघ विध्वंसकारी इरादों से लैस अपने कार्यक्रमों की सूची पेश करता है। जनता समझ भी नहीं पा रही है और तीसरी दुनिया के तमाम देश अरबों डालर के ऋण में डूबने की तैयारी कर चुके हैं। निःसन्देह इसमें भारत भी है। ऐसा नहीं कहा जा सकता कि भारत सरकार इस ओर से अनभिज्ञ है। उसे लगातार चेताया जा रहा है, वस्तुगत स्थिति से अवगत कराया जा रहा है, अब यह बात और है कि सरकार चुप्पी साधे हुए है।*

* देखें परिशिष्ट 'ख'

# भारत में एड्स

भारत जल्द ही एड्स की रणभूमि बनने जा रहा है। अमेरिका ने अफ्रीका को एड्स की राजधानी कहा था। लेकिन दक्षिण अफ्रीका के राष्ट्रपति मबैकी के विरोधी तेवर को देखते हुए अमेरिका को अपना ध्यान अन्यत्र करने पर बाध्य होना पड़ा। अब भारत उसके निशाने पर है। युद्ध-सामग्री बेचकर अब तक अपनी अर्थ-व्यवस्था मजबूत करने वाला अमेरिका इक्कीसवीं शताब्दी में जहरीली दवाओं का भी इस काम के लिए प्रयोग करने जा रहा है। भारी मात्रा में धन-राशि एड्स परियोजना पर खर्च करना भारत की या हर उस देश की मजबूरी है जिसे एड्स पीड़ित देश करार दिया जाएगा। अब यह मत पूछिए कि एड्स पीड़ित देश करार करेगा कौन ! दसियों संस्थाएँ हैं अमेरिका की जेब में। विश्व स्वास्थ्य संगठन के अलावा संयुक्त राष्ट्र संघ है। संयुक्त राष्ट्र संघ ने तो यू.एन. एड्स नामक शाखा दैसे प्रत्येक देश में खोल रखी है जिसे निशाने पर लेना है। निश्चित रूप से भारत भी उन देशों में एक है। और जब एक बार आप निशाने पर चढ़ गए तो फिर कोई भी स्वतन्त्र है कुछ भी कहने को।

अभी पिछले दिनों अनिवासी भारतीयों का एक दल भारत भ्रमण पर आया और उसने घोषणा की कि भारत में सत्तर लाख या उससे भी ज्यादा एचआईवी संक्रमित लोग हैं। उसके कुछ ही दिनों बाद संसदीय स्थायी समिति ने राज्यसभा में एक रिपोर्ट रखी जिसमें उसने शायद यह सोचकर कि जब भ्रमण में आए लोग संक्रमित लोगों की संख्या सत्तर लाख बोल रहे हैं तो वे तो यहीं के हैं और इसी काम में पिछले दिनों से लगे हैं, यह संख्या इक्यासी लाख तीस हजार बताई। अब उसने ऐसा जो भी सोचकर किया हो लेकिन इस रिपोर्ट ने भारत को एड्स मानचित्र के केन्द्र में स्थापित कर दिया। जाहिर है इस आँकड़े ने भारत में भी हंगामा मचाया। पूछताछ शुरू हुई। आखिर यह आँकड़ा आया कहाँ से। समिति ने कहा नैको (NACO) के अधिकारियों से प्राप्त सूचना के आधार पर यह आँकड़ा प्रस्तुत किया गया है। और जब नैको के निर्देशक जे.वी.आर. प्रसाद से पूछा गया तो उन्होंने कहा कि यह संख्या 'टाइपोग्राफिकल' गलती या गलत अर्थ लिए जाने का परिणाम हो सकती है। नैको ने कभी ये आँकड़े नहीं दिए। लेकिन दुर्भाग्य देखिए संसदीय समिति ने तब भी आँकड़े को नहीं सुधारा। स्थिति यह बनी कि सारे लोग उन आँकड़ों का इस्तेमाल करने लगे। इसी आधार पर संयुक्त राष्ट्र के महासचिव ने भारत को खतरनाक ढंग से एड्स संक्रमित देश की संज्ञा दे डाली।

इसी के साथ शुरू हो जाता है अरबों-खरबों का चक्कर और आँकड़ों का खेल। लोग समझते हैं कि ये आँकड़े मनमाने ढंग से ऊपर-नीचे होते रहते हैं। लेकिन ऐसी बात नहीं है। यह दवाओं की खेप एवं परियोजना की सक्रियता या निष्क्रियता पर निर्भर करता है। भारत में 1992 से परियोजना का पहला चरण आरम्भ हुआ जिसे 1997 तक चलना था लेकिन इसकी अवधि दो वर्ष बढ़ा दी गई। अभी यहाँ परियोजना का दूसरा चरण चल रहा है। पहले और दूसरे दोनों चरणों को विश्व बैंक का सहयोग प्राप्त है।

1992 में पी.वी. नरसिंहराव सरकार को इस परियोजना के लिए विश्व बैंक से चौरासी मिलियन डालर का ऋण मिला। इसके अलावा आठवीं पंचवर्षीय योजना के तहत दो सौ अस्सी करोड़ रुपए स्वीकृत किए गए जिसमें यू.एन. एड्स द्वारा कुछ द्विपक्षीय सहयोग भी सम्मिलित था। दूसरे चरण के क्रियान्वयन में भारी-भरकम धनराशि लगाई जा रही है। कार्यक्रमों में शामिल प्रमुख भागीदारों में केन्द्र व राज्य सरकारें, विश्व बैंक और यू.एन. एड्स है और अगले पाँच वर्षों के लिए अनुमानित खर्च है एक हजार चार सौ पच्चीस करोड़ रुपए। विश्व बैंक मुख्य अंशदाता है। अनुदान देनेवाले अन्य हैं--यू.एस.एड तथा डिपार्टमेंट फॉर इंटरनेशनल डेवलेपमेंट (DFID)। इन्होंने क्रमशः एक सौ छियासठ करोड़ रुपए एवं एक सौ चौवन करोड़ रुपए देने का प्रस्ताव किया है। यू.एस. एड. परियोजना महाराष्ट्र के लिए है और 1999 से शुरू होकर सात वर्षों के लिए है। DFID परियोजना पाँच वर्षों के लिए 1999 से शुरू है और इसे आन्ध्र प्रदेश, उड़ीसा, केरल एवं गुजरात में चलाया जाएगा। एन.ए.सी.पी. II के दो प्रमुख लक्ष्य हैं--भारत में एचआईवी संक्रमण का प्रसार कम करना और दीर्घकालीन आधार पर एचआईवी से जूझने की क्षमता बढ़ाना।

दूसरे चरण में आकर्षित करनेवाली बातें हैं--'स्वामित्व का निर्माण' जिसके तहत राष्ट्र को आत्मनिर्भर बनाया जाएगा ताकि बिना किसी अनुदान के कार्यक्रम चलाया जा सके। फिर राज्य व म्युनिसिपल कारपोरेशन स्तर पर प्रबन्धकीय क्षमता पैदा करना यानी योजना का विकेन्द्रीकरण किया जाएगा ताकि प्रभावी ढंग से विशिष्ट एवं संवेदनशील जनसंख्या जैसे व्यावसायिक यौनकर्मियों, नशीले पदार्थ लेनेवाले, समलैंगिकों, ट्रक ड्राइवरों, प्रवासी मजदूरों एवं लावारिस बच्चों के लिए विस्तृत एवं एकीकृत प्रयास सम्भव हो पाए। सैद्धान्तिक रूप से यह माना जा रहा है कि ये समूह संक्रमण के प्रति संवेदनशील हैं और कम समय में ही संक्रमण फैलाते हैं।

समझा जा सकता है कि दूसरे चरण के बाद अनुदान मिलना बन्द हो जाएगा। और इन योजनाओं पर हो रहे लम्बे-चौड़े खर्च से निबटने के लिए सरकार आम जन पर कर लगाएगी और साथ ही पश्चिम की उन्हीं संस्थाओं से लम्बे-चौड़े कर्ज लेकर देश पर असहनीय एवं अनावश्यक बोझ बढ़ाएगी जिससे शायद ही देश कभी उबर सके। इस भयानक स्थिति से जहाँ एक ओर आम जन या तो उदासीन है या बेखबर, वहीं दूसरी ओर सरकार पश्चिम द्वारा थोपी जा रही इन योजनाओं के सामने घुटने टेक चुकी है और जहाँ तक स्वयंसेवी संगठनों का सवाल है वे सब अब गैरसरकारी संगठन हो चुके

हैं तथा इन परियोजनाओं को बहती गंगा की तरह देख रहे हैं, जिसमें हाथ धोने को हजारों की संख्या में, इस देश की धरती पर उग चुके हैं।

विडम्बनापूर्ण स्थिति तो यह है कि जिस चीज के लिए इतनी व्यापक परियोजना शुरू है वही चीज धुँधलके में है। अगर हम थोड़ी देर के लिए यह मान लें कि एड्स एक बीमारी है और यह एचआईवी की वजह से होती है तब भी कम से कम भारत के सन्दर्भ में कुछ हासिल नहीं होता है। एचआईवी संक्रमित लोगों की संख्या पर कोई स्पष्टीकरण नहीं मिल रहा है। नैको के अनुसार संक्रमण का प्रसार धीमा है और एचआईवी प्रचलन के मामले में अभी भारत 'माध्यमिक' स्तर पर है। नैको के आँकड़े बताते हैं कि मध्य 1998 तक वायरस से पैंतीस लाख लोग प्रभावित थे और जैसा कि ऊपर कहा गया है ए.वी. चव्हाण की अध्यक्षता में गठित संसदीय स्थायी समिति ने अपनी 73वीं रिपोर्ट में यह संख्या इक्यासी लाख बताई थी। दरअसल इस सन्दर्भ में मनमानापन बड़े खतरनाक अन्दाज में देखने को मिलता है। कई स्तरों पर आकलन चल रहा है और सभी एक-दूसरे से स्वतन्त्र अपने आँकड़े रख रहे हैं।

सबसे पहले इसका शिकार मणिपुर राज्य हुआ। पहले कहा गया कि यहाँ प्रत्येक आठ में एक व्यक्ति एड्स से ग्रसित है। इस भयानक आँकड़े को देखकर कोई भी आदमी अगर इस नतीजे पर पहुँचे कि दो दशकों के भीतर मणिपुर का प्रत्येक युवा एड्स की चपेट में आ जाएगा तो इसमें कोई आश्चर्य की बात नहीं। नैको के पास एड्स सम्बन्धी जानकारी जुटाने का अपना खुद का नेशनल सर्विलेंस सिस्टम है जो पिछले पन्द्रह वर्षों से काम कर रहा है। इसके तहत वार्षिक रूप से आँकड़ों का संचयन एवं प्रकाशन होता है और प्रत्येक तीन महीने पर बेबसाइट पर आँकड़ों का अध्ययन किया जाता है। जब अगस्त 2000 में नैको के इन आँकड़ों में भारी गड़बड़ी पकड़ी गई तो उसने इसका प्रतिवाद विभिन्न राज्यों पर आरोप लगाकर किया। अगस्त के मध्य में नैको ने अपनी बेबसाइट को सर्विलेंस डाटा की जगह सेंटीनल डाटा द्वारा दुरुस्त किया तो अनुपात प्रत्येक हजार व्यक्ति पर सिर्फ 4.3 व्यक्ति का रह गया यानी प्रति 200 व्यक्ति पर एक। जब केन्द्रीय स्वास्थ्य मन्त्रालय से इस लापरवाही के बारे में पूछताछ की गई तो केन्द्रीय स्वास्थ्य मन्त्री ने कहा कि पुराने सर्विलेंस डाटा अपनी प्रासंगिकता खो चुके हैं और उन्हें नए सेंटीनल डाटा द्वारा बदला जा रहा है जिसे महामारी विशेषज्ञों की अन्तर्राष्ट्रीय समिति की मान्यता प्राप्त है।

इतने हल्के ढंग से सफाई देकर स्वास्थ्य मन्त्रालय ने किनारा कर लिया। लेकिन पिछले पन्द्रह लम्बे सालों से मणिपुर के सन्दर्भ में पुराने आँकड़ों का इस्तेमाल होता रहा और इसी आधार पर एड्स नियन्त्रण के लिए सहायता राशि भी मंजूर होती रही। खैर, राशि की हेराफेरी जो हुई वह तो एक अलग कहानी है लेकिन सबसे अधिक नुकसान मणिपुर को इस अर्थ में हुआ कि एचआईवी ग्रस्त राज्य की छवि उसकी किसी प्रकार ध्वस्त नहीं हो पा रही है।

अगर हम पुराने आँकड़ों पर नजर डालें तो पाते हैं कि 1996 में जहाँ मणिपुर में

प्रति हजार में 91.52 व्यक्ति एचआईवी पॉजिटिव थे वहीं महाराष्ट्र 94.99 की संख्या के साथ पहले स्थान पर था। 1998 में मणिपुर प्रति हजार 177 के साथ पहले स्थान पर आ गया। 1999 एवं 2000 में यह संख्या प्रति हजार क्रमशः 147.11 एवं 164.66 तक पहुँच गया। आँकड़े में आ रहा यह अस्वाभाविक उठान चौंकाने वाला था। लिहाजा इस पर गौर करना चाहिए था लेकिन अगस्त, 2000 तक यह सब बदस्तूर चलता रहा। अब अगर नैको के नए एवं पुराने डाटा की तुलना करें तो एक और दिलचस्प तथ्य सामने आता है। पुराने आँकड़े (177 व्यक्ति प्रति हजार) के अनुसार मणिपुर में कुल एक लाख इकसठ हजार सात सौ बीस व्यक्ति एचआईवी से प्रभावित होने चाहिए जबकि नए डाटा के अनुसार पूरे राज्य में यह सिर्फ चार हजार उनासी है।

दरअसल देखा जाए तो यह आँकड़ों एवं अनुमान का वीभत्स खेल है। मनमाने आँकड़े प्रस्तुत कर अन्धाधुन्ध कमाई का मार्ग प्रशस्त करते ये लोग नित हजारों लोगों को न सिर्फ मुख्यधारा से बल्कि पूरे समाज से बहिष्कृत कर एक घृणित योजना को अंजाम देने में जरा भी नहीं हिचकिचा रहे हैं। निचले तबके के लोगों को तबाह करने की अचूक कोशिश है यह। ये पहले अपनी नजर में गिरते हैं फिर मौत के मुँह में समा जाते हैं। पूँजीवाद का घिनौना चेहरा यहाँ आसानी से देखा जा सकता है। यह बीते दिनों की बात है जब मजदूर वर्ग को सम्मानजनक जिन्दगी से जीने नहीं दिया जाता था, अब तो उनकी मृत्यु को भी वे नहीं बख्श रहे। मृत्यु के बाद भी जलालत भूत की तरह पीछे लगी रहे इसका पक्का बन्दोबस्त कर लिया गया है।

इस क्रम में सबसे ज्यादा कमाल किया है मध्यप्रदेश मानवाधिकार आयोग ने। आयोग के अध्यक्ष न्यायाधीश गुलाब गुप्ता ने अपनी रिपोर्ट में कहा कि मध्यप्रदेश में दो जातियों बंछारा और बेदिया की सभी लड़कियाँ वेश्यावृत्ति में लिप्त हैं और एड्स के लिए अतिसंवेदनशील। हालाँकि इस रिपोर्ट का चौतरफा विरोध हो रहा है, मानवाधिकार से जुड़े तमाम संगठन इसे वापस लेने की माँग कर रहे हैं, पर यह अब भी बरकरार है। रिपोर्ट की भूमिका में लिखा गया है–'मध्यप्रदेश के कुछ हिस्सों में जाति आधारित वेश्यावृत्ति का प्रचलन है जिसे समाज की मान्यता मिली हुई है और इस समाज में माँ-बाप खुद अपनी नाबालिग बच्ची को इस धन्धे में जाने को मजबूर करते हैं और इसी कमाई से सारी जिन्दगी गुजर-बसर करते हैं।' न्यायाधीश गुप्ता आगे लिखते हैं–'इस विशिष्टता के कारण राज्य का नाम अन्तर्राष्ट्रीय स्तर पर बदनाम हो रहा है और राज्य की छवि ऐसी हो रही है जहाँ नाबालिग लड़कियों के मानवाधिकार का उल्लंघन होता है।' उनके अनुसार अन्तर्राष्ट्रीय चिन्ता ने ही इस समस्या के अध्ययन के लिए आयोग को मजबूर किया।

आप कोई गलती नहीं करेंगे अगर आप 'अन्तर्राष्ट्रीय चिन्ता' को 'अन्तर्राष्ट्रीय वित्त' पढ़ लें। रिपोर्ट के तुरन्त बाद यूनिसेफ भारी वित्तीय मदद के साथ हाजिर हो गया। जाहिर है आरोप के घेरे में यूनिसेफ भी आ गया। यूनिसेफ के अधिकारी बचाव में सामने आए और कहा कि मध्यप्रदेश में जाति आधारित वेश्यावृत्ति पारम्परिक रूप से है और

रिपोर्ट में उल्लिखित जातियों में तो यह जाना-माना तथ्य है। स्वयं राज्य सरकार ने भी इसे स्वीकारा है। इस अध्ययन का उद्देश्य इस कुप्रथा का पता लगाकर उसे खत्म करने के लिए कार्य योजना बनाना है।

इस रिपोर्ट में 'बंछारा' जाति के पुरुषों को आम तौर पर अपराधी करार दिया गया है। कहा गया कि वे चोरी के काम में लिप्त रहते हैं। रिपोर्ट के अनुसार समय बीतने के साथ 25 फीसदी पुरुष खेती-बाड़ी करने लगे, कुछ खेत-मजदूर बन गए परन्तु अभी भी ज्यादातर लोग चोरी के धन्धे में हैं और बाकी परिवार की महिला सदस्यों के लिए ग्राहक ढूँढ़कर लाने का काम करते हैं। 'बंछारा' महिलाओं के बारे में कहा गया कि कुछ अपवादों को छोड़कर उनमें से अधिकांश 35 साल की उम्र तक वेश्यावृत्ति के धन्धे में रहती हैं। इतना ही नहीं, ये महिलाएँ शादी करके किसी की पत्नी बनने की बजाय उपपत्नी बनना बेहतर समझती हैं क्योंकि उनका मानना है कि उपपत्नी की जिन्दगी काफी आसान होती है और उसे काफी स्वतन्त्रता भी मिलती है। अगर हम रिपोर्ट पर भरोसा करें तो ये महिलाएँ वेश्यावृत्ति के कारण यौन रोगों का शिकार होती हैं जिनमें 'एड्स' भी शामिल है और फिर बगैर किसी हो-हल्ले के दुनिया से कूच कर जाती हैं।

रिपोर्ट में 'बेदिया' जाति के प्रति भी तार्किकता से परे इसी तरह के निष्कर्ष निकाले गए हैं। इस जाति की महिलाओं को भी वेश्यावृत्ति में लिप्त एवं एचआईवी से संक्रमित बताया गया है। रिपोर्ट के अनुसार 'बेदिया' वास्तव में राजस्थान की जिप्सियों की शाखा है जो कि 'साँसिया' जाति के काफी नजदीक है। 'बेदिया' जाति मध्यप्रदेश के गुना, सागर, मोरना, पन्ना, शिवपुरी, विदिशा, राजगढ़ तथा रायसेन में बसी हुई है।

सिर्फ यही नहीं कि यह रिपोर्ट वैज्ञानिक आधार एवं वास्तविकता से परे है बल्कि यह किसी भी आदमी के मानवाधिकार का उल्लंघन भी है। यह राष्ट्रीय एड्स नियन्त्रण संगठन एवं विश्व स्वास्थ्य संगठन की खुद की स्पष्ट स्थापना है कि एड्स से सम्बन्धित किसी भी प्रकार की स्वास्थ्य जाँच को जिससे कि किसी के अधिकारों का उल्लंघन होता है, सार्वजनिक नहीं किया जाएगा। पूरी दुनिया जबकि एक ओर गम्भीरता से यह सोच रही है कि 'एड्स' के मुद्दे पर लोगों के मानवाधिकारों की रक्षा आवश्यक है वहीं एक मानवाधिकार आयोग का ही गलत एवं कुत्सित सोच के साथ रिपोर्ट पेश करना संशय में डालता है। विश्व स्वास्थ्य संगठन के एक अधिकारी के अनुसार 'पूरे समुदाय को एचआईवी संवेदनशील घोषित करना तो दूर की बात है किसी व्यक्ति विशेष को एचआईवी पॉजिटिव पाने के बाद भी सार्वजनिक रूप से इसकी घोषणा नहीं की जा सकती।'

दूसरी ओर यूनिसेफ के सूचना अधिकारी, जी.एस. गुलाटी का कहना है कि अध्ययन में शामिल लोगों की जाँच केवल वायरस के लिए नहीं की गई बल्कि इन जातियों को सम्पूर्णता में जानने के लिए की गई। यही इस अध्ययन का लक्ष्य था। उन्होंने आगे सफाई देते हुए कहा कि जाँच के पीछे यूनिसेफ की कोई बुरी मंशा नहीं थी, यह सिर्फ एक सामाजिक मुद्दे को उठाने की कोशिश भर थी।

इस तरह हम देखते हैं कि कैसे एक खास वर्ग को निशाना बनाया जा रहा है। वैसे यह बात सिर्फ भारतीय सन्दर्भ में ही सही है जिसे यहाँ का ऊपरी तबका बिना किसी दूरगामी प्रभाव को ध्यान में रखे, ज्यादा से ज्यादा अनुदान हथियाने के लिए किये जा रहा है। जबकि इन्हीं आँकड़ों के आधार पर विदेशी संस्थाएँ पूरे भारत को एड्स संक्रमित देश के रूप में प्रचारित कर रही हैं। तभी तो डरबन एड्स सम्मेलन में यू.एन. एड्स ने निःसंकोच कहा कि भारत में एड्स से लगभग 3 लाख लोग मर चुके हैं। आपको आश्चर्य होगा कि हमारी सरकार ने इस वक्तव्य का कोई विरोध नहीं किया जबकि 'नाको' कहता है कि भारत में यदि वाकई इतने अधिक एचआईवी संक्रमित लोग होते तो एड्स सूचक संक्रमणों के जानलेवा और भी अधिक मामले होते। 'नैको' के अध्यक्ष प्रसाद राव कहते हैं—'इस बात का भारत में कहीं भी कोई सबूत नहीं है कि टी.बी. संक्रमणों में आकस्मिक तेजी आई है जो भारत में एचआईवी से सम्बन्धित सबसे सामान्य संक्रमण है।'

नैको के रिकॉर्ड के अनुसार एचआईवी मामलों में मृत्यु की संख्या 215 पर स्थिर रही। यह भी देखा गया है कि एचआईवी की जाँच की कुल संख्या बाद के वर्षों में बढ़ने के बजाय घटी है।

# गैर-सरकारी संगठनों के खतरनाक इरादे

अगर एड्स को हम छोड़ दें तो चिकित्सा विज्ञान में शायद ही कोई ऐसा विषय मिले जिस पर वैज्ञानिकों एवं शोधकर्त्ताओं से ज्यादा राजनीतिक, सामाजिक कार्यकर्त्ता, वकील तथा और भी दूसरे किस्म के लोग बोलते हैं। यह बात और है कि हिन्दी की दुनिया ने यह कहकर कि एड्स से जितने लोग मरते नहीं, उससे कहीं ज्यादा लोग एड्स के नाम पर जिन्दा हैं, इसे फिलहाल अपनी चिन्ता से बाहर कर दिया है। लेकिन टूटी-फूटी ही सही, पर अंग्रेजी लिखने-पढ़ने, बोलनेवालों की दुनिया में एड्स कार्यकर्त्ताओं ने अपने पैर जमा लिये हैं। दुनिया-भर के गैर-सरकारी संगठनों ने बड़े-बड़े महानगरों में अपनी शाखाएँ खोल रखी हैं। उन्हें मामा कैश, रॉयल नीदरलैंड, एम्बैसी, अस्ट्रिया, मैक आर्थर, पैकाड एवं फोर्ड फाउंडेशन से लेकर यू.एन. एड्स एवं 'नैको' तक से भारी धनराशि प्राप्त होती है जिसका सदुपयोग वे सेक्स भड़काने, जुगुप्सा पैदा करने व इसे जायज ठहराने के तमाम प्रयास पर करते हैं। जरूरी है कि इसके लिए हर चीज चमकीली एवं भड़कीली हो। अतः वे पंचतारा होटलों में सेमिनार आयोजित करते हैं। गोवा के तट पर सेक्स वर्कशाप चलाते हैं, अँगरेजी का इस्तेमाल वे एक हथियार के रूप में करते हैं और अपने साथ हमेशा कोई न कोई विदेशी चेहरा रखे रहते हैं। यह सब वे यौन शिक्षा के नाम पर करते हैं। उनका मानना है कि असावधानी से किया गया यौन सम्बन्ध खतरनाक होता है अतः सावधानी की सख्त जरूरत है। खैर, यह तो वे ठीक कहते हैं लेकिन जब वे यह कहते हैं कि सावधानी बरतने के बाद, और सिर्फ कहते ही नहीं हैं बल्कि इसे नैतिक रूप से जायज ठहराते हुए लोगों को उत्साहित करते हैं, स्थान एवं पात्र मुहैया कराते हैं ताकि आप वहाँ से परिपक्व होकर निकलें और समाज में जितने लोगों से चाहें अपने यौन सम्बन्ध बनावें—फिर वे किसी भी प्रकार की वर्जना को अनैतिक ठहराते हुए समलैंगिकता एवं हस्तमैथुन तक को सहज यौन व्यवहार बताते हैं तो प्रथम प्रतिक्रिया-स्वरूप मन में जुगुप्सा एवं भय का भाव पैदा होता है। परन्तु इससे उनका कुछ भी नहीं बिगड़नेवाला। वैसे देखा जाए तो वे विदेशी मदद एवं देशी सत्ता के सहयोग से इतने ताकतवर बन चुके हैं कि उनका वैसे भी कुछ नहीं बिगड़नेवाला फिर भी यह जरूरी हो जाता है कि हम उनके इस घृणित कर्म को समझें और जहाँ तक हो सके खुद को उनके जाल में फँसने से बचाएँ, लोगों को भी इसकी साजिशपूर्ण कार्रवाई की जानकारी दें।

अभी भी यह एक संशय-भरी परिकल्पना ही है कि असुरक्षित सेक्स (बिना कंडोम

के) एड्स का कारक है। फिर भी बहुतेरे संगठन एड्स नियन्त्रण के नाम पर अनियन्त्रित 'सेक्स' गतिविधियों में संलग्न हो गए हैं। स्वाभाविक है कि इन सबके पीछे अमेरिका का मास्टर ब्रेन काम कर रहा है। यू.एन. एड्स के जरिये वह तमाम प्रकार के यौन सन्देशों से लोगों को अवगत करा रहा है। जिनमें से एक है सम्भोग रहित सेक्स करना। इस तरह से यू.एन. एड्स स्त्रियों को समयौनिक और पुरुषों को हस्तमैथुन की ओर ढकेल समाज में ऐसे करोड़ों द्वीप बनाने की साजिश कर रहा है जो अपनी निर्जनता में सुरक्षा महसूस करेंगे और समाज को घृणा एवं शंका की नजर से देखेंगे। जाहिर है इससे समाज की संरचना टूटेगी जिसकी शुरुआत विवाह संस्थान से होगी। पुरुष के लिए कोई भी स्त्री और स्त्री के लिए कोई भी पुरुष भरोसेमन्द नहीं होंगे। एकमात्र भरोसा 'निरोध' का होगा। जिसकी चिकनाई के आगे जीवन की सारी सरसता खतरनाक ढंग से गँवारू लगेगी। इसमें कोई शक नहीं कि अगर वे अपनी मंशा में सफल हो जाते हैं तो वह दिन दूर नहीं जब हमारा जीवन वीर्य की पोटली बने 'निरोध' में दम तोड़ देगा।

उनकी सारी कार्यवाहियों के खिलाफ हमारे यहाँ कानून हैं। दूसरे शब्दों में, कहा जा सकता है कि वे अपराध को अंजाम दे रहे हैं। इसमें इतने बड़े लोग सम्मिलित हैं कि पुलिस प्रभावशाली ढंग से कुछ कर नहीं पा रही है। इक्के-दुक्के मामले सामने आते भी हैं तो उसके खिलाफ अमेरिका तक में आवाज उठने लगती है। वहाँ अखबारों में सम्पादकीय लिखा जाने लगता है। लिहाजा उनके हौसले बुलन्द हैं और वे लोगों के बीच अपनी पैठ बनाने में मशगूल हैं और उधर उनके आका लगातार सरकार पर दबाव बनाने में लगे हैं कि रोड़ा अटकानेवाले तमाम कानूनों को निरस्त किया जाए। बहरहाल कानून अपनी जगह कायम है और साथ ही एक मजबूत कवच के अन्दर वे भी बिना किसी भय के सक्रिय हैं। विदेश यात्राएँ एवं रुपयों से भरे थैले के लोभ में हमारे अपने ही बीच के कई लोग सैकड़ों गैर-सरकारी संगठन बनाकर उनकी अपसंस्कृति का जहर हमारे जीवन में उतारने को तत्पर हैं। लोभ ने उन्हें विवेक शून्य बना दिया है और वे उनकी विद्वेषपूर्ण भावना को बिना समझे उनके प्रचारक बने हुए हैं। प्रचार के तहत वे महँगे एवं खूबसूरत फोल्डर निकालते हैं जिसका वितरण वे सेमिनारों में खास बुलाये गए लोगों के बीच बड़े गुप-चुप तरीके से करते हैं। पत्रिकाओं एवं अखबारों में दबी-ढकी भाषा में विज्ञापन देते हैं। वे चुपचाप महिलाओं के टॉयलेट, विश्रामगृह, सिनेमा हॉल, रेस्टोरेंट, फास्टफूड आउटलेट, डिस्को, महिलाओं के होस्टल एवं बाजार में अपने स्टीकर्स लगा देते हैं।

'संगिनी' नामक गैर-सरकारी संगठन समलैंगिक एवं द्विलैंगिक महिलाओं के लिए एक समुचित वातावरण तैयार करने के लिए प्रयासरत है। यह काम वह सुरक्षित जगह मुहैया कर पूरा करता है और साथ ही उनके अन्दर कोई कुंठा न हो इसलिए इस पूरे कार्य व्यवहार के लिए सम्मानजनक सम्बोधनों का नया शब्दकोश तैयार करने में लगा है। 'संगिनी' महिलाओं के बीच काम करनेवाला संगठन है और इसकी कर्त्ता-धर्ता भी महिलाएँ ही हैं। ये महिला सदस्य उच्च वर्ग की ऐसी महिलाओं को जो परिस्थितिवश

अकेलेपन से ऊबी होती हैं, की टोह में दिन-रात सक्रिय रहती हैं। वे अपनी खोजी निगाह से शिकार के इलाके को हमेशा खँगालती रहती हैं। इनकी सूची में सबसे ऊपर कामकाजी महिलाएँ हैं। स्थानीय, राष्ट्रीय तथा अन्तर्राष्ट्रीय सेमिनारों में उन्हें आमन्त्रित कर उन पर जाल फेंकने का काम करती है। इस संस्था के मुख्य उद्देश्य उन्हीं के शब्दों में हैं :

1. महिलाओं एवं पुरुषों अथवा दोनों की तरफ आकर्षित होनेवाली महिलाओं के लिए एक सुरक्षित एवं स्वस्थ वातावरण तैयार करना।
2. सेक्स एवं यौनिकता से जुड़े हुए मुद्दों को प्रभावशाली तरीके से सम्बोधित करना।
3. समलैंगिक एवं बाईसेक्सुअल महिलाओं की जीवन पद्धति एवं अनुभवों की रक्षा करना।
4. सेक्सुअल व्यवहार के आधार पर भेदभाव समाप्त करना एवं ऐसे लोगों के मानवीय अधिकारों की वकालत व रक्षा करना जिन्हें इस व्यवहार के आधार पर परेशान किया जा रहा हो।

इस तरह के काम करनेवाले तमाम गैर-सरकारी संगठनों के उद्देश्य कमोबेश इसी तरह के हैं। इसके पहले कि हम इन उद्देश्यों की पड़ताल करें एक बात अच्छी तरह से समझ लेना जरूरी है कि प्रेम शब्द के लिए उनके पास कोई जगह नहीं है। यह सिर्फ एक व्यवहार है और उनका खुद का मानना है कि समाज में इसके आदी हो चुके लोगों की संख्या बेहद कम है, समाज में उन्हें गलत समझा जाता है और इस व्यवहार के खिलाफ कड़े और स्पष्ट कानून हैं। अतः वे जरूरी समझते हैं कि इन लैंगिक अल्पसंख्यकों (सेक्सुअल माइनॉरिटी) की रक्षा की जाए। सुरक्षित स्थान प्रदान करना तथा स्वस्थ वातावरण तैयार करना इस लिहाज से ठीक ही उनका पहला उद्देश्य है। इस रास्ते वे एक साथ दो काम करते हैं। पहला यह कि वे इन अल्पसंख्यकों को लुप्त होने से बचा लेते हैं। अब यह बात और है कि वे उन्हें लुप्त होने से क्यों बचाना चाहते हैं, और समाज को इससे क्या मिलेगा यह उन्हें नहीं मालूम। दूसरा यह कि इस तरह वे अन्य मासूम लड़कियों को भी अपने जाल में फाँसकर इन अल्पसंख्यकों की संख्या बढ़ा सकती हैं। शायद वे इन लोगों की संख्या इसलिए बढ़ाना चाहते हैं कि एक दिन इसी संख्या बल के आधार पर समाज में सम्मानजनक स्थान पा लेंगी। हालाँकि अच्छी खासी संख्या के बावजूद अमेरिका में उन्हें मुख्यधारा से बाहर कर दिया गया। शायद वे सोचते हों कि भारत में यह प्रयोग सफल हो जाए।

आप सोच रहे होंगे कि अगर वे सफल हो जाते हैं तो उन्हें किन शब्दों से सम्मानित करेंगे। आप नाहक परेशान न हों। उनका दूसरा उद्देश्य ही है उनको समुचित सम्मान देनेवाला शब्दकोश तैयार करना। और तीसरे उद्देश्य के अन्तर्गत वे आपको प्रोत्साहित करेंगे कि आप चाहें तो जीवन-भर समयौनिक (लेसबियन) ही बनी रहें। आपकी जीवन-पद्धति अक्षुण्ण बनाए रखने की समुचित व्यवस्था की जाएगी। आपके अनुभव

की भी रक्षा की जाएगी ताकि भविष्य में जब आप इस काम के योग्य नहीं रहेंगी तब यह अनुभव आपके काम आए। आप दूसरों को प्रशिक्षित करेंगी और इस तरह से अपने जीवन को अर्थपूर्ण बनाएँगी। लेकिन दूसरे लोग आएँगे कहाँ से ! इस तरह तो बच्चे पैदा होते नहीं ! यह सवाल बेकार है। भारत के सन्दर्भ में तो और भी बेकार है। फिलहाल भारत अकूत सम्भावनाओं से भरा देश है। यह कोई अमेरिका तो है नहीं जहाँ जनसंख्या बढ़ती ही नहीं। लड़कियाँ या तो शादी नहीं करतीं या करती भी हैं तो उनकी संख्या इतनी कम होती है कि देश उन्हें सँभालकर रखना चाहता है। आखिर वही तो कल का भविष्य हैं। लेकिन भारत के सन्दर्भ में यह सब बात नहीं। यहाँ मूर्ख लड़कियों की कमी नहीं। वे शादी कर घर-गृहस्थी बसाने से बाज नहीं आएँगी। अतः यहाँ आपका अनुभव बेकार नहीं जाएगा। आगे चलकर यह आपकी अच्छी खासी कमाई का स्रोत बनेगा। लेकिन इन सबमें एकमात्र भय कानून का है। तो इसे दूर करने के लिए यानी कि विघ्नरहित रास्ता तैयार करने के लिए चौथे उद्देश्य के तहत काम शुरू है। भारतीय दंड संहिता की धारा 377 को रोड़े के तौर पर चिह्नित कर लिया गया है। दिल्ली उच्च न्यायालय में इस धारा को निरस्त करने हेतु एक याचिका दायर कर दी गई है। पहली सुनवाई हो चुकी है। अगली तारीख चौबीस अगस्त है। इस बीच एटीर्नी जेनरल को नोटिस जारी कर हलफनामा दायर करने को कहा जा चुका है। कोर्ट-कचहरी का मामला है, थोड़ा लम्बा खिंच सकता है पर इसको लेकर चिन्तित होने की बात नहीं है। आप आराम से यहाँ आकर अपना साथी चुनकर यौन सुख की अन्धी-गली में खो सकती हैं। किसी को कानोंकान खबर नहीं होगी। आपके परिवारवाले को इसकी भनक तक नहीं लगेगी और जहाँ तक पुलिस का सवाल है तो उसके लिए ऊपर से दबाव बनाया जा चुका है। वह हाथ डालने की हिम्मत नहीं कर सकती। कुल मिलाकर जीत पक्की है। फिर भी आपके अन्दर भय समाया हुआ है तो हस्तमैथुन कीजिए। 'जानकारी यौनिकता' के नाम पर 'तारशी' हेल्पलाइन द्वारा बाँटा गया फोल्डर कहता है :

"वाह क्या अहसास है..."

"अपने यौन आनन्द के लिए स्वयं को उत्तेजित एवं सन्तुष्ट करने की कोई भी क्रिया हस्तमैथुन कहलाती है और यह अक्सर बचपन में ही शुरू हो जाती है।"

"हस्तमैथुन अपने आपमें स्वाभाविक और हानिरहित यौनक्रिया है और इससे कमजोरी, मुँहासे, विकास का रुकना, आँखों के नीचे काले गड्ढे या किसी तरह की मानसिक या यौन समस्या नहीं आती, आदि आदि..."

और सबसे बड़ी बात तो यह कि इसमें कानून का भय भी नहीं रहता। भारतीय दंड संहिता की किसी भी धारा के तहत इसे जुर्म नहीं ठहराया जा सकता। 'तारशी' द्वारा ही 10-14 साल के बच्चों के लिए निकाली गई पुस्तिका 'लाल किताब' में कहा गया है–'दो लोग एक-दूसरे के साथ भी हस्तमैथुन कर सकते हैं।'

कहना न होगा कि ये संस्थाएँ यौन विचित्रताओं एवं विकृतियों को खुलकर खेलने के लिए नैतिक, सामाजिक एवं कानूनी स्वीकृति पाने के तमाम हथकंडे अपना रही हैं। जिस तरह आज अमेरिका एवं यूरोपीय देशों में यौन लिप्सा एवं यौन सन्तुष्टि ही एकमात्र चिन्ता एवं मनोरंजन का विषय बनकर रह गई है और वहाँ की आम जनता को मानसिक एवं मनोवैज्ञानिक रूप से रुग्ण किए दे रही है, ठीक वैसी ही अपसंस्कृति का शिकार भारत को भी बनाने का खाका उन्होंने खींच लिया है। हर देश की संस्कृति एवं सभ्यता में अन्तर होता है। यह अन्तर तो तब और भी बड़ा दिखाई देता है जब हम पश्चिमी सभ्यता के परिप्रेक्ष्य में भारत को देखते हैं। भारत की सभ्यता एवं संस्कृति यहाँ के लोगों को हर हालत में सन्तोष एवं धैर्य रखने की शिक्षा देती है। नैतिक वर्जनाएँ आम आदमी को अवचेतन के स्तर पर भी दिशा निर्देश करती रहती हैं। यहाँ का गरीब आदमी अपनी इज्जत को लेकर ज्यादा सचेत होता है। वैसे यह भी एक सच्चाई है कि समाज में कई कोढ़ गरीबी से ही पैदा हुए हैं। लेकिन इसके बावजूद कभी भी उस निष्कर्ष पर नहीं पहुँचा जा सकता जिस निष्कर्ष पर यू.एन. एड्स पलक झपकते पहुँच जाता है।

वह बिना हिचके, बिना यह सोचे कि इस तरह वह एक पूरे वर्ग को न सिर्फ अपमानित कर रहा है बल्कि बेहतर भविष्य की राह में दीवार खड़ी कर रहा है, स्पष्ट शब्दों में कहता है—'गरीब परिवार, अपनी जवान एवं अशिक्षित लड़कियों के लिए वेश्यावृत्ति को लाभदायक व्यापार के रूप में देखते हैं। भारत में वेश्यावृत्ति का उद्योग व्यापक स्तर पर चल रहा है। हर महानगर में करीब एक लाख वेश्याएँ सक्रिय हैं।'

इसमें सिर्फ झूठ है, ऐसा नहीं कहा जा सकता। लेकिन इस वक्तव्य में पूरे परिवार को गरीबी के नाम पर जिस तरह से गिराया गया है वह मन में गहरा शक पैदा करता है। बात यह नहीं है कि फिर सही तथ्य क्या है—क्या इन लड़कियों में बड़ी संख्या उनकी नहीं होती जो कैरियर की तलाश में घर से विद्रोह कर शहर की ओर रुख कर लेती हैं फिर गलत परिस्थिति में पड़कर इस अन्धी राह पर चल पड़ती हैं। हाँ, वैसी लड़कियों की भी भारी तादाद होती है जो गरीबी से आजिज आकर घर-बार छोड़ महानगर पहुँच इस पेशे से जाने-अनजाने जुड़ जाती हैं। वे पहले से सोचकर घर नहीं छोड़तीं कि शहर जाकर वेश्यावृत्ति करेंगी और जहाँ तक घरवालों का सवाल है उनका तो तनिक भी हाथ नहीं होता। यह बात और है कि जब वे शहर आकर इस गलत पेशे से ही पैसा कमाने लगती हैं तो फिर उसका कुछ भाग अपने घर भेजने लगती हैं। तो घनघोर रूप से आर्थिक संकट में पड़ा परिवार चुपचाप सबकुछ स्वीकार कर लेता है। यह भी असम्भव नहीं कि उन्हें कहीं न कहीं से अच्छा भी लगता होगा फिर भी यह नहीं कहा जा सकता कि लड़की के माता-पिता उसे सहर्ष वेश्यावृत्ति करने हेतु महानगर की ओर जाती ट्रेन पर बैठाने स्टेशन आते होंगे और अपनी हसरत भरी आँखों से विदा करते होंगे। इसी सन्दर्भ में यह भी एक बड़ा सच है कि अधिकांश मामलों में लड़कियाँ घरवालों को इस सच से अवगत भी नहीं करातीं। इसके अलावा इस पेशे में वैसी लड़कियों की संख्या भी अच्छी-खासी होती है जिन्हें या जिनके परिवार को डरा-धमकाकर या प्रलोभन देकर गलत

तत्त्वों द्वारा लाया जाता है। कई बार तो वे लड़कियों को उठा ले जाते हैं और किसी अश्लील हाथों के हवाले कर जाते हैं। इन सबसे अलग भी कुछ परिस्थितियाँ होती हैं लेकिन हम देखते हैं कि यू.एन. एड्स बिना किसी भी हालात पर विचार करे इस तरह बात करता है जैसे उसका मकसद ही हो भारत के एक बड़े वर्ग को सन्देह एवं घृणा के कटघरे में खड़ा कर देना।

जबकि बड़े आराम से वह इस बात को छुपा जाता है कि महानगरों में कॉलगर्ल्स की बढ़ती संख्या किसी गरीबी की वजह से नहीं बल्कि उपभोक्तावाद की गिरफ्त में फँसे समाज की देन हैं जिन्हें बाजार की चमक अन्धा कर चुकी होती है। लालच से बड़ी महामारी आज दूसरी नहीं। पूरी दुनिया को पूँजीवाद ने यही दिया है। लेकिन यू.एन. एड्स को यह बात दिखाई नहीं देती। दुर्भाग्य से हममें से भी कई इस विकट सत्य को देख नहीं पा रहे।

लाल
किताब
जो तुम अपने बारे में
जानना चाहते हो
10-14 साल

तारशी
सभी लोगों को, चाहे वो कोई भी हों, एक सम्मानपूर्वक जीवन जीने का हक है
जिसमें यौन स्वायत्तता, स्वस्थ, आनन्दपूर्ण और सकारात्मक यौनिकता शामिल है।
तारशी प्रजनन व यौन जीवनों में विकल्पों के विस्तार के लिए कार्य करती है। हमारे कार्यक्रम सभी वर्गों, समुदायों, आयु-वर्गों, यौन-प्रवृत्तियों के लोगों, खासकर महिलाओं के लिए हैं।
तारशी
हेल्पलाइन 91-11-462 2221
91-11-462 4441
सोमवार - शुक्रवार
तारशी एक स्वैच्छिक संस्था है जो सोसायटीज रजिस्ट्रेशन ऐक्ट XXI (1860) के अन्तर्गत पंजीकृत है।

कुछ रिश्तों का एक हिस्सा यौन संबंध भी होता है। कुछ लोग प्यार और सॅक्स को एक ही समझते हैं, पर प्यार सॅक्स से अलग है। जैसे हर किसी को कभी खुशी महसूस होती है, कभी दुःख, तो कभी गुस्सा आता है, उसी तरह से हर किसी को कभी न कभी उत्तेजना भी होती है, मतलब सॅक्स का विचार आता है। और इसमें कुछ भी गलत नहीं है।

सॅक्स या यौन क्रिया किसी भी ऐसी क्रिया को कहा जाता है जो यौन अंगों से संबंधित हो। किसी यौन क्रिया की कल्पना भी सॅक्स का हिस्सा है। सॅक्स में कई क्रियाएँ शामिल हैं जो अकेले भी कर सकते हैं और किसी के साथ भी। शरीर के हर अंग में सॅक्स की भावना महसूस हो सकती है। लोग अलग-अलग यौन क्रियाएँ करते हैं। हो सकता है कि अभी ये जानकर आपको नया महसूस हो रहा हो, पर जैसे-जैसे आप बड़े होंगे हो सकता है आपको और जानकारी मिले।

अपने यौन अंगों को खुद छूकर, या सहलाकर अगर आनंद लिया जाए तो उसे हस्तमैथुन कहते हैं। हस्तमैथुन एक बिल्कुल स्वाभाविक प्रक्रिया है, ज्यादातर सभी लोग करते हैं -- लड़कियाँ भी और लड़के भी, और इससे किसी भी तरह का कोई नुकसान नहीं होता। दो लोग एक दूसरे के साथ भी हस्तमैथुन कर सकते हैं।

लोग एक दूसरे को गले लगाकर यानी आलिंगन कर के और चूम कर – जैसे मुँह, गर्दन, कान वगैरह पर भी अपना प्यार जताते हैं। जिस यौन क्रिया के बारे में अक्सर सबसे ज्यादा बात होती है, वह है संभोग जिसमें पुरुष का लिंग स्त्री की योनि में प्रवेश करता है।

11

किसी भी यौन क्रिया में – चाहे वो अकेले में हो या किसी साथी के साथ – एक आनन्द महसूस होता है। जब यह आनन्द चरम पर पहुँच जाता है, इसे ऑरगैज्म कहते हैं जो लड़कियों को भी होता है और लड़कों को भी। इसमें पूरे शरीर में, खासकर यौनांगों के आसपास आनन्द महसूस होता है।

किशोरावस्था में कई बार किसी की तरफ बहुत आकर्षण हो जाता है और मन दिन-रात उसी के सपने देखने लगता है। ऐसा ज्यादातर सभी के साथ होता है और बिल्कुल स्वाभाविक है।

कभी-कभी हम किशोरावस्था में अपनी उम्र के लोगों की तरफ से कई तरह के दबाव महसूस करते हैं – जैसे कोई गर्लफ्रॅन्ड या बॉयफ्रॅन्ड बनाने का, किसी खास तरह के कपड़े पहनने का, या फिर सॅक्स करने का। हम जो करते हैं उसका नतीजा हमें ही भुगतना पड़ता है इसलिए अच्छा है कि हमें जो अपने लिए सही लगे वही करें, न कि दूसरों की देखा-देखी या दबाव में। वैसे भी हम खुद को बड़े महसूस करने के लिए सॅक्स ही करें, यह जरूरी नहीं है। अगर हम किसी की तरफ आकर्षित हैं, तो और भी कई तरीकों से हम उन्हें अपना प्यार जता सकते हैं।

किसी भी स्वस्थ् रिश्ते की नींव होती है एक दूसरे के निर्णय का आदर करने पर और दूसरे को नुकसान न पहुँचे इस बात का ध्यान रखने पर। स्वस्थ यौन संबंध तभी होते हैं जब दोनों साथियों की इसमें पूरी मर्जी हो। बिना ध्यान रखे अगर यौन संबंध बनाए जाए तो बच्चा ठहर सकता है, यौन रोग हो सकते हैं, या मन में अनचाही उथल-पुथल हो सकती है।

**12**

इन्द्रधनुषः अपनी जिन्दगी में सभी लोग किसी न किसी की तरफ आकर्षित होते हैं। यौनिकता के आधार पर लोग कई तरह के होते हैं, जैसे इन्द्रधनुष में कई रंग होते हैं। जो लोग अपने से दूसरे लिंग के लोगों की तरफ आकर्षित होते हैं – मतलब स्त्रियाँ पुरुषों की तरफ और पुरुष स्त्रियों की तरफ – उन्हें परलैंगिक कहते हैं। जो अपने ही लिंग के लोगों की तरफ आकर्षित होते हैं – यानी स्त्रियाँ स्त्रियों की तरफ और पुरुष पुरुषों की तरफ – उन्हें समयौनिक स्त्रियाँ या समलैंगिक पुरुष कहते हैं। जो लोग स्त्रियों और पुरुषों दोनों की तरफ आकर्षित होते हैं, उन्हें द्विलैंगिक कहते हैं। इनमें से सभी तरह के आकर्षण और रिश्ते पूरी तरह स्वाभाविक और स्वस्थ होते हैं। बिल्कुल वैसे ही जैसे इन्द्रधनुप के सभी रंग किसी न किसी के लिये सुन्दर होते हैं, और इन्द्रधनुष की खूबसूरती इसी में है कि वे सभी रंग आसमान पर साथ-साथ होते हैं। लेकिन कुछ लोग केवल परलैंगिक रिश्तों को ही सामान्य व स्वाभाविक मानते हैं जिससे समलैंगिक और द्विलैंगिक लोगों को अकेलेपन और अलगाव का अहसास हो सकता है। पर अक्सर समलैंगिक और द्विलैंगिक लोग भी खुशी और आनन्द देने वाले रिश्ते जीते हैं, परलैंगिक लोगों की ही तरह।

समलैंगिक, द्विलैंगिक और परलैंगिक लोग अलग नही दिखते

13

नीली
किताब
जो तुम अपने बारे में
जानना चाहते हो
15+ साल

## सॅक्स क्या है?

यौन क्रिया को सॅक्स कहते हैं। यौन क्रियाएँ कई तरह की होती हैं। अगर योनि में लिंग प्रवेश करे, तो इसे संभोग कहते हैं। मुख मैथुन का मतलब है कोई भी यौन क्रिया जिसमें मुँह का भी संबंध हो, जैसे चुम्बन, या फिर योनि, टीटनी, या लिंग को जीभ/मुँह से सहलाना। अगर पुरुष या स्त्री के मलद्वार, मतलब पीछे जहाँ से मल आता है, में लिंग प्रवेश किया जाए तो इस क्रिया को गुदा मैथुन कहते हैं।

जब यौन उत्तेजना होती है, मतलब सॅक्स का विचार आता है, तो स्त्रियों की योनि में गीलापन आ जाता है, और पुरुषों के लिंग में तनाव।

दो लोग एक दूसरे को गले लगाकर यानी आलिंगन करके, और चूमकर भी अपना प्यार एक दूसरे को दर्शाते हैं। अगर कोई खुद अपने यौनांगों को छूकर या सहलाकर यौन आनन्द ले तो ऐसी क्रिया को हस्तमैथुन कहते हैं। हस्तमैथुन अपनी यौन इच्छा को संतुष्ट करने के सबसे सुरक्षित तरीकों में से एक है और इससे किसी भी तरह की कमजोरी, बीमारी, यौनांगों के आकार पर कोई असर या और कोई नुकसान नहीं होता है। लड़कियाँ भी हस्तमैथुन करती हैं और लड़के भी, शादीशुदा लोग भी करते हैं और वे भी जिन्होंने शादी नहीं करी। लेकिन अगर किसी की इच्छा के बिना उसके सामने हस्तमैथुन किया जाए तो यह उस व्यक्ति के सम्मान से

जीने के हक के खिलाफ है। कोई भी यौन क्रिया हो, अगर हर साथी की पूरी मर्जी से हो, तभी वह एक स्वस्थ क्रिया है चाहे उस साथी के साथ केवल एक दो बार ही यह क्रिया कर रहे हों या फिर उसके साथ एक लंबे समय का रिश्ता हो। एक स्वस्थ यौन रिश्ते के प्रतीक हैं एक दूसरे की इच्छा और निर्णय का सम्मान करना और इस बात का ध्यान रखना कि एक दूसरे को कोई नुकसान न पहुँचे – जैसे कोई यौन रोग होना या अनचाहा बच्चा ठहरना।

## यौन प्रवृत्तियाँ

अपने जीवन में सभी लोग किसी न किसी की तरफ आकर्षित होते हैं। जो लोग अपने से दूसरे लिंग के लोगों की तरफ आकर्षित होते हैं – मतलब स्त्रियाँ पुरुषों की तरफ, और पुरुष स्त्रियों की तरफ, उन्हें परलैंगिक कहते हैं। जो लोग अपने ही लिंग के लोगों की तरफ आकर्षित होते हैं – यानी स्त्रियाँ स्त्रियों की तरफ और पुरुष पुरुषों की तरफ, उन्हें क्रमशः समयौनिक स्त्रियाँ व समलैंगिक पुरुष कहते हैं। जो लोग पुरुषों और स्त्रियों दोनों की ओर आकर्षित होते हैं, उन स्त्रियों व पुरुषों को द्विलैंगिक कहते हैं।

**समलैंगिक, द्विलैंगिक और परलैंगिक लोग अलग नही दिखते**

इनमें से सभी तरह के आकर्षण पूरी तरह सामान्य और स्वाभाविक होते हैं। लेकिन कई लोग समझते हैं कि केवल परलैंगिक आकर्षण और रिश्ते ही "सही" होते हैं। इस वजह से कई बार समलैंगिक और द्विलैंगिक लोगों को अलगाव या अकेलापन महसूस हो सकता है। लेकिन समलैंगिक और द्विलैंगिक लोग भी अपने जीवन में स्वस्थ और प्रेम व आनन्द देने वाले रिश्ते बना लेते हैं। चाहे कोई भी हों, हमें सभी यौन प्रवृत्तियों के लोगों का वैसे ही सम्मान करना चाहिए जैसे हम अपने सम्मान की उम्मीद लोगों से रखते हैं।

## यौन रोग और एड्स

- यौन रोग कई तरह के होते हैं, जैसे गनोरिया, सिफिलिस, हरपीज, हॅपटाइटिस बी, स्कैबीज, एड्स आदि।

- अगर यौनांगों पर या उनके आसपास खुजली, जलन, दर्द, दाना, छाला, बदबू या अस्वाभाविक स्राव हो, तो हो सकता है कि ये किसी यौन रोग के लक्षण हों। ऐसे में तुरन्त एक योग्य डॉक्टर से मिलना चाहिए।

- ये भी हो सकता है कि यौन रोग के कोई लक्षण न हों, या लक्षण किसी और अंग पर हों, या लक्षण हो कर अपने आप ठीक हो जाएँ पर यौन रोग बना रहे। इसलिए अगर कभी कोई लक्षण दिखें तो योग्य डॉक्टर से पूरा इलाज कराना चाहिए।

20

## सुरक्षित यौन क्रियाएँ

- पहली बार संभोग करने में, और संभोग के समय वीर्य निकलने से पहले ही लिंग योनि से बाहर निकाल लेने पर भी बच्चा ठहर सकता है और यौन रोग हो सकते हैं। इसलिए हर संभोग के समय शुरू से आखिर तक एक नया कॉण्डोम इस्तेमाल करना चाहिए।

- मलद्वार बहुत सूखा और कसा होता है जिस कारण गुदा मैथुन में खून निकल सकता है, और बहुत दर्द व संक्रमण हो सकता है। इससे बच्चा ठहरने का डर भी रहता है इसलिए ये कोई गर्भनिरोधक तरीका नहीं है। इसलिए गुदा मैथुन के समय कॉण्डोम का इस्तेमाल करना अच्छा रहता है। साथ में 'के वाई जैली' जैसा पानी से बना हुआ चिकनाई वाला पदार्थ का प्रयोग कर सकते हैं। इससे रगड़ की वजह से होने वाली दर्द की संभावना कम हो जाती है।

- मुख मैथुन अगर पुरुष पर किया जा रहा हो तो लिंग पर कॉण्डोम चढ़ाया जा सकता है। कॉण्डोम को लंबाई में काट कर स्त्री के यौनांगों पर रख कर तब स्त्री पर मुख मैथुन किया जा सकता है। मुख मैथुन से बच्चा नहीं ठहर सकता पर बिना कॉण्डोम के यौन रोग की सम्भावना रहती है।

- कुछ यौन क्रियाएँ काफ़ी सुरक्षित होती हैं जैसे हस्तमैथुन करना – अकेले या किसी साथी के साथ, आलिंगन करना, पूरे शरीर पर छूना या चूमना। कुछ क्रियाएँ कुछ हद तक सुरक्षित होती हैं जैसे कॉण्डोम के साथ संभोग, गुदा मैथुन करना।

**23**

- हस्तमैथुन के लिए कुछ लोग खास तरह के खिलौने भी इस्तेमाल करते हैं जो यौनांगों के आकार के होते हैं। हस्तमैथुन के लिए गन्दे या नुकीले पदार्थ इस्तेमाल करने से चोट और बीमारी का खतरा रहता है।

कॉण्डोम खरीदते समय देख लें कि पैकेट पर "इलॅक्ट्रॉनिकली टॅस्टिड" लिखा हो, और खराब होने की तिथि निकल न गई हो। ध्यान रखें कि कॉण्डोम का रबड़ गर्मी, नुकीली चीजों और रगड़ से खराब हो जाता है।

## यौन अत्याचार

आपका शरीर सिर्फ आपका है और किसी भी गलत या अनचाहे स्पर्श के लिए "न" कहने का आपको पूरा हक है। अगर कोई उम्र में आपसे बड़ा या आपसे ज्यादा ताकतवर व्यक्ति आपके यौन अंगों, स्तनों या शरीर के किसी और अंग को आपकी इच्छा के बिना छुए तो यह यौन अत्याचार है – चाहे छूने वाला व्यक्ति अपने परिवार का हो या बाहर का। अगर आपको किसी का छूना गलत लगता है तो इसमें आपकी कोई गलती नहीं है और अगर आप इसके खिलाफ बोलें तो यह बात का बतंगड बनाना नहीं है।

किसी व्यक्ति की पूरी मर्जी के बिना अगर उसके साथ संभोग किया जाए तो इसे बलात्कार (रेप) कहते हैं। अगर सोलह साल से कम के किसी व्यक्ति की मर्जी भी हो, उसके साथ किए संभोग को बलात्कार माना जाता है क्योंकि उसके

## वाह! क्या एहसास है...

- अपने यौन आनन्द के लिए स्वयं को उत्तेजित और संतुष्ट करने की कोई भी क्रिया हस्तमैथुन कहलाती है और यह अक्सर बचपन में शुरू हो जाती हैं।
- स्त्री और पुरूष दोनो ही हस्तमैथुन करते हैं।
- हस्तमैथुन अपने आप में स्वाभाविक और हानिरहित यौन–क्रिया है और इससे कोई कमज़ोरी, मुहांसे, विकास का रुकना, आँखों के नीचे काले गड्ढे या किसी तरह का मानसिक या यौन समस्या नहीं आती है।
- यौन संतुष्टि करने के लिए सबसे सुरक्षित तरीकों में से एक है हस्तमैथुन क्योंकि इसमें एच आई वी/एड्स, गुप्त रोग या अनचाहा गर्भधारण का कोई खतरा नहीं है।
- जिन व्यक्तियों के सहभोगी हैं और जिनके नहीं हैं वे दोनों हस्तमैथुन करते हैं/करती हैं। यदि आपके सहभोगी हस्तमैथुन करते/करती है तो यह आवश्यक नहीं है कि वे आपसे संतुष्ट नहीं हैं।
- यौन विशेषज्ञ यह मानते हैं कि यदि आप अपने शरीर के साथ आनंददायी संबंध रखते हैं तो आपकी किसी और व्यक्ति के साथ यौन संबंध में आनन्द लेने की संभावना बढ़ जाती है।
- हस्तमैथुन को एक समस्या तभी माना जा सकता है जब यह किसी के दैनिक क्रियाकलापों में रुकावट बन रही हो या किसी को तनाव मुक्त करने का एक मात्र साधन हो।
- हस्तमैथुन के दौरान गंदे या नुकीले चीज़ों का प्रयोग न करें और अपने नाखुन काट लें ताकि यौनांगो के संवेदनशील त्वचा को नुकसान न पहुँचे।
- हस्तमैथुन करते समय किसी को उनकी इच्छा के खिलाफ़ दिखाना, उनके अधिकारों का उल्लंघन करना है । किसी बच्चे के सामने हस्तमैथुन करना (चाहे बच्चे की अनुमति हो या न हो) भी उस बच्चे के अधिकारों की उपेक्षा करना है।

तारशी

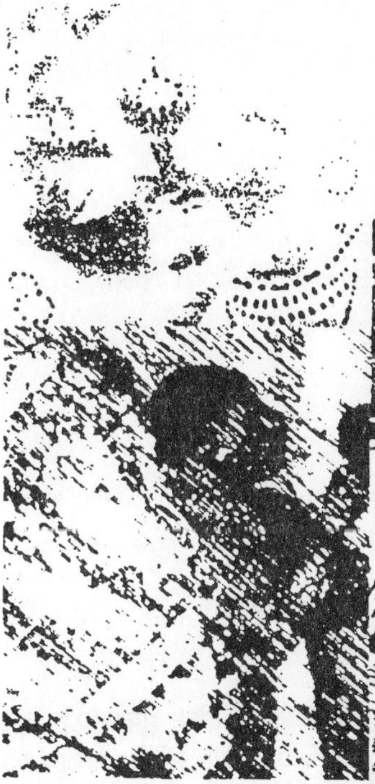

Sangini is a help line and support group which reaches out to lesbian, bisexual and transgender women.

We are committed to creating a safe space for all women who may be dealing with or exploring issues around their sexual orientation and identity regardless of class, caste, age, and religion or nationality.

*Annual Report 2000 to 2001*

Issues

Some of the most commonly brought up issues over the help line are:-

- Confusion/uncertainty about sexual orientation
- Loneliness/isolation due to sexual orientation
- Married lesbian/bisexual women interested in meeting others
- Break up of relationship/unrequited feelings
- Questions of normalcy
- Pressure to marry, conform in other ways
- Questions about lesbian sexual practice
- Help-seeking calls from men whose wives are in lesbian relationships
- Inability to be out at work/home/to friends.

*मदद के लिए संगिनी द्वारा चुने गए मुद्दे*

उपर्युक्त मुद्दों में से पहले मुद्दे के अन्तर्गत वह आपके और यौनिक झुकाव को लेकर किसी भी प्रकार के भ्रम या अनिश्चितता को दूर करने का प्रयास करेगी—मतलब यह कि वह बताएगी कि आप समयौनिक/समलैंगिक हैं या पुरुष एवं स्त्री दोनों की तरफ आकर्षित होनेवाले द्विलैंगिक या अपना लिंग बदलकर यानी आप पुरुष हैं तो स्त्री होकर या स्त्री हैं तो पुरुष होकर यौन सुख उठाने वाले परलैंगिक।

दूसरे मुद्दे के तहत यौनिक झुकाव की वजह से उत्पन्न अकेलापन या अलगाव महसूस कर रहे हैं तो यह संस्था उसे दूर करने का प्रयत्न करेगी।

तीसरे मुद्दे में 'संगिनी' उन विवाहित समयौनिकों या द्विलैंगिक स्त्रियों की सहायता करेगी जो अपनी तरह के लोगों के साथ मिलने के लिए इच्छुक है।

चौथे मुद्दे के तहत 'संगिनी' टूटे हुए रिश्तों/दन घुटते अहसासवालों की समस्या से टकराएगी मतलब कि समयौनिक या द्विलैंगिक होने की वजह से तलाक हो जाने की स्थिति में वह वैसी स्त्रियों को खेलने का पूरा एक मैदान देगी। मतलब यह कि परिवार के टूटने के भय से इधर न आनेवाली महिलाएँ बेहिचक आएँ, 'संगिनी' उनके लिए एक वैकल्पिक दुनिया के साथ प्रस्तुत है।

फिर पाँचवाँ मुद्दा है, इस असहज एवं अप्राकृतिक दुनिया में आप खुद को सहज महसूस करें, इसके तहत काम करेगी।

छठे मुद्दे के अन्तर्गत विवाह के दबाव को नकारने का साहस स्त्रियों में भरेगी। यह काम वह उन्हें उपर्युक्त रास्ते में लाकर करेगी।

सातवें मुद्दे के तहत 'संगिनी' समयौनिक स्त्रियों की कानूनी, सामाजिक तथा नैतिक समस्याओं के समाधान को तलाशेगी।

जब इतना होगा तो पति परेशान होंगे कि उनकी पत्नी समयौनिक है, तो वैसे पुरुषों की सहायता के लिए भी 'संगिनी' प्रस्तुत है ताकि वैसे पुरुष समाज में हंगामा खड़ा कर सबकुछ पुराने ढर्रे पर लौटाने की कोशिश न करें और साथ ही वित्तीय मदद से भी न मुकरें।

नौवें मुद्दे के अन्तर्गत 'संगिनी' वैसी महिलाओं के बाहर निकलने, ऑफिस या मित्रों के बीच असहज स्थिति को सामान्य करने में मदद करेगी।

## Acronyms and abbreviations

**CREA** Creating Resources for Empowerment in Action
**CALERI** Campaign for lesbian Rights
**F2M** Female to male Transsexual/Transgendered person
**LBT** Lesbian Bisexual Transgender (Women)
**LGBT** Lesbian Gay Bisexual Transgender
**M2F** Male to Female Transsexual/Transgendered person
**NGO'S** Non-Goverment Organizations
**OLAVA** Organized Alliance for Visibility and Acceptance
**SAPPHO** Calcutta group for lesbian and bisexual Women.

# HIV/AIDS
## IN INDIA

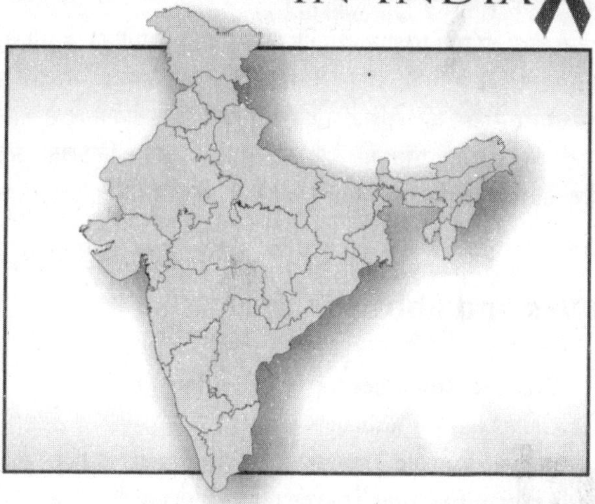

BASIC FACTS | EVOLUTION | RESPONSE

INNOVATION | IMPACT | KEY INFO

## IV. FACTORS INCREASING VULNERABILITY TO HIV/AIDS IN INDIA

### 1. Poverty

- 320 million people or 36% of the population in India live below the poverty line. Those with low incomes may not be able to afford treatment for STDs or to buy condoms.
- Poor families may see commercial sex as lucrative occupation for young and poorly educated daughters. India has large and thriving sex industry, estimated to be around 100,000 in each of the metropolitan cities.
- The poor and uneducated in a society are more likely to contract STDs and other infectious diseases since they are deprived of their right to information on risk behaviour, are unable to understand prevention messages, and have less access to quality services.

INDIA - POVERTY AND EPIDEMIC

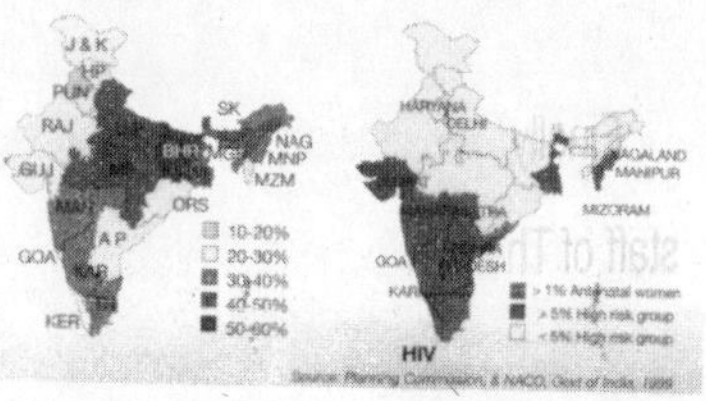


यू.एन. एड्स तथा नैको द्वारा प्रचारित-प्रसारित तथा संयुक्त राष्ट्र संघ द्वारा तैयार किया गया आकलन जिसमें उसने भारत में गरीबी एवं महामारी को इस तरह जोड़ा है कि नक्शे में पूरे भारत ने एक भयानक शक्ल अख्तियार कर ली है।

## Acknowledgements

Sangini wishes to thank all our supporters and friends. These people and organizations assisted us with funding and enabled us to continue our activities this year.

- The Global Fund for Women, United States
- Mama Cash, the Netherlands
- The Tides Foundation, United States
- Australian Volunteers International, Australia
- The British Council, Calcutta, India
- Private donors, especially Sue Hilton and Morgan
- Karen Batten and Radha Patel for their time and energy

Finally, Sangini wishes to say a special thanks to Anjali Gopalan, and the staff of The Naz Foundation (India) Trust.

वित्तीय सहायता प्रदान करनेवाले संगठनों के नाम जिन्होंने पूरे देश में गैर-सरकारी संगठनों का जाल-सा बिछा दिया है।

JOIN

AMTC

*The working of TRIPS has shown benefits to Western countries and <u>none</u> to developing countries. Developing countries demanded a review of TRIPS at the Doha WTO conference. This conference affirmed use of TRIPS options to protect public health and promote access to medicine for all. However TRIPS is not enough. Push the government to protect our right to health !*

**ACT NOW!**

WRITE TO THE SELECT COMMITTEE.

DEMAND THAT THE SELECT COMMITTEE WAIT BEFORE IT SUGGESTS NEW LAWS.

ALL CITIZENS SHOULD FIRST BE ALLOWED TO HAVE THEIR SAY IN THIS MATTER!

SUPPORT THE SIGNATURE CAMPAIGN TO KEEP MEDICINE PRICES LOW, SEND US THE ATTACHED SIGNATURE FORM!

SPREAD THE WORD ABOUT THE RISING PRICES OF MEDICINES

TALK TO YOUR LOCAL POLITICIANS AND GOVERNMENT!

DEMAND THE GOVERNMENT LEAD THE TRIPS REVIEW!

**HIGH PRICES FOR HIV/AIDS MEDICINES:**

A matter of life & death! India has the largest number of HIV persons in the world, nearly 3.86 million (38.6 lacs ). Until 1997, having HIV meant certain death. Now drugs called Anti-RetroVirals (ARVs) can treat HIV. In Western countries many people are able to live longer, healthier lives due to ARVs. In India, ARVs are unaffordable for most people with HIV/AIDS. In Brazil, citizens demanded access to HIV/AIDS treatment. Today some ARVs are available for free in Brazil. Its people living with HIV can get medicines cheaply. We should also demand that health care and medicines be provided under our fundamental right to life and health.

गोरखधन्धा देखिए—दोनों दावे (ऊपर व नीचे) गैर-सरकारी संगठनों के हैं। ऊपर कहा जा रहा है कि एंटी रेट्रोवायरल से एचआईवी का इलाज सम्भव है जबकि नीचे एक-दूसरे संगठन द्वारा बाँटे गए फोल्डर में कहा जा रहा है कि एचआईवी का इलाज सम्भव नहीं। दरअसल ये उनके धन्धे से जुड़ी बातें हैं। ऊपरवाले गैर-सरकारी संगठन को दवा बेचनी है या दवा के नाम पर डॉलर प्राप्त करने हैं जबकि नीचेवाले गैर-सरकारी संगठन का काम निरोध बेचना, इसलिए वह सुरक्षित उपायों की बात कर रहा है।

# न्यायपालिका में घुसपैठ

एड्स प्रवक्ताओं ने ज्यादा देर नहीं लगाई यह समझने में कि न्यायप्रणाली उनकी राह का सबसे अहम रोड़ा है और वे कानून भी जो इस न्याय प्रणाली के अन्तर्गत लगातार जारी बहसों में व्याख्यायित होते रहते हैं। इन तमाम व्याख्याओं में प्रयोगात्मकता कम या अगर प्रयोगात्मकता कहीं दिखाई भी देती है तो वह भी पारम्परिकता के आवरण के अन्दर ही, और पुराने सामाजिक मूल्य आधुनिक स्थापनाओं में उभरकर सामने आते हैं। कानून की नजर में समाज के कमजोर तबके को संरक्षण देना जायज है और न सिर्फ जायज है बल्कि कानून इसे अपना उद्देश्य भी मानता है। वह उसे मुख्यधारा में लाने की कोशिश करता है ताकि समाज में वे अपने अस्तित्व को महसूस कर सकें जबकि दूसरी ओर चिकित्साशास्त्र बीमारी को समर्पित होते हुए भी बीमार को समाज से काटकर अलग करता है क्योंकि इलाज के लिए वह इसे आवश्यक समझता है। अतः कहा जा सकता है कि चिकित्सा-व्यवस्था एवं न्याय-व्यवस्था अपने-अपने पेशे के अन्तर्गत मौलिक रूप से एक-दूसरे के विपरीत हैं। दूसरे शब्दों में हम कह सकते हैं कि न्याय-व्यवस्था का जो विषय है वही चिकित्सा-व्यवस्था में वस्तु हो जाता है।

इसी अन्तर्विरोध को पाटने के लिए तथा अपनी राह सरल बनाने हेतु वे वकील एवं डॉक्टर के सम्बन्धों की नई परिभाषा गढ़ने में लग गए हैं। उनके कई लोग न्याय-प्रणाली के अन्दर महत्त्वपूर्ण जगह बनाने में सफल हो गए हैं जिनकी कोशिश है न्याय व्यवस्था को उसकी आत्मा से अलग कर देना। इसी क्रम में इसी वर्ष जनवरी माह में भारत की राजधानी दिल्ली में दो न्यायाधीश पधारे थे। एक ऑस्ट्रेलिया के न्यायाधीश माइकेल किरवी थे तथा दूसरे दक्षिण अफ्रीका के (श्वेत) न्यायाधीश एडविन कैमरॉन। इन दोनों ने संयुक्त रूप से वकीलों एवं न्यायाधीशों के बीच एक गोष्ठी को सम्बोधित किया जबकि दूसरी गोष्ठी पुरुष एवं महिला समलैंगिकों के लिए काम करने वाले गैर-सरकारी संगठनों के सदस्यों के बीच थी। जिसमें ऑस्ट्रेलिया के न्यायाधीश माइकल किरवी ने अकेले अपने विचार रखे।

न्यायाधीशों एवं वकीलों की गोष्ठी 10 जनवरी 2002 को एम्बेसेडर होटल में हुई। इस गोष्ठी में उच्चतम न्यायालय के न्यायाधीश बी.एन. कृपाल, आर.सी लाहौटी, बी.पी. सिंह के अलावा दिल्ली उच्च न्यायालय के मुख्य न्यायाधीश व उच्चतम न्यायालय के अटार्नी जनरल सोली सोराबजी एवं कुछ गिने-चुने वकील मौजूद थे। यहाँ यह कहना

अप्रासंगिक नहीं होगा कि एचआईवी/एड्स की कथित अवधारणा को चुनौती देती रिट याचिका की सुनवाई ठीक आठ दिन बाद जस्टिस आर.सी. लाहौटी की अध्यक्षतावाली खंडपीठ में तय थी। यहाँ यह भी बताना जरूरी है कि उसी वक्त दिल्ली उच्च न्यायालय के समक्ष भारतीय दंड संहिता की धारा 377 को अवैध घोषित करवानेवाली याचिका सुनवाई हेतु लम्बित थी और इस गोष्ठी के कुछ दिनों बाद केस की सुनवाई होती है और भारत के अटार्नी जनरल सोली सोराबजी को इस मुकदमे में जवाबी हलफनामा दायर कर उपस्थित होने का आदेश दिया जाता है। और विडम्बना देखिए कि सोली सोराबजी भी इस गोष्ठी में उपस्थित थे। इसी महती गोष्ठी में दर्प से खड़े होकर दोनों मेहमान न्यायाधीशों ने घोषणा की—हमें यह कहते हुए गर्व हो रहा है 'कि हम समलैंगिक हैं।' फिर एक कदम आगे बढ़कर दक्षिण अफ्रीका के अंग्रेज न्यायाधीश ने कहा, 'मुझे एचआईवी संक्रमण भी हो चुका है।'

ये घोषणाएँ माहौल को सहज करने हेतु और इस विषय पर बातचीत में आने वाले बाधा के रूप में झिझक को समाप्त करने के लिए की गई। इसका मतलब यह नहीं कि ये घोषणाएँ झूठी थीं। ये सच भी हो सकती हैं और उसी रूप में सहज एवं सरल भी। गोष्ठी की मानसिकता को इस विषय के अनुकूल बनाने में ये घोषणाएँ काफी काम आईं ऐसा तो नहीं कहा जा सकता फिर भी उन्होंने वातावरण को उतना सहज तो बना ही लिया जिसमें सुविधाजनक रूप से वे अपनी बात कह सकें। माइकल किरवी ने अपनी दोनों बाँहें फैलाकर कहा, 'मैं स्वागत करता हूँ एचआईवी/एड्स 'वर्कशाप' में भारतीय न्यायपालिका की शिरकत का।' पूरा हाल फुसफुसाहटों से भर गया। उन्हें 'वर्कशाप' शब्द चौंका गया था। उन्होंने तो यही समझा था कि बाहर से आए ये दोनों अतिथि न्यायाधीश शायद एड्स सम्बन्धी अपने कुछ कानूनी अनुभव सुनाएँगे, फिर यह 'वर्कशाप' शब्द कहाँ से आया। 'वर्कशाप' का मतलब ही होता है प्रशिक्षण देना। तो क्या वे दोनों हमें प्रशिक्षित करने आए हैं। यह स्थिति तमाम उपस्थित न्यायाधीशों को असहज बनाने के लिए काफी थी। फिर भी उन्होंने अपना धैर्य नहीं खोया।

अभी फुसफुसाहट चल ही रही थी कि माइकल किरवी की आवाज गूँजी। वे एड्स के प्रवक्ता बने अपने अनुभवों को खँगालते हुए कह रहे थे—वर्ष 1999 में ऑस्ट्रेलिया के हाईकोर्ट ने 'एक्स बनाम दक्षिण कामनवेल्थ' मुकदमे में फैसला दिया जो दर्शाता है कि कैसे एचआईवी/एड्स न्यायालयों के सामने कानून एवं संवेदना के स्तर पर कठिनाई पैदा करता है। यह मुकदमा एक सैनिक का था जो एचआईवी से ग्रसित था। उसे ऑस्ट्रेलिया के डिफेंस फोर्स के नियमों के तहत बरखास्त कर दिया गया था। उस सैनिक ने ऑस्ट्रेलियन ह्यूमन राइट्स एंड इक्वल अपॉर्चुनिटी कमीशन के समक्ष इस आदेश के खिलाफ याचिका दायर की थी। ऑस्ट्रेलियन डिफेंस फोर्स (ए.डी.एफ.) ने अपने बचाव में कहा कि सेना की 'अन्तर्निहित जरूरतों' के तहत सैनिक काम करने में अक्षम था। ए.डी.एफ. का तर्क था कि किसी चोट की वजह से खून निकलने की स्थिति में सैनिक के बदन में इस क्षमता का होना अनिवार्य है कि उसके खून के थक्के बने और खून

का बहना रुके जो एचआईवी पॉजिटिव व्यक्ति में सम्भव नहीं है। कमीशन ने फैसला सुनाया कि नियम में छूट तभी दी जा सकती है जब नौकरी की स्वाभाविक माँग के तहत सैनिक की अपंगता/अयोग्यता आड़े न आती हो। मामला फेडरल कोर्ट तक पहुँचा। सुनवाई कर रहे जज ने कानून की खामी को नजरंदाज कर मामले को पुनर्विचार हेतु आयोग को इस टिप्पणी के साथ वापस किया कि इन्क्वायरी कमिश्नर ने नियमों के अपवाद को लागू करने में अत्यन्त ही संकुचित एवं प्रतिबन्धात्मक दृष्टिकोण अपनाया। इस आदेश के खिलाफ ऑस्ट्रेलिया के उच्च न्यायालय में अपील दायर की गई, लेकिन उच्च न्यायालय ने बहुमत से फेडरल कोर्ट की पूर्ण पीठ के आदेश को बहाल रखा। जस्टिस माइकल किरवी ने कहा कि वे इस मत से असहमत थे कि कमीशन के फैसले में कानूनी रूप से कोई खामी न थी। फिर उन्होंने अपने असहमत होने के कारण गिनाए लेकिन साथ ही यह भी कहा कि उनका उद्देश्य यहाँ उसकी वकालत करना नहीं है। बहरहाल उन्होंने उपस्थित न्यायाधीशों को लगभग चेतावनी देते हुए कहा कि वह दिन दूर नहीं जब कोर्ट ऐसे मामलों से भर जाएँगे। अतः न्यायाधीशों के लिए जरूरी है कि वे एचआईवी/एड्स के कानूनी आयामों से अवगत हों। वे जानें कि 'साउंड डाटा' क्या होता है। उन्होंने चेताया कि आनेवाले दिनों में यह बीमारी करोड़ों में फैलनेवाली है और न्यायपालिका भी इसके प्रभाव से नहीं बच पाएगी—एड्स-ग्रस्त साथी वकीलों के साथ आपका व्यवहार कैसा हो, अदालत की कार्य-पद्धति कैसी हो एवं मुकदमों में फैसले सुनाने से लेकर समाज में न्यायपालिका की भूमिका क्या हो—जैसे कठिन प्रश्न आपके सामने आएँगे।

उन्होंने अपने यहाँ छपी किताब 'एचआईवी आउट लाइन, सोर्स मेटेरियल फॉर जुडिशियल ऑफिसर्स इन न्यू साउथ वेल्स' का हवाला देते हुए कहा कि ऐसी किताब यहाँ भी छपनी चाहिए जो जानकारियाँ दे या न्यायपालिका को सूचना देने का काम कार्यपालिका करे या नहीं तो न्यायपालिका खुद ही यह सूचना प्राप्त करे। चूँकि एचआईवी/एड्स मुख्यतया सम्भोग एवं नशीली दवाओं से होता है अतः इसके साथ बदनामी एवं अपराध दोनों जुड़े हैं और समाज में इसकी तीखी प्रतिक्रिया होती है और चूँकि न्यायाधीश भी इसी समाज में आते हैं, वे भी उन्हीं डर, पूर्वग्रह एवं रवैया से ग्रस्त होते हैं। अतः उनके लिए जरूरी है कि वे इस विषय पर आम लोगों से ज्यादा जानकारी रखें ताकि बेहतर एवं सही तरीके से काम कर सकें। फिर उन्होंने विस्तार से समझाया कि न्यायाधीशों को एड्स से उत्पन्न परिस्थिति से कैसे निबटना चाहिए।

किरवी धाराप्रवाह बोलते रहे और हमारे उच्चतम न्यायालय के न्यायाधीशों समेत तमाम उच्च न्यायालयों के न्यायाधीश धैर्यपूर्वक उन्हें सुनते रहे। इस बात से किरवी का हौसला और बुलन्द हुआ और उन्होंने आगे कहा कि एक समय ऐसा आएगा जब साथी न्यायाधीश, कर्मचारी, वकील आदि सभी एचआईवी/एड्स से ग्रस्त होंगे। यही कारण है कि कई देशों में एचआईवी/एड्स की वजह से कानूनों में बदलाव आया है। एड्स ने, खासकर विकासशील देशों में, सेक्स एवं नशीली दवाओं के आपराधिक कानूनों में

बदलाव लाने का दबाव पैदा किया है। ऑस्ट्रेलिया के कई राज्यों में वेश्यावृत्ति एवं वेश्यालयों (समलैंगिक वेश्यालय सहित) को चलाना कानूनन जायज ठहराया गया है (यदि दो बालिग व्यक्ति अपनी सहमति से इस सम्बन्ध में शामिल हों)। कई देशों में सवाल उठ रहे हैं कि ऐसे मामलों में कानून का दखल कहाँ तक उचित है, भले ही कानून बच्चों की रक्षा या अत्याचार की रोकथाम के लिए आगे आए। एड्स की रोकथाम के लिए आवश्यक है कि 'ड्रग' एवं 'सेक्स' से सम्बन्धित सभी कानूनों को समाप्त कर दिया जाए। समलैंगिकता एवं अप्राकृतिक यौन व्यवहार को अपराध माननेवाले कानून को इसी वजह से हटा देना चाहिए।

पूरे भाषण के दौरान उनका चेहरा चमकता रहा था। वे इस बात से काफी उत्साहित लग रहे थे कि उनके कहे एक-एक शब्द को बड़े मनोयोग से सुना गया। अपनी सफलता से अभिभूत हो वे तमाम न्यायाधीशों की ओर मुखातिब हुए और लगभग आह्वान करते हुए कहा कि न्यायपालिका को एचआईवी/एड्स संक्रमण की दिशा में अत्यन्त महत्त्वपूर्ण भूमिका अदा करनी है। उन्हें जानना चाहिए कि एचआईवी/एड्स होने की मूल वजहें क्या हैं और वे लोगों के बीच जाकर एड्स के बारे में जागरूकता पैदा करने का काम करें।

भारत के उच्चतम न्यायालय के न्यायाधीश बी.एन. कृपाल ने भी एक संक्षिप्त भाषण दिया। अन्त में उन्होंने कहा कि यह न्यायपालिका का काम नहीं है। इस काम को चिकित्सक ज्यादा बेहतर ढंग से कर सकते हैं और इस तरह वह गुब्बारा जिसे माइकल किरवी ने अपने सफल माने जानेवाले भाषण से फुलाया था उसे एक पिन मारकर न्यायाधीश बी.एन. कृपाल ने धूल में गिरा दिया। लेकिन यह तो अन्त की बात है। इस बीच दक्षिण अफ्रीका के श्वेत न्यायाधीश एडविन कैमरॉन का भी भाषण हुआ। उन्होंने माइकल किरवी के भाषण से तैयार पृष्ठभूमि का पूरा फायदा उठाते हुए बात आगे बढ़ाई और एचआईवी/एड्स से सम्बन्धित दवाओं की तारीफ में जमकर कसीदाकारी की। उन्होंने कहा कि वे खुद एड्स से ग्रस्त थे पर कुछ हफ्तों के एंटी वायरल कॉकटेल के सेवन ने उन्हें बिल्कुल चुस्त-दुरुस्त कर दिया और काम करने में सक्षम भी। उन्होंने भारत एवं दक्षिण अफ्रीका की ऐतिहासिक एकरूपता एवं पहचान का विस्तार से उल्लेख करते हुए आगे कहा कि हमारे देशों ने पिछली शताब्दी में गांधी एवं मंडेला जैसी दो महान नैतिक विभूतियों को जन्म दिया, जिनके नेतृत्व में संघर्ष कर हमने आजादी हासिल की। इतिहास में जाते हुए उन्होंने कहा कि गांधी ने दक्षिण अफ्रीका में भारत की आजादी की लड़ाई शुरू की और दुनिया के सामने एक मानक रखा। आज वैसी ही जरूरत आन पड़ी है। अतः यह भारत का दायित्व बनता है कि वह एड्स की लड़ाई में भी आगे आए और दुनिया को नेतृत्व प्रदान करे। इतना कहकर वे थोड़ा ठहरे। शायद उन्हें उम्मीद थी कि इस पर तालियाँ बजेंगी, लेकिन ऐसा हुआ नहीं। फिर भी उनका उत्साह कम नहीं हुआ। उन्होंने आगे कहा, जैसे यह कोई गर्व की बात हो और भारत का इसे जानना बेहद जरूरी हो, कि आज तक दक्षिण अफ्रीका ही वह देश था

जिसमें यह महामारी सबसे तेज रफ्तार से फैल रही थी, पर अब भारत विश्व में, अपनी जनसंख्या के कारण, एचआईवी/एड्स से ग्रस्त सबसे ज्यादा लोगों का देश होगा। इस क्रम में पहले दक्षिण अफ्रीका की स्थिति से अवगत कराते हुए कहा कि सन् 2000 के अन्त में 24.5 प्रतिशत गर्भवती महिलाएँ एचआईवी/एड्स से ग्रसित थीं। 'मंजिनी' जैसे जिलों में यह बीमारी 41 प्रतिशत तक थी। 15 से 41 वर्ष तक के लोगों के बीच यह बीमारी 8.8 प्रतिशत थी। करीब एक लाख बच्चे अफ्रीका में इस महामारी के कारण अनाथ हो गए हैं। उन्होंने आगे कहा, "मेरे देश में आज सबसे ज्यादा लोग इस महामारी से पीड़ित हैं—करीब 50 लाख। पिछले ही वर्ष साढ़े तीन लाख दक्षिण अफ्रीकी एड्स से मर गए।" उनकी आवाज में कोई पीड़ा न थी। वे शायद इस मनगढ़न्त डाटा का इस्तेमाल भय पैदा करने के लिए कर रहे थे या एड्स की गम्भीरता को प्रामाणिक बनाने के लिए।

उन्होंने दक्षिण अफ्रीका के राष्ट्रपति मबैकी की आलोचना करते हुए कहा कि यह दुर्भाग्यपूर्ण है कि हमारी सरकार ने एचआईवी ग्रस्त गर्भवती महिलाओं को दवा देने पर रोक लगा दी है। उन्होंने कहा कि एचआईवी/एड्स का अस्तित्व है यह स्वीकार करना इस महामारी को रोकने की दिशा में पहला कदम है और उनकी सरकार इसे नकारकर एक भयंकर भूल कर रही है। उनके अनुसार वैज्ञानिकों के 'अल्पमत समूह' की सलाह मानना सही नहीं है।

समझा जा सकता है इस तर्क के पीछे उनकी यह सोच काम कर रही थी कि जैसे किसी फैसले को सुनाते वक्त अगर न्यायाधीशों के बीच एकमत नहीं होता तो जो निर्णय बहुमत से सुनाए जाते हैं वही प्रभावी होते हैं न कि वह जो अल्पमत दृष्टिकोण के होते हैं। सच पूछिए तो यह शुरुआती गड़बड़ियाँ हैं जो विज्ञान तथा न्यायपालिका के मौलिक सिद्धान्तों के आपसी उलटफेर से पैदा होती हैं।

बहरहाल, बिना इन गड़बड़ियों पर ठहरे वे इलाज की आवश्यकता पर जोर देते हुए किसी अति उत्साही विशेषज्ञ की तरह बोले—एचआईवी/एड्स के बारे में सबसे महत्त्वपूर्ण बात यह है कि मनुष्य के शरीर में व्याप्त वायरस की गति को रोका जा सकता है। एंटी रेट्रोवायरल ड्रग्स इस वायरस को पूरी तरह समाप्त कर सकती है। ये दवाएँ मृत्यु के द्वार पर पहुँचे व्यक्ति को भी जीवनदान दे सकती हैं। इन दवाओं के सेवन के बाद आदमी जिन्दगी की ओर लौट सकता है, स्वास्थ्य प्राप्त कर सकता है, काम कर सकता है, खेल सकता है और एक उद्देश्यपूर्ण जिन्दगी जीते हुए मनोरंजन एवं खुशी की दुनिया में वापस आ सकता है।

वे किसी दवा प्रचारक से भी ज्यादा विश्वास से आगे बोले—नई दवाएँ जादू नहीं हैं पर जादू के काफी करीब हैं। इन दवाओं ने करोड़ों लोगों को जिन्दगी दी है, उन्हें भी जो एचआईवी/एड्स के पहले कैंसर, इन्फैक्सन, फंगल आउट-ब्रेक, वजन में कमी तथा मुख्य अंगों के नष्ट होने से ग्रस्त थे।

सभा में उपस्थित लोगों के चेहरों पर अपनी कही गई बातों के प्रति विश्वास का

भाव न देखकर, अचूक नुस्खे की तरह अपना उदाहरण पेश करते हुए कहा, ''मैं खुद भी इन दवाओं के बल पर स्वस्थ हूँ, काम करता हूँ, आपके सामने हूँ। ये दवाएँ ही हैं जो एड्स का सम्बन्ध मृत्यु से तोड़ती हैं।'' फिर जैसे यह जताने को कि ये दवाएँ आप सबके लिए भी बेहद जरूरी हैं उन्होंने 27 मार्च 2001 के न्यूयार्क टाइम्स की सम्पादकीय को उद्धृत किया, 'भारत भी एचआईवी/एड्स संक्रमण के उसी दौर से गुजर रहा है जो दक्षिण अफ्रीकियों को मार रहा है। भारतीयों का सामान्य स्वास्थ्य कमजोर है, पुरुष एवं स्त्री सम्बन्ध से संक्रमण आम है और आम जनता इसका शिकार होने को है।'

यह कितनी विडम्बनापूर्ण स्थिति है कि जिस बात को एचआईवी/एड्स के खोजकर्त्ता डॉक्टर रॉबर्ट गैलो भी इतने दावे के साथ नहीं कह सकते हैं, उन बातों को ये दोनों अतिथि न्यायाधीश इतने अधिकारपूर्ण ढंग से कह रहे थे मानो यह उन्हीं का कार्यक्षेत्र हो। आखिर क्या वजह है कि विज्ञान से अनजान एक न्यायाधीश दवाओं की वकालत इतनी जोर-शोर से कर रहा है और वह भी उन दवाओं की जिसने कई स्वस्थ लोगों को रोगी बना डाला, यहाँ तक कि मौत के कगार तक पहुँचा दिया और जिसे वैज्ञानिक भी अत्यन्त खतरनाक मानकर चल रहे हैं।

इन तथ्यों से क्या यह पुष्टि नहीं होती कि इन सबके पीछे दवा कम्पनियों एवं ज्यादा से ज्यादा मुनाफा की उनकी प्रवृत्ति जिसका किसी भी 'एथिक्स' से कोई सम्बन्ध नहीं, काम कर रही है।

*रावर्ट गैलो का साक्षात्कार*

## 'प्रयोग जारी है–एड्स का टीका पाँच वर्ष दूर'

*दिसम्बर, 2001 में तीन दिवसीय इंटरनेशनल एचआईवी एड्स सत्र.–मुम्बई*

ह्यूमन इम्युनो डिफिशियेंसी वायरस की खोज करनेवाले राबर्ट गैलो के साथ करोड़ों लोगों की आशाएँ जुड़ी हैं क्योंकि University of Baltimore में इंस्टीट्यूट ऑफ ह्यूमन वायरोलॉजी के निर्देशक गैलो फिलहाल एड्स टीके पर काम कर रहे हैं। मुम्बई में एचआईवी/एड्स पर हुए अन्तर्राष्ट्रीय सम्मेलन में लिये साक्षात्कार का अंश :

प्र. आपका वर्तमान शोध किस विषय में है ?

उ. मैं और वैज्ञानिकों की हमारी टीम यह समझने का प्रयास कर रही है कि एचआईवी कैसे एड्स उत्पन्न करता है। इसके इलाज़ के लिए हम बेहतर तरीकों की खोज कर रहे हैं। हम एक सुरक्षात्मक टीका विकसित करने का प्रयास कर रहे हैं। यह समझने के बाद कि एचआईवी वायरस किस प्रकार रोग उत्पन्न करता है, हम चिकित्सा के लिए एक जैविक आधार पा सकते हैं। कुछ चीजों

पर परीक्षण चल रहा है।

प्र. कितनी जल्दी एक सुरक्षात्मक टीका विकसित कर लिया जाएगा ?

उ. काश, मैं बता सकता कि वह कब बाजार में आ जाएगा। अगर हम भाग्यशाली हैं तो यह पाँच से सात सालों के अन्दर उपयोग के लिए उपलब्ध होगा। लेकिन फिलहाल कुछ नहीं कहा जा सकता, क्लीनिकल परीक्षण जारी है। कुछ चीजें जो हम कर रहे हैं, हमें आशा और उत्साह देती हैं।

प्र. Zidovudin की सफलता से माँ द्वारा शिशु को होनेवाले संक्रमण में कमी आई है। क्या आप सोचते हैं कि भविष्य में एक ऐसा समय आएगा जब कम-से-कम बच्चे एड्स से मुक्त होंगे ?

उ. मुझे लगता है कि यह सम्भव है। उत्तरी अमेरिका और यूरोप के कुछ भागों में एक भी बच्चा एड्स से पीड़ित नहीं है। ऐसा भारत में भी हो सकता है अगर लोगों को इस वायरस के खतरों के बारे में बताया जाए और परिवारों को थैरेपी में हिस्सा लेने के लिए प्रेरित किया जाए। इसके लिए डॉक्टरों को गाँवों में जाकर काम करना होगा। चूँकि मैं इस देश के भूगोल से परिचित नहीं हूँ इसलिए मैं गाँवों या ध्यान केन्द्रित करनेवाले समुदायों के प्रकार पर कोई प्रतिक्रिया नहीं दे सकता। मैं हर 15 सालों में एक बार भारत आता हूँ और अब कम समस्याएँ देख रहा हूँ।

प्र. विकासशील देशों में एक बड़ी समस्या है—अपर्याप्त काउंसलिंग। सम्मेलन में इस मुद्दे पर क्या कदम उठाए जाएँगे ?

उ. ऐसी बैठकों में लोग डॉक्टर और विशेषज्ञों से मिलते हैं। उसके बाद यह उनकी जिम्मेदारी है कि वे बाहर जाकर उस जानकारी का प्रसार करें। मीडिया भी सरकार को शोध के लिए अनुदान देने को प्रेरित करके महत्त्वपूर्ण भूमिका निभा सकती है।

प्र. क्या सम्पन्न देशों में एचआईवी सम्बन्धी मृत्युदर कम हो रही है ?

उ. यह कहना बहुत मुश्किल है। एड्स स्थान-स्थान और समय-समय पर बदलता रहता है। पाँच वर्ष पहले Baltimore में विषमलिंगियों के बीच एड्स के मामले घट रहे थे। अब वे फिर बढ़ रहे हैं। अन्य जगहों में एड्स और एचआईवी के मामले पहले ऊपर उठे, फिर कम हुए और अब फिर उनमें वृद्धि हो रही है। यह कहना कठिन है कि किस देश में एड्स के मामले घट रहे हैं।

*इंडियन एक्सप्रेस, मुम्बई, 19-12-01*

# एड्स-कानून

और देशों की तरह बहुत ही जल्द एचआईवी/एड्स को ध्यान में रखते हुए भारत में भी फौजदारी एवं दीवानी कानूनों में बदलाव आनेवाला है। इस दिशा में धीरे-धीरे पर पूरी तैयारी के साथ काम हो रहा है। शुरुआत भारतीय दंड संहिता की धारा 377 के साथ हो चुकी है। जनहित याचिका के नाम पर इस सन्दर्भ में दिल्ली उच्च न्यायालय में, दिल्ली स्थित एक गैर-सरकारी संगठन—'नाज फाउंडेशन' द्वारा मामला दायर किया जा चुका है। सुनवाई की अगली तारीख 24 अगस्त है। इस बीच अटार्नी जनरल श्री सोली जे. सोराबजी को नोटिस जारी कर हलफनामा दायर करने को कहा गया है। इस याचिका में कहा गया है कि चूँकि समलैंगिकता या अप्राकृतिक मैथुन किसी पुरुष, स्त्री या जानवर से करना एक अपराध है और दूसरी ओर चिकित्सा विज्ञान का मानना है कि समलैंगिकों के एचआईवी संक्रमण से ग्रस्त होने की सम्भावना प्रबल होती है तो फिर होता यह है कि एचआईवी से संक्रमित हो जाने के बाद वे लोग अपने इलाज हेतु सही डॉक्टरों तक नहीं पहुँच पाते क्योंकि उन्हें भय होता है कि कहीं वे धारा 377 के तहत पकड़ न लिये जाएँ और वैसी परिस्थिति में उनके द्वारा समाज में एचआईवी संक्रमण फैलने का खतरा बन जाता है। अतः अप्राकृतिक सम्भोग को अपराध माननेवाली धारा 377 को भारतीय दंड संहिता से हटा देना चाहिए ताकि यह कुकृत्य कानून की नजर में अपराध की श्रेणी में न रहे।

अगर इस मुकदमे में वे जीत जाते हैं तो यह तय मानिए कि उनके हौसले बुलन्द हो जाएँगे और फिर अगले कदम के रूप में वे चाहेंगे कि 'वेश्यावृत्ति उद्योग' को गैर कानूनी ठहरानेवाले 'इम्मोरल ट्रैफिक (प्रिभेंसन) एक्ट, 1956 तथा 'नारकोटिक एंड साइकोट्रोपिक सब्सटांस एक्ट, 1985' के अन्तर्गत नशाखोरी एवं नशीले द्रव्यों के व्यापार को अपराध न माना जाए।

फिर वे यह भी चाहेंगे कि कोई आदमी अगर विवाहेतर सम्बन्ध समान लिंग या विपरीत लिंग से रखना चाहे तो न तो उसे असहज माना जाए और न ही उन पर कोई मुकदमा चले। यानी कि भारतीय दंड संहिता की धारा 497 के तहत सहमति की अनिवार्यता को समाप्त कर दिया जाए बल्कि इसके आगे बढ़कर उनकी परिकल्पना का समाज ऐसा हो जिसमें इस तरह की सहमति बिल्कुल अप्रासंगिक दिखाई दे और भारतीय समाज की विशिष्ट पहचान के रूप में मौजूद 'परिवार' की संरचना पूरी तरह बिखर जाए।

इस भारी उथल-पुथल को पैदा करने के पीछे उनका एक ही तर्क है कि इन सब कठोर कानूनों के हटने से एड्स का इलाज सम्भव होगा तथा एचआईवी पॉजिटिव के प्रसार को भी रोका जा सकेगा।

पश्चिमी देशों में अपना एचआईवी स्टेट्स छुपाना अपराध है। 1991 के अन्त तक अमेरिका में इस अभियोग के अन्तर्गत 300 लोगों पर मुकदमा चला और करीब 50 लोगों को सजा हुई। अब अगर यह कानून यहाँ आ जाए तो होगा यह कि प्रत्येक व्यक्ति को अपना मेडिकल चेकअप अनिवार्य रूप से कराना होगा तथा एचआईवी पॉजिटिव घोषित किए जाने पर इस बात को घर, बाहर, दफ्तर यानी कि सभी जगह लोगों को बताना होगा या फिर नहीं तो जेल की हवा खानी होगी।

टेक्सास बनाम विक्स (58 यू.एस.एल.डब्ल्यू.–2343) मुकदमे में जेल में बन्द एक कैदी को एक अधिकारी पर थूकने के अपराध में 99 वर्षों की सजा हुई। उस पर खून करने के प्रयास का जुर्म लगाया गया था क्योंकि वह एचआईवी पॉजिटिव था। इसी तरह 'राज्य बनाम स्मिश' मुकदमे में न्यूजर्सी के एक कैदी को 20 वर्षों की सजा मिली। उसे 5 वर्षों की सजा और मिली चूँकि उसने अधिकारी को काटने के बाद 'अब मरो' कहा था। यह कैदी भी एचआईवी पॉजिटिव था। यानी एक एचआईवी पॉजिटिव व्यक्ति यदि किसी पर थूक देता है या काट लेता है तो इसे 'खून करने का प्रयास' की संज्ञा दी जाती है। एक कोर्ट ने तो एक व्यक्ति को एचआईवी पॉजिटिव न होने पर भी उसके दाँतों को अत्यन्त खतरनाक हथियार मानते हुए कड़ी सजा सुनाई। जाहिर है कोर्ट के मस्तिष्क में एचआईवी शब्द काफी असर कर गया था।

एक दूसरा अपराध यह माना जा रहा है कि अपने 'यौन साथी' को अपनी एचआईवी पॉजिटिव स्थिति से अवगत न कराना। हो सकता है कि आपके एचआईवी पॉजिटिव होने के बावजूद यौन सम्बन्ध से आपका साथी एचआईवी से ग्रसित न हो तब भी आप 'सेक्स विदाउट नोटिस' के अपराध से उबर नहीं पाएँगे। यह तथ्य आपके बचाव के लिए काफी नहीं होगा और अगर आप यौन सम्बन्ध स्थापित करते वक्त खुद भी यह नहीं जानते थे कि आप एचआईवी पॉजिटिव हैं अतः यह सब अनजाने में हुआ, इसके पीछे कोई मंशा काम नहीं कर रही थी तब भी आपका बचना मुश्किल होगा। मतलब यह कि अगर एड्स की वकालत करनेवाले अपनी कानूनी लड़ाई में जीतते चले गए तो वह दिन दूर नहीं जब आपराधिक कानून की मौलिक धारणा ही बदल जाएगी और अभी तक आपराधिक कृत्य के पीछे काम करनेवाली जिस मंशा को किसी भी अपराध को साबित करने के लिए जरूरी तत्त्व समझा जाता था, वह समाप्त हो जाएगी। जिस तरह अनजाने में या गलती से गोली चलने से किसी के मारे जाने पर उस व्यक्ति पर धारा 302 के तहत हत्या करने की सजा नहीं मिलती है बल्कि धारा 304 'ए' के तहत दो वर्ष की सजा होती है क्योंकि इस हत्या के पीछे उसका कोई इरादा नहीं काम कर रहा था बल्कि असावधानी या अनजाने में ऐसा हो गया था। 'खून' का अपराध सिद्ध करने के लिए खून करने का इरादा, निश्चय का होना एक आवश्यक तत्त्व है।

ऐसा ही इरादा और भी अपराधों के लिए आवश्यक तत्त्व माना जाता है, लेकिन एचआईवी संक्रमण से निपटने के नाम पर जो कानून यहाँ लाया जाएगा उसके बाद यह नहीं देखा जाएगा कि आपको अपने एचआईवी स्टेट्स की जानकारी है या नहीं, इससे सम्बन्धित कार्यकलापों के नतीजों की जानकारी है या नहीं और आपने अनजाने में किसी से प्रेम किया या गलती से आपका थूक किसी पर पड़ गया, इससे कोई फर्क नहीं पड़ता, तो आपको अपराधी मान लिया जाएगा और विडम्बना देखिए कि जिस एचआईवी/एड्स के नाम पर दवा की दुनिया से लेकर वेश्यालय होते हुए कानून के क्षेत्र में भारी उलटफेर पैदा कर पूरे समाज को अजीब संशय एवं भय के वातावरण में वे ले जाना चाहते हैं जहाँ भाईचारा एवं आपसी सौहार्द का कोई अर्थ नहीं रह जाएगा, उसी एचआईवी के बारे में, यहाँ एक बार फिर मैं कह दूँ कि पक्के तौर पर डॉ. गैलो भी नहीं कहते कि इसी की वजह से एड्स होता है या इसके भी पहले की घटना यानी एचआईवी संक्रमण के यौन सम्बन्धों की वजह से फैलने की बात भी अभी एक परिकल्पना ही है, साक्ष्यों एवं प्रमाणों का जुगाड़ करना अभी बाकी है।

यही नहीं, 'अपराधी' के कार्यकलाप अपराध की श्रेणी में भले ही न आते हों यदि दूसरा व्यक्ति गलती से भी यह समझता है कि उसके साथ गलत किया गया जिसकी वजह से उसे भविष्य में काफी खतरे उठाने पड़ सकते हैं तब भी 'अपराधी' पर मुकदमा चलेगा और सजा होगी। यह अलग बात है कि वर्षों बाद भी यह सिद्ध न हो पाए कि 'अपराधी' के प्रेम सम्बन्ध की वजह से उसके प्रेमपात्र को भविष्य में कोई खामियाजा भुगतना पड़ा।

इसके लिए एचआईवी के प्रतिपादकों का तर्क है कि आपने अपने प्रेमपात्र को वास्तविक हानि (एचआईवी संक्रमण) भले ही न पहुँचाई हो पर आपने अपने साथी के मन में मनोवैज्ञानिक डर, घृणा तो भर ही दी। इसका खामियाजा कौन देगा ? इसी की सजा आपको मिलती है। संक्षेप में कहने का अर्थ यह है कि जिस तरह आज की तारीख में आपराधिक कानून में 'हानि', 'कार्य-कारण सम्बन्ध' एवं मानसिक अवस्था जैसी स्थितियाँ अपराध का निर्धारण करने के लिए आवश्यक समझी जाती हैं वही स्थिति एचआईवी के प्रसंग में अप्रासंगिक हो जाएगी। अपराध का निर्धारण अब वह व्यक्ति करेगा जो इसकी शिकायत करेगा कि अमुक व्यक्ति का उस पर थूक पड़ गया या उसने चूमा या सम्भोग किया—भले ही वह उसका पति-पत्नी, प्रेमी-प्रेमिका या कोई और हो।

इन सम्भावित परिवर्तनों के पीछे दलील है कि यह स्थिति परम्परावादी आपराधिक कानून की स्थितियों से बेहतर है क्योंकि एचआईवी से सम्बन्धित कानून में यह चेतावनी पहले से दी जा रही है कि अपराध क्या है और क्या नहीं। मतलब यह है कि आप हर छोटे अन्तराल के बाद अपना एचआईवी टेस्ट कराएँ और यह पक्की तरह से जान लें कि आप एचआईवी पॉजिटिव नहीं हैं यानी कि डॉक्टर से प्रमाण पत्र लेने के बाद ही अपनी पत्नी या प्रेमिका को चूमने की सोचें। शुरुआती दौर में एचआईवी के लिए आपराधिक कानून की जरूरत पर इसलिए जोर दिया जा रहा है ताकि :

1. लोगों को उनके व्यवहार पर सजा देने से दूसरों के सामने उदाहरण पेश होंगे और वे अपराध करने से बाज आएँगे (यानी कि वे नियमित रूप से एचआईवी जाँच कराएँ, एचआईवी पॉजिटिव निकलने पर दवा खाएँ और फिर बिना 'निरोध' के इस ओर कदम न बढ़ाएँ और इस तरह एक अज्ञात बीमारी से बचने के लिए डॉक्टर, दवा एवं निरोध कम्पनी के पीछे अपना सारा धन लुटा दें);
2. जेल जाने से वे इस हालत में नहीं रह पाएँगे कि वे किसी के साथ अपराध कर पाएँ (जबकि उनके ही 'आँकड़े' बताते हैं कि जेलों में समलैंगिकता की बढ़ती प्रवृत्ति से कैदियों के बीच एचआईवी पॉजिटिव का पाया जाना आम है);
3. उनका सुधार होगा (यह पारम्परिक सोच कब की असफल हो चुकी है। यह लगभग मान लिया गया है कि दंड कोई समाधान नहीं है। समाधान हो भी कैसे जबकि अधिकांश मामलों में यही होता है कि गलत आदमी बच जाता है और बेगुनाह फँस जाते हैं) एवं
4. उन्हें सजा मिलेगी तो शिकायतकर्त्ता का प्रतिशोध पूरा होगा (मतलब कि सजा इसलिए नहीं सुनाई जाएगी कि किसी ने अपराध किया है। सजा इसलिए सुनाई जाएगी कि शिकायतकर्त्ता को शान्ति मिलेगी)।

एचआईवी का कानून बनानेवालों का एक तर्क यह भी है कि उन अपराधियों के दिमाग में क्या चल रहा है यह समझना जरूरी है, जो अपने सेक्स पार्टनर को अपना एचआईवी स्टेट्स बताना नहीं चाहते और निरन्तर सेक्स में संलग्न रहते हैं। कानून बनानेवालों का मानना है कि ऐसे लोगों की प्रवृत्ति खतरनाक होती है। पूरे समाज के प्रति वे हिंसक हो जाते हैं। उन्हें अपनी मृत्यु निश्चित दिखाई देती है लेकिन बदले की भावना के तहत वे विभिन्न लोगों से यौन सम्बन्ध बनाकर संक्रमण को फैलाने का काम जानबूझकर करते हैं। अपने इस तर्क की पुष्टि हेतु वे एक उदाहरण भी देते हैं। फेबियन ब्रिजेज नामक एक समलैंगिक था, जिसका गैर जिम्मेदाराना व्यवहार पहली बार 1986 में अमेरिका की टी.वी. में दिखाया गया। टी.वी. वाले उसकी एचआईवी से लड़ाई की कहानी दिखा रहे थे और वह था कि इस बीच दूसरों से यौन सम्बन्ध बनाने से बाज नहीं आ रहा था और तब टी.वी. वाले एचआईवी से उसकी लड़ाई से हारकर आगे चलकर इस बात पर ज्यादा जोर देने लगे कि सरकार फेबियन ब्रिजेज की तरह के लोगों पर अपना शिकंजा कैसे कसे ? उन्होंने यह भी दिखाया कि कैसे फेबियन ने अपने डॉक्टर के सामने किसी से भी यौन सम्बन्ध न बनाने की कसमें खाईं और फिर यह भी स्वीकार किया कि उसने यह कसम कैसे तोड़ दी। उसका कहना था कि 'वह उस जगह पर पहुँच चुका है जहाँ कोई चीज कोई मायने नहीं रखती। वह सचमुच किसी चीज की परवाह नहीं करता।' अमेरिकी लोग उसके जवाब पर आश्चर्यचकित हो उठे। संयोग से फेबियन ब्रिजेज एक निग्रो था अतः अमेरिकियों को बड़ी सुविधा हुई यह स्थापना देने में कि वह समाज के प्रति विद्वेष से भरा हुआ था और वह पूरे समाज को ध्वस्त करने की मंशा से यह कर रहा था। शायद इसी घटना की पृष्ठभूमि पर एचआईवी से सम्बन्धित

आपराधिक कानून के बनने का सिलसिला शुरू हुआ।

जैसा कि जाहिर है एचआईवी/एड्स की सम्पूर्ण धारणा ही विरोधाभास से भरी पड़ी है। फलस्वरूप कानून के क्षेत्र में भी कानूनवेत्ताओं को इसी विरोधाभास के मकड़जाल में फँसने के लिए मजबूर होना पड़ता है।

एक तरफ तो वे एचआईवी के रोगियों को अलग-थलग करने के लिए कानून बनाते हैं तो दूसरी तरफ उनके लिए मानवाधिकार हनन होने की बात करते हैं, कहते हैं कि उनको अलग-थलग करना उनके मानवाधिकार का हनन है। एक तरफ वे कहते हैं कि उनका एचआईवी स्टेट्स गुप्त रखा जाए ताकि वे समाज में हेय दृष्टि से न देखे जाएँ तो दूसरी तरफ उनका स्टेट्स कोर्ट-कचहरी, जेल, घर-बाहर से छुपाना अपराध है। एक तरफ उनका अपना दुराव-छुपाव एक अपराध है तो दूसरी तरफ उनका अपना स्टेट्स जगजाहिर करना लोगों में भय पैदा करता है। एक तरफ यह प्रचार किया जाता है कि यह रोग खाने-पीने, साथ रहने एवं चुम्बन से नहीं फैलता तो दूसरी तरफ थूक पड़ना, दाँत काटना, भीड़ से गुजरना आदि के लिए 'खून करने का प्रयास' के मुकदमे चलते हैं, सजा होती है।

एक तरफ तर्क है कि इन्हें किसी भी तरह के भयानक मुकदमों में जमानत देना ही इनके लिए मानवीय प्रयास है तो दूसरी तरफ कानून एवं व्यवहार में इन्हें जेल में रखकर ही बाकी दुनिया को इनसे बचाने की दलील दी जाती है।

कहना न होगा कि ये हमें—क्राइस्ट के शब्दों में अगर कहें तो 'भगवान इन्हें माफ करना, ये नहीं जानते ये क्या कर रहे हैं—' को दुहराने पर मजबूर कर रहे हैं।

भारत में कानून बन जाने पर कानूनन एचआईवी का टेस्ट करवाना अनिवार्य होगा। पॉजिटिव पाए जाने पर उसकी सूचना अपने सेक्स पार्टनर से लेकर, अपने नियोजक (मालिक) को देना अनिवार्य होगा, इलाज के तौर पर दवाएँ लेना अनिवार्य होगा, अपनी बीमा पॉलिसी करवाना अनिवार्य होगा, अपनी सम्पत्ति की वसीयत आदि करवाना अनिवार्य होगा और ऐसा नहीं करने पर वे अपराधी की श्रेणी में शामिल होंगे, जेल जाएँगे और लम्बी से लम्बी सजा भोगने को बाध्य होंगे। यही नहीं एचआईवी पॉजिटिव लोग न तो अपना मकान आसानी से बेच पाएँगे और न ही खरीद पाएँगे। उनके लिए किराएदार रखना और किराएदार बनना दोनों ही मुश्किल होगा। ऐसे कानून बन सकते हैं जहाँ ये सब करना अपराध होगा और यदि मानवाधिकारों का प्रयोग कर इन्हें गैरकानूनी करार भी कर दिया जाए तो किसी भी बहाने से मकानों के सिलसिले में एचआईवी पॉजिटिव को कहीं रहने से रोका तो जा ही सकता है। भारत जैसे देश में कई जगहों पर यूँ ही जात-पाँत, प्रान्त, धर्म या पेशे के आधार पर लोगों को मकान जल्दी किराए पर ऐसे भी नहीं मिलते वहाँ इस कानून के आने पर लोगों की स्थिति कितनी भयावह होगी, यह सोचने की बात है।

टॉर्ट या हानि का कानून भी इससे प्रभावित होगा। छोटी-छोटी बातों पर, अवैज्ञानिक तथ्यों के आधार पर लोग एचआईवी के नाम पर मुआवजा या क्षतिपूर्ति के

दावे करेंगे। (इंश्योरेंस कम्पनियाँ ऐसी पॉलिसी बना लाएगी जहाँ आप प्रीमियम जमा करते रहिए ताकि कभी कोई एचआईवी पॉजिटिव थूक दे या काट ले या अपना एचआईवी स्टेट्स न बताए तो बतौर हर्जाना इंश्योरेंस कम्पनी से हर्जाना मिल सके।) टॉर्ट के कानून में यदि कोई किसी के प्रति अपने उत्तरदायित्व को नहीं निभाता तो दूसरा व्यक्ति हर्जाने के लिए मुकदमा कर सकता है। यह कानून इस बात को सुनिश्चित करता है कि जो ज्यादा से ज्यादा धन देने की क्षमता रखता है उससे जरूरतमन्द को अधिकतम धन की राशि प्राप्त हो जाए। किसी भी तरह की लापरवाही काफी महँगी साबित हो सकती है।

इस कानून में सिर्फ लापरवाह व्यक्ति ही जिम्मेदार नहीं है क्षतिपूर्ति के लिए, वरन् उसके उत्तराधिकारी तक दूसरे पक्ष के उत्तराधिकारियों को हर्जाना देने के लिए बाध्य होंगे।

एचआईवी के सन्दर्भ में 'Law of Limitation' को भी किनारे रख देना होगा कारण यहाँ एचआईवी पॉजिटिव होते ही एड्स की गारंटी नहीं है। यह तो जीवन के किसी भी काल में अवतरित होगा और इस तरह पीड़ित व्यक्ति जीवन के किसी भी क्षण में मुकदमा करने के लिए स्वतन्त्र होगा। अब यहाँ साक्ष्य अधिनियम को भी ताक पर रखना होगा–कारण 20-30-40 वर्ष तक साक्ष्य रह ही जाएँ क्या गारंटी है और यदि वे रह भी गए तो उनका साक्ष्य-मूल्य क्या होगा ? न्यायालय को ये पेचीदगियाँ इस कदर जकड़ लेंगी कि आखिर उन्हें अपने फैसले बहुत सारे कयासों पर ही देने होंगे। ये सारे फैसले स्वनिर्णय पर आधारित होंगे। फौजदारी कानून में तो वैसे ही स्वनिर्णय अत्यन्त बदनाम है अब एचआईवी के सिलसिले में न्यायालय की स्थिति गाँव के किसी लाल बुझक्कड़ या ओझा, मौलवी से ज्यादा नहीं होगी। अब फैसला उनकी अपनी पसन्द, नापसन्द, समझदारी, विवेक, विश्वास, अन्धविश्वास पर आधारित होंगे।

एक ही तथाकथित नासमझी या लापरवाही के नतीजे अलग-अलग हो सकते हैं। जैसे कि कोई सेक्स पार्टनर एक ही बार के सम्बन्ध में एचआईवी पॉजिटिव हो सकता है और दूसरा कोई कई सौ बार बाद भी शायद न हो।

यहाँ दो बालिग व्यक्तियों में आपसी सहमति से हुए यौन सम्बन्धों में भी मुकदमों की भरमार होगी अतः कानून को इस दिशा में मोड़ना भी अनिवार्य होगा। यहाँ 'गोपनीयता के अधिकार' को भूल जाना होगा। सारा सम्बन्ध दुनिया के सामने होगा और हर्जाना अलग से।

मार्क क्रिश्चियन बनाम शेफ्ट के मुकदमे में प्रसिद्ध अभिनेता रॉक हडसन एवं उसके सचिव पर हडसन के पुरुष यौन साथी ने यह आरोप लगाया कि उन्होंने उससे यह बात छुपाकर रखी कि हडसन एचआईवी पॉजिटिव से संक्रमित था। यह अलग बात थी कि हडसन के यौन साथी को कभी एचआईवी संक्रमण नहीं हुआ पर उसने कहा कि वह एचआईवी पॉजिटिव होने की दहशत में (एड्स फोबिया) में अवश्य रहा जिस वजह से उसमें एड्स जैसे लक्षण उभर आए। 1989 में इस मुकदमे का फैसला हुआ। मार्क

क्रिश्चियन को अदालत ने बतौर मुआवजा पाँच मिलियन डॉलर तथा इतनी ही रकम जुर्माने के तौर पर देने का आदेश रॉक हडसन के सचिव को दिया। ज्ञात हो कि तब तक रॉक हडसन की मृत्यु हो चुकी थी।

फिर मुकदमों में तो लेन-देन कितने पर तय हुआ, यह गुप्त ही रहता है।

एचआईवी के सिलसिले में 'चुप रहना' अपराध की श्रेणी में आएगा जिसके लिए जेल एवं टॉर्ट कानून के तहत हर्जाना दोनों ही होंगे।

टॉर्ट कानून के अन्तर्गत चिकित्सक, उनके सहयोगी एवं मरीज के बीच मुकदमों की भरमार होगी।

इलाज कराते वक्त, सूई के इस्तेमाल में असावधानी, डॉक्टरी के दूसरे औजारों को व्यवहार करने में लापरवाही एवं खून चढ़ाने में की गई गलती आदि कारणों से मरीज चिकित्सक एवं उसके सहायकों के खिलाफ मुकदमे कर पाएगा। इनसे डरकर यदि कोई चिकित्सक इलाज करने से मना करे तो वह भी मरीज द्वारा मुकदमा किए जाने का कारण होगा।

इसके अलावा चिकित्सक द्वारा डायग्नोसिस न करना या गलत डायग्नोसिस करना या मरीज को उसकी बीमारी के बारे में सूचित न करना या उसके हित के विरुद्ध मरीज के परिचितों को बीमारी के बारे में बता देना आदि ऐसे मामले होंगे, जिनसे मरीज अपने चिकित्सक पर मुकदमा कर पाएगा।

# परिशिष्ट

# परिशिष्ट

# परिशिष्ट-'क'

## मेडिकल इस्टेब्लिशमेंट वर्सेस द ट्रुथ : कैरी मुलिस (1960)

*(डॉ. मुलिस को रसायनशास्त्र में 1993 में नोबेल पुरस्कार से सम्मानित किया गया था।)*

जब मैंने 1984 में पहली बार सुना कि फ्रांस के पास्तर इंस्टीच्यूट के ल्यूक मांटेग्नियर और नेशनल इंस्टीट्यूट ऑफ हेल्थ, अमेरिका के रॉबर्ट गैलो ने यह खोज की है कि रेट्रोवायरस एचआईवी/एड्स का कारण है, तो मैंने इसे एक और वैज्ञानिक तथ्य के रूप में स्वीकार कर लिया। यह मेरे बायोकैमिस्ट्री के क्षेत्र से जरा बाहर का विषय था जबकि ये दोनों रेट्रोवायरसों के विशेषज्ञ थे।

चार वर्ष बाद मैं स्थेस्लिटी लैब्स में सलाहकार की हैसियत से काम कर रहा था। इसमें रेडक्रास द्वारा प्रतिदिन प्राप्त रक्तदानों में रेट्रोवायरसों का पता लगाने के लिए पी. सी.आर. का इस्तेमाल करने का तरीका विकसित करना था। इसकी प्रगति रिपोर्ट लिखते हुए मैंने उल्लेख किया, 'एचआईवी/एड्स का सम्भावित कारण है।'

मैंने एक वायरोलॉजिस्ट से पूछा कि इस बारे में सन्दर्भ (reference) कहाँ से मिल सकता है। उसने जवाब दिया कि 'सन्दर्भ की कोई जरूरत नहीं है। हर कोई यह जानता है।' लेकिन मैं साथ में सन्दर्भ भी देना चाहता था। मुझे यह अजीब लग रहा था कि इतनी महत्त्वपूर्ण खोज के स्रोत के बारे में मुझे पता नहीं है। वायरोलॉजिस्ट ने मुझे C.D.C. (सेंटर फॉर डिजीज कंट्रोल) की रिपोर्ट का उद्धरण देने की सलाह दी। C.D.C. की रिपोर्ट पढ़कर मुझे लगा कि वह एक वैज्ञानिक आर्टिकल नहीं है। उसमें कहा गया कि एक अर्गेनिज्म की पहचान की गई है, कैसे की गई इसका उल्लेख नहीं था। डॉक्टरों से अनुरोध किया गया था कि यदि किसी मरीज में कुछ खास शारीरिक लक्षण पाए गए और एंटीबॉडीज के लिए जाँच पॉजिटिव हो तो उसे यह रोग है। इस रिपोर्ट में मूल वैज्ञानिक खोज का उल्लेख नहीं था लेकिन यह जानकर मुझे आश्चर्य नहीं हुआ क्योंकि यह डॉक्टरों के लिए था जिन्हें सूचना के स्रोत के बारे में जानना जरूरी नहीं था।

एक वास्तविक वैज्ञानिक सन्दर्भ सामान्यतः किसी विश्वसनीय वैज्ञानिक पत्रिका में प्रकाशित लेख होता है। आजकल इन पत्रिकाओं में चिकने चमकीले कागजों का प्रयोग किया जाता है जिसमें चित्र और ढेर सारे विज्ञापन होते हैं, प्रोफेशनल पत्रकारों द्वारा

लिखी गई ढेर सारी सम्पादकीय सामग्री होती है और आपके लैब के लिए आवश्यक चीजों को बेचती हुई कुछ लड़कियों की तस्वीरें होती हैं। इसमें विज्ञापनदाता वे कम्पनियाँ होती हैं जो वैज्ञानिकों के लिए आवश्यक वस्तुएँ बनाती हैं और वे कम्पनियाँ जो डॉक्टरों के लिए दवा बनाती हैं। इस तरह कारपोरेट सम्बन्धों के बिना कोई पत्रिका नहीं है।

मैंने कम्प्यूटर पर खोज की। न तो मांटेग्नियर, न ही गैलो या और किसी ने उन प्रयोगों का उल्लेख करते हुए सामग्री प्रकाशित की कि एचआईवी एड्स का कारण है। मैंने उन शोधपत्रों को पढ़ा जिनके कारण वे एड्स डॉक्टरों के रूप में प्रसिद्ध हो गए। उन सबमें कहा गया था कि उन्हें कुछ एड्स रोगियों में किसी पूर्व संक्रमण का संकेत मिला जो शायद एचआईवी के कारण था। उन्हें उन रोगियों में एंटीबॉडीज का पता लगा। एंटीबॉडीज को हमेशा किसी पिछली बीमारी का संकेत माना जाता है न कि किसी वर्तमान बीमारी का। एंटीबॉडीज यह बताते हैं कि उस वायरस को पराजित कर दिया गया। इन शोधपत्रों में इसका कोई संकेत नहीं था कि यह वायरस बीमारी का कारण है। उन्होंने यह नहीं दिखाया कि हर वह व्यक्ति जिसमें एंटीबॉडीज पाए गए, वह एड्स रोगी है। इसकी बजाय उन्होंने कुछ स्वस्थ लोगों में एंटीबॉडीज पाए।

मैं बिना किसी प्रकाशित प्रमाण के यह लिखने में हिचकिचा रहा था कि 'एचआईवी एड्स का सम्भावित कारण है।' मैंने अपनी प्रगति रिपोर्ट में यह नहीं कहा कि वही एड्स का कारण है। बस यह कहने का प्रयास किया कि वह एड्स का कारण हो सकता है। इसका कारण यह था कि इसी धारणा के आधार पर लाखों वैज्ञानिक और शोधकर्त्ता प्रतिवर्ष करोड़ों डॉलर खर्च करके शोध में जुटे थे।

मुझे एक एड्स रिसर्च सेंटर के उद्घाटन के समय डॉ. मांटेग्नियर से सन्दर्भ के बारे में पूछने का मौका मिला। उनकी प्रतिक्रिया थी, 'आप सी.डी.सी. रिपोर्ट का सन्दर्भ क्यों नहीं देते!' मैंने कहा कि मैंने वह रिपोर्ट पढ़ी है और उसमें यह जिक्र नहीं है कि एचआईवी एड्स का सम्भावित कारण है या नहीं। डॉ. मांटेग्नियर मुझसे सहमत थे। यह एक अजीब प्रतिक्रिया थी। अगर डॉ. मांटेग्नियर इस बात का जवाब नहीं जानते थे तो कौन जानता था।

एक रात मैंने रेडियो पर प्रमुख वायरोलॉजिस्ट पीटर ड्यूसबर्ग का इंटरव्यू सुना। तब मुझे समझ में आया कि मुझे एचआईवी से एड्स को जोड़नेवाले सन्दर्भ क्यों नहीं मिल पा रहे थे। ड्यूसबर्ग ने कहा कि ऐसा कोई सन्दर्भ है ही नहीं। अब तक किसी ने यह साबित नहीं किया कि एचआईवी/एड्स का कारण है। प्रमाणित न होने के बावजूद 1984 में डॉ. रॉबर्ट गैलो ने एक संवाददाता सम्मेलन में घोषणा की कि हमने एड्स का कारण खोज लिया है। गैलो और अमेरिका की तत्कालीन स्वास्थ्य, शिक्षा व कल्याण सचिव मारग्रेट हेकलर ने उम्मीद जताई कि दो सालों में एड्स का टीका और बचाव के साधन उपलब्ध होंगे।

नेशनल कैंसर इंस्टीट्यूट के पुराने वायरस खोजकर्ता रातोंरात एड्स शोधकर्ता बन बैठे। शोध के लिए करोड़ों डॉलर आवंटित किए गए। अचानक हर कोई जो किसी भी

प्रकार का वैज्ञानिक होने का दावा करता था और जिसके पास कुछ खास करने को नहीं था, व्यस्त दिखाई देने लगा। वे अब भी व्यस्त हैं।

गैलो और मांटेग्नियर के बीच स्वामित्व विवाद को सुलझाने के प्रयास में एक अन्तर्राष्ट्रीय समिति द्वारा इस वायरस को ह्यूमन इम्युनो डिफिशिएंसी वायरस (H.I.V.) नाम दिया गया क्योंकि दोनों ने इसे अलग-अलग नाम दिया था। नेशनल एकेडमी ऑफ साइंसेज की कार्यवाही में ड्यूसबर्ग ने कहने का प्रयास किया कि नए वायरस की धारणा का कोई विश्वसनीय प्रमाण नहीं है। ड्यूसवर्ग की बात पर ध्यान नहीं दिया गया। सम्पादकों ने उसकी पांडुलिपियों को अस्वीकार कर दिया। अन्त में एक समिति ने पीटर के 'Distinguished investigator Award' का नवीनीकरण करने के खिलाफ मत दिया। उसके रिसर्च फंड बन्द कर दिए गए। अब वह नई स्थापित होती 'एड्स अवधारणा' के लिए कम खतरा बन सकता था। पूर्व सहकर्मियों की बैठक में उसे बोलने के लिए आमन्त्रित नहीं किया जाता था।

हमारे शरीर में असंख्य रेट्रोवायरस रहते हैं। वे हमारे जीनोम में होते हैं कुछ हमें अपनी माता से और कुछ माता-पिता दोनों से जीन्स के साथ प्राप्त होते हैं। इनमें से कुछ एचआईवी की तरह लग सकते हैं। इससे पहले इनके कारण किसी की मौत हुई हो, इसका कोई प्रमाण नहीं है। उनके लिए एक कारण होना जरूरी है। बहुत से लोग यह दावा करते हैं कि हमारे शरीर में अनुपयोगी डी.एन.ए. रहता है लेकिन यह धारणा गलत है। अगर हमारे जीन्स में कुछ है तो उसका एक निश्चित कारण है।

अमेरिका में एक युवा की कल्पना कीजिए। उसका लक्ष्य हमेशा से वायसेना में जाकर जेट पायलट बनने का रहा है। उसने कभी नशीली दवाओं का सेवन नहीं किया और पूरे स्कूली जीवन के दौरान उसकी एक ही महिला मित्र रही जिससे वह विवाह करने का इरादा रखता है। उसमें भी एचआईवी से सम्बन्धित एंटीबॉडीज हैं जो उसे अपनी माँ से मिले हैं, जब वह गर्भ में था। उसकी माँ अब तक जीवित है और वह स्वयं एक स्वस्थ युवक है लेकिन जब वायुसेना द्वारा उसकी एचआईवी जाँच की जाती है तो उसकी आशाएँ और सपने चकनाचूर हो जाते हैं और उसे वायुसेना के लिए अनुपयुक्त घोषित कर दिया जाता है।

सी.डी.सी. की व्याख्या के अनुसार 30 से अधिक बीमारियों में से एक के साथ एचआईवी से सम्बन्धित एंटीबॉडीज की जाँच पॉजिटिव आने पर सम्बन्धित व्यक्ति को एड्स है। लेकिन वही बीमारियाँ तब एड्स की पहचान नहीं मानी जातीं जब एंटीबॉडीज का पता नहीं चलता। अगर एक एचआईवी पॉजिटिव महिला को यूटिरिन कैंसर है तो वह एड्स पीड़ित है, अगर वह एचआईवी पॉजिटिव नहीं है तो उसे यूटिरिन कैंसर का मरीज माना जाता है। एक टी.बी. का मरीज अगर एचआईवी पॉजिटिव है तो वह एड्स रोगी है जबकि यदि वह निगेटिव है तो उसे सिर्फ टी.बी. है। यदि वह कीनिया या कोलम्बिया में रहता है जहाँ एचआईवी एंटीबॉडीज की जाँच प्रक्रिया बहुत महँगी है तो उसे पॉजिटिव मानकर एड्स पीड़ित मान लिया जाता है। वह WHO के क्लीनिक में

अपना इलाज करवा सकता है। बहुत-सी जगहों में यह एकमात्र चिकित्सीय मदद लोगों को उपलब्ध है। ऐसी जगहों में जहाँ गरीब रहते हैं चिकित्सा-सम्बन्धी सुविधाओं को फैलाने में एड्स एक वरदान है।

सी.डी.सी. एड्स की वृहत परिभाषा में लगातार नई बीमारियाँ जोड़ रहा है ताकि यह लगे कि यह बीमारी तेजी से फैल रही है। उदाहरण के लिए, 1993 में सी.डी.सी. ने अपनी एड्स की परिभाषा विस्तृत कर दी। इसे काउंटी हेल्थ आथोरिटीज ने खुशी से स्वीकार कर लिया। इन्हें रेयान व्हाइट एक्ट के तहत हर एड्स मामले के लिए 2,500 डॉलर प्रतिवर्ष अनुदान दिया जा रहा था।

1634 में गैलीलियो को अपने जीवन के अन्तिम आठ वर्षों के लिए नजरबन्द करने की सजा दी गई थी क्योंकि उसने यह मानने से इनकार कर दिया था कि पृथ्वी ब्रह्मांड का केन्द्र है बल्कि यह कहा कि पृथ्वी सूर्य के चारों ओर घूमती है। उसने इस बात पर बल दिया कि वैज्ञानिक कथन धार्मिक विश्वास के विषय नहीं होने चाहिए। अब से वर्षों बाद लोग हमारे एड्स के एचआईवी सिद्धान्त को उतना ही मूर्खतापूर्ण पाएँगे जितना हम गैलीलियो को सजा देनेवाले नेताओं को मानते हैं। आज जिसे विज्ञान कहा जा रहा है शायद 1634 में भी वैसा ही विज्ञान था। जो लोग वर्तमान एड्स परिकल्पना को मानने से इनकार करते हैं, उन्हें बाहर का रास्ता दिखा दिया जाता है।

यह निराशाजनक है कि बहुत से वैज्ञानिकों ने उपलब्ध प्रमाण की पक्षपातरहित जाँच करने से साफ इनकार कर दिया। बहुत-सी प्रतिष्ठित विज्ञान पत्रिकाओं ने वर्तमान प्रमाणों की सम्पूर्ण पुनर्समीक्षा का अनुरोध करनेवाले बयान को छापने से मना कर दिया।

मैंने 'अमेरिकन एसोसिएशन फॉर क्लीनिकल केमिस्ट्स' की एक बैठक में पहली बार इस मुद्दे को सार्वजनिक रूप से उठाया। मैंने श्रोताओं से कहा कि किस प्रकार एक सन्दर्भ प्राप्त करने में मिली असफलता ने मेरी जिज्ञासा को जगाया।

इस सम्बन्ध में मैं जितना अधिक जानता गया, उतना ही स्पष्टवक्ता बनता गया। एक जिम्मेदार वैज्ञानिक के रूप में, यह जानने पर कि अनुपयोगी दवाओं से लोगों की मौत हो रही है, मैं चुप नहीं रह सकता था।

अपने सहकर्मियों से मुझे बुझी स्वीकृति से लेकर कड़वाहट-भरी प्रतिक्रिया तक प्राप्त हुई। जब मुझे स्पेन में 'यूरोपियन फेडरेशन ऑफ क्लीनिकल इंवेस्टिगेशन' में पी.सी.आर. पर बोलने के लिए आमन्त्रित किया गया तो मैंने एचआईवी और एड्स के बारे में बोलने की इच्छा प्रकट की। मेरे भाषण के बीच में ही सोसायटी के अध्यक्ष ने मुझे रोक दिया और सलाह दी कि मैं श्रोताओं के कुछ सवालों का जवाब दूँ। यह बहुत ही अशिष्ट रवैया था लेकिन मैं सवालों के जवाब देने के लिए तैयार था। उसने स्वयं पहला सवाल पूछने का फैसला किया और पूछा कि क्या मैं समझता हूँ कि मैं कितना गैर-जिम्मेदार हूँ और मुझे सुननेवाले लोग कंडोम का इस्तेमाल बन्द कर सकते हैं ? मैंने जवाब दिया कि सी.डी.सी. के विश्वसनीय आँकड़े दिखाते हैं कि अमेरिका में यौन रोगियों की संख्या लगातार बढ़ रही है। इसका अर्थ यह है कि लोग कंडोम इस्तेमाल नहीं कर रहे हैं जबकि एड्स

की शुरुआती व्याख्या के अनुसार एड्स रोगियों की संख्या लगातार कम हो रही है। इसलिए मैं नहीं समझता कि मैं गैर जिम्मेदाराना रवैया अपना रहा हूँ। इसके बाद सोसायटी के अध्यक्ष ने फैसला किया कि काफी सवाल हो गए हैं और बैठक समाप्त कर दी।

जब भी मैंने इस मुद्दे पर बोलने का प्रयास किया, यह सवाल आया कि अगर एड्स का कारण एचआईवी नहीं तो क्या है ? इसका जवाब मेरे पास नहीं है। मैं यह जानता हूँ कि एचआईवी को एड्स का कारण बताने का कोई प्रमाण नहीं है। यह निर्विवाद है कि अगर किसी व्यक्ति के बहुत से लोगों के साथ बेहद नजदीकी सम्बन्ध हैं तो उसके इम्यून सिस्टम को बहुत से संक्रामक अवयवों से जूझना पड़ता है। अगर कोई व्यक्ति प्रतिवर्ष 300 लोगों से शारीरिक सम्बन्ध बनाता है, वह भी ऐसे लोगों से जो स्वयं प्रतिवर्ष 300 लोगों से सम्बन्ध बनाते हैं तो एक ही व्यक्ति से सम्बन्ध रखनेवाले की तुलना में उसके संक्रमित होने की 90,000 गुना अधिक सम्भावना होगी।

इम्यून सिस्टम एक ऊँट की तरह है। अगर ऊँट पर अधिक बोझ लाद दिया जाए तो वह गिर जाता है। 70 के दशक में यहाँ तेज जीवन-शैली और मादक पदार्थ इस्तेमाल करनेवाले और स्वच्छन्द सम्भोग में विश्वास रखनेवाले लोगों की पर्याप्त संख्या थी।

# परिशिष्ट-'ख'

**An Open Letter to the Honorable Prime Minister of india, Shri Atal Bihari Vajpayee**

**From Dr. Manu Kothari, MBBS,MS,MSC**
**Member South African President Thabo Mbeki's Advisory Panel on HIV-AIDS**

**Mumbai-May 25,2001**

**Dear and Respected Shri Atalji,**

I salute you as the most popular PM,a person of poise and poetry,vision and action concern and Compassion,This letter is in response to your directives to the nation on HIV-AIDS when you spoke to the CMs of the six most affected states of india,at New Delhi on May22.As a member of an international panel on HIV-AIDS,I am compelled to draw your kind attention to numerous points that merit urgent action.

1. The hype and hoopla over HIV-AIDS is a mask that modern medicine is wearing to hide its summary failure on numerous fronts.The track record of modern medicine is dismal enough to disqualify from tackling the nebulous problem of HIV-AIDS.I draw your attention to a very cartoon by none less than shri R.K.Laxman in the TOI, May 6,2001,page-18.The legend of the cartoon is what one busy scientist is telling his colleague:

''After spending so much on lab and research we can't just tell the board we couldn't final the cure for common cold.we must carry on with what we are doing. Please note that the foregoing holds true on all major problems including infections not excluding viruses.

2. Wanting to separate the wheat from the chaff, President Thabo Mbeki of South Africa was the only statesman who has had the courage to call 51 scientist from the world over to debate the thorny issues about HIV-AIDS.Two protracted meeting among these scientist last year;in Pretoria in May and in Johannesburg in July could not help the HIV-AIDS proponents to prove their point.When the AIDS dissidents asked for exact HIV-AIDS figures from South Africa itself,the authorities concerned failed to provide any clear cut data. So some of we dissidents made it a point to visit the Chris Bargwanath Hospital in Johannesburg (being the largest general hospital in the world)to confirm if the crying wolf was justified. But,alas we failed to see there and elsewhere even an endemic. The only noticeable event then was US news that Bill Clinton was in a mood to withdraw his backing for President Mbeki as he had had the guts to differ from the American view on HIV-AIDS. It would seem that Presidents and bureaucrats know more about the HIV-AIDS problem than even the scientists. One rumor that made rounds of South Africa at that time was that Pharmaceutical firms in the West were well known for bankrolling elections, and hence the threat straight from the White House. Africa's ascent to AIDS infamy owes a great deal to the simple expedient of labeling as HIV-AIDS any one with the triad of diarrhea, weight loss and fever, all in the absence of any proof from 'expensive' HIV testing. This is a classical example of judging someone as guilty since it need not be proved otherwise. Rest assured India is going the African way. Never in the history of science, has so much untruth been sold to so many by so few at such enormus fiscal, physical and psychological expense within a short span of two decades. Some logical and rational clarity on HIV-AIDS is overdue.

3. Testing for HIV is not trustable at all. David Rasnick of Berkely, California opined at the Pretoria meeting convened by President Mbeki that tht trio of ELISA, WESTERN BLOT and PCR be dropped summarily until their reliability is proved, a suggestion fully supported by the dissident scientist at that meeting (Please refer to article by Giraldo and others, attached herewith).

4. Its cruel, inhuman and unscientific to label someone as HIV positive and therefore a potential or an actual AIDS case. In puritanical

India, HIV positiveness spells for a person a slur, ignominy and calumny that makes out of the person a leper, an outcast an untouchable, a syndrome that promotes depression, suicide and homicide on an unimaginable scale. HIV testing is the grossest violation of human rights.

5. What passes as HIV-AIDS therapy is itself basic problem. Textbook after texbook on Pharmacology, Medicine, HIV-AIDS and Microbiology aver that diseases and syndormes induced by HIV-AIDS therapy are indistinguishable from the purported disease itself.

6. You enlisted the help of school going youth, religious establishment, industrial workers in a joint war on HIV-AIDS, promising to the entire crusade full backing from the Center. While this most well intentioned, you need to bear in mind the often proved right medical adage that THE PATHWAY TO IATROGENIC (DOCTOR MADE) HELL IS OFTEN PAVED WITH IMPECCABLE DIAGNOSTIC AND/ OR THERAPEUTIC INTENTIONS.

7. You have based all your apprehensions on some 'Hard-core' figures provided by such agencies as NACO. NACO's fussiness about figures, its back tracking and its resultant lack of credibility are an old tale, forcing an NGO JACK based in Banglore to view NACO's posturing as the threat to the well being of the Nation. With regard to this, Kindly refer to the question put in the Parliament to the Honorable Health Minister Dr. Shri C.P. Thakur on August 8,2000 and his agreeing to NACO's untrustability. Please also refer to the News on NACO in all the papers July 31, 2000 as also to a report in the British Medical Journal, August 12, 2000.

So that you and your colleagues and the rest of the Nation lay or learned may have a wider perspective on the HIV-AIDS problem, my co-researcher Dr. Lopa Mehta and I are submitting below a scientific presentation on the problem of HIV-AIDS.

# Fraud and Folly
# of
# HIV-AIDS Paranoia

**Manu Kothari (Member, South African President Mbeki's Aids Advisory Panal)**

**Lopa Mehta (Head, Anatomy Department, Seth GS Medical College, Mumbai-12)**

Linus Pauling, the double-Nobelist, declared in 1980, that "everyone should know that 'the war on cencer' is largely a fraud and that the National Cancer Institute and the American Cancer Society are derelict in their duties to the peple who support them." The learned charge got authenticated on a much wider scale when Broad and Wade elaborated upon *Betrayers of the Truth—Fraud and Deceit in the Halls of Science* (Simon and Schuster, NY, 1982). Pauling's lament was climactic to the 'scientific scandal of the century' enacted at the famed Sloan-Kettering Institute where successful skin transplant was claimed by painting white mice black. The whole saga was described step by step by joseph Hixon in *The Pachwork Mouse* (Anchor Press, NY, 1976). The defense put forward by Summerlin who painted the white mice black was 'we wanted more funds.' May be, fraud is innate to politics, business or science that is end-oriented and means-indifferent.

The HIV-AIDS story began in 1983. It is rich in fraud by the learned and folly of the lay, a lethal mix that spawned HIV-AIDS paranoia, the world over. Hixon's diagnosis is worthy of note. "The AMERICAN PUBLIC, known to the rest of the world as the originater of fads and fetishes, suffers from time to time with its preoccupation over a single disease." Today, it is HIV-AIDS. Kostlerean *Coca-colonization*has pulled all other countries into the American orbit of enemizing and warning against a virus that is yet to be isolated and a disease yet to be identified.

Robert Gallo, defeated in his search for initially claimed HTLV (Human T. Lymphocyte Virus), catapulated to fame by declaring at a press conference in a hotel, on April 23, 1984, that he had 'possibly' discovered the AIDS virus, As Duesberg clarifies, 'the 'AIDS virus' was accepted without delay, and without review, even before it was published in a scientific journal.' Somebow, the 'possibly' turned 'certainly' and Gallo filed his patent application on HIV on the same day and was granted by the US authorities despite clear knowledge that it was Montagnier at the Pasteur Institute, Paris, who had photographed the virus on Februay 4. 1983. A war of science and a war of nerves ensued. Gello was proved plagiarizer and 'cooperation' between USA and France at the highest level was needed to let Gello off the hook. The finale to the viral fraud is Montagnier's disclaimer about purifying of HIV and Eleni Eleopulos' assertion from Australia that 'Montágnier *et al* did not present proof for true isolation of a retrovirus, any retrovirus either old or new, exogenous or endogenous.' So, as of today HIV—a retrovirus often tautologized as HIV virus-is factional, being part fact and a lot fiction. David Rasnick, a leading dissident from Berkeley, California calls the lab-HIV as an assembled Frankenstein.

Playing the Devil's Advocate, and granting indubitable existence to the HIV, leads us into a sea of controversies. To be HIV positive, is to be positive, not for the virus, but for the antibody against the virus. This sinfulness foisted on an individual through a surrogate marker raises two issues. Firstly, to show an antibody response is to be really Immunosufficient and hence all that an HIV positive individual deserves is a pat on the back. The powers that be have perverted immunology so that exhibiting an antibody-marker against a virus for the first time in the history of immunology forecasts doom. Secondly, the so-called antibody cross-reacts with to difference non-viral states including conditions as banal as an attack of flu, or treatment of diarrhea with nitrofurantions. The much-celebrated ELISA result always carries an advice for a confirmatory Western Blot, which often manages merely to reiterate the earlier assumption. To stem increasing criticism of the unreliability of

ELIZA and WB, the establishment evolved the concept of assessing the viral load, through Nobel Prize winning technique of PCR, now widely advertised and sold even in India. As a qualitative HIV test, PCR is notoriusly non-specific, forcing a manufacturer of one such test, the Roche Amplicor, HIV-1 test, of caution : 'For research use only, Not for use in diagnostic procedures.' Karry Mullis, the very inventor of PCR asserts that his technique does not and cannot measure the HIV load, and has concluded that the HIV-AIDS proponents are so stupid that they deserve to be pitied. The HIV-AIDS hypothesis, Mullis avers, is 'one hell of a mistake.' At the May 2000 meeting of scientists from world over, at Pretoria, at the behest of President Mbeki, 10 scientists from different parts of the world submitted to the President that there should be a moratorium on all HIV testing until its reliability is proved.

For the heck of it, let us concede that the current testing is foolproof so that anyone who is antibody-positive is HIV-positive as well. What next ? The 21st edition of *Medical Microbiology* (Prentice Hall, 1995) begins on viruses with an assurance. 'In fact, most viral infections do not result in the production of disease.' Rightly, most HIV-positives sail through life without AIDS, the waiting-period (the period of 'clinical latency') between positivity and AIDS, according to the establishment, ranging from 3 months to 30 years. Virus yes, AIDS no. The *Lancet* (volume 340:280, 1992) pioneered an editorial on AIDS without HIV POSITIVITY. Virus no, AIDS yes. The twin anomaly of effect-free cause and cause-free effect is enough to dissociate the two. Granting that HIV is causal, treating a virus has never been the forte of medicine. Mumbai is rife with viral hepatitis A to G, but no drug around. There are 200 rhinoviruses 'causing' common cold, and yet all that medicine can do is to let the noses run till the body decides otherwise. *The Merck Manual* 1997 is explicit on the impotency of antiviral drugs : 'Because viruses can only replicate inside cells and they use the same metabolic pathways that healthy cells use, antiviral durgs are often more toxic to human cells than are antibiotics. Another problem with antiviral drugs is that viruses may rapidly develop resistance to them.' *The Royal Society of Medicine,* UK, held a symposium on infections in 1997 and chose to reprint its data in 2000 to HIV-specifically conclude : 'Whenever a new

anti-HIV drug comes into the market, resistance is described almost immediately.' This is but a classical story of the euphoria of a new drug in making the drug seem to work, till reality takes over, and the basic ineffectiveness of the drug gets ascribed to viral mutation, which in case of HV is supposedly most irrepressible. *Kuby Immunology* (Freeman, NY, 2000) is explicit : 'Nowhere is antigenic variation greater than in the HIV, the causative agent of AIDS. Estimates suggest that HIV, the causative virus accumulates mutations at a rate 65 times faster than does influenza virus.' The same tome elaborates on AZT, the most favored HIV drug : 'AZT is effective in some but not in all patients, but its efficacy is limited also because longterm use has several adverse side effects and because resistant viral mutants develop in treated patients.' Pray. Why does the establishment swear by tests and treatment *vis-a-vis*a virus. Which by their own admission are so chameleonic ?

Be as it may, the evolution of the drug treatment of HIV-AIDS is a telling example of the tyranny of trade-compulsions, fully illustrating what the Nobelist Burnet bemoaned : 'The great pharmaceutical houses of the twentieth century may come to feature in history as examples both of the productivity of science applied to industry and of the evils inherent in the technological momentum of a competitive industrial society.' AZT, short for azidothymidine, was synthesized by jerome Herowitz, a chemist, in 1964, as an experimental cell-poison called Suramin, or Compound S, chemically spelled 3'-Azido-3' deoxythymidine. True to its type. AZT, as a DNA-chain-terminator, proved so toxio, that its anticancer-indication was shelved, and the drug left in US warehouse dumps for 2 decades. Then came the Gallo announcement, and HIV got linked with AIDS. A hurried assumption was foisted on unsuspecting medical establishment that AZT was *the* answer to the HIV menace. AZT was reborn marketed in a new avatar called zidovudine, sometimes also called Retrovir, and sold the world over as the panacea for HIV and AIDS of anticancer drugs, F.J.C. Roe UK oncologist opined way back in 1966 : 'Chemotheraopy of cancer is an absolute farce.' AZT, *vis-a-vis* cancer of HIV-AIDS can be no exception. Anthony Brink, an activist-advocate of South Africa, sums up the use of AZT, against HIV, as 'akin to napam-bombing a school to kill some roof-rats.'

antigens-variability that probably promotes the emergnece of neutralization-resistant mutants. Most troubling, the correlates of protective immunity are not known, so it is unclear what immune responses a vaccine should elicit.' An *Encyclopedia of Immunology* (Academic Press, NY, 1992), gave a clear meaning : 'Immunization against HIV could increase the severity of the disease if the virus were to be internalized by antibody-mediated endocytosis.' May the vaccine-dream come true.

Before we outline a general plan of handling any HIV-AIDS case, it is imperative that the relationship between microbes and man gets widely known. Around 1960, it was estimated that then microbial biomass outweighs the animal biomass a cool 20-times. Recently, after descovering microbes in deep mountainous crevices and in the polar regions, the multiplication-factor has been hiked up. So the truth has dawned that the microbes are the host, and man a guest when well-behaved, parasite when he does what he does. Yet, the friendly nature of microbes cannot be forgotten, allowing as it does mankind to trun itself, in the telling words of Julian Huxley, into a cancer of the Planet Earth. Rene Dubos, the pioneer microbiologist of the Rockefeller Foundation generalized. 'Throughout nature, infection without disease is the rule rather than the exception. 'This is enough to exculpate the HIV Professor Raeburn of UK, in *The Lancet,* 1972, writing on the immunodeficiencies in children because of antibiotic usage, concluded his piece on a pessimistic warning : 'In the years to come. the story of antibiotics may rank as nature's most malicious trick.' Could AIDS be reread as Antibiotic/Allopathy Induced deficiency syndromes ? If antibiotics have already proved to be so malicious, what of the acknowledgedly far more toxic and far less effective antiviral cocktails of AZT and Co. ?

The scholarly *Oxford Companion to Medicine* (1986) sums up the cardinal role of medical man : 'It needs to be more generally recognized that most of medicine is about relief of, and comfort in, suffering, and in the main very little to do with saving life.' The word disease is from French des + aise = lack of ease, and hence would more correctly be spelt, pronounced and understood as dis-ease. The golden rule in the whole gamut of medical practice-congenital malformations, trauma, infection (which as a term is yet to be defined), heart attack, hypertension, stroke, cancer, arthritis, diabetes-is to offer ease to whatever, whenever some dis-ease Corollary : No dis-ease, no offering ease in the form of medical intervention. Stanley Hoerr, an American surgeon, gave an axiom in 1962 : 'It is difficult to make an asymptomatic person feel better.' Moral : To interfere with a person at ease, through diagnosis and/or treatment, is surely to make her/him feel worse. An eminent division of current medical practice is iatrogeny, meaning doctor-induced illnesses, which can make up, in the so-called advanced countries, up to 30% of admissions to a hospital. A check-up clinic often serves as an alchemic device : A person walks in; a patient walks out. Medical testing is fraught with testing time for a common person and the kith and kin.

So, the golden rule for HIV-AIDS is, like for heart attack or cancer, to test and treat, only when there is dis-ease, No dis-ease, no testing; no treatment. The foregoing also implies that anyone 'exposed' to HIV or to AIDS merits no testing. In case of full-blown AIDS, testing for HIV stands irrelevant in view of the facts that HIV is not necessarily accompanied by AIDS nor AIDS invariably associated with the presence of HIV. Two medical truths need be displayed, if need be, in neon signs that (1) HIV is irrelevant to any illness, for it has no treatment whatsoever, and (2) whatsoever the medical condition that has sprung up can be and should be treated on its own merit.

For reasons best known to the medical establishment and the WHO, the list of conditions allegedly promoted by the HIV, has been expanded to 32; a number that does credit to the virus's pathogenic propensities, and also exposes modern medicine's impotency. Most of the 32 conditions are a result of infection with microbes, often condemned medically as opportunistic, although it may be the doctors that created the opportunities. Without bothering to treat the HIV, the bacterial infection must be treated with agents available. *The Merck Manuel* spells this out cogently : 'Antibiotics are not effective for viral infections but if a person has bacterial infections as well as viral infection, antibiotic is often necessary.'

Alex Comfort, most known for his books on aging and sex, has described doctors as *The Anxiety Makers* (Panther Books, London. 1968). The global HIV-AIDS paranoia is a gift of medical establishment that has gone crazy over an issue that itself may be non-existent. Even if

HIV-causing-AIDS as a phenomenon does exist, medicine has no wherewithals to combat it. HIV-AIDS paranoia has truned an innocent human into an outcast, a pariah that often either kills itself or gets murdered. The immeasurable mental depression in an individual declared HIV-positive expectedly exercises its voodoo effect on the bearer, aggravating the immunodepression that may be already exisitng given the current times of polluted air, water, food, and minds. The new millennium has been marked by acme of intranational and international discord, increasing desparities, price rise, pollution, and a sense of despair. To foist an unfounded HIV-AIDS dogma on mankind groaning under an enormus burden, is to add unwarranted insult to an acute injury. The ghost of HIV-AIDS must be given up. That will be good for people, better for physicians, and best for governments and medical establishments.

To warn and worry over HIV-AIDS is a reigning journalistic fashion. Paper after paper, vernacular of English, are replete with scary statistics of the HIV-AIDS epidemic and the monies needed for combating it. The Durban Conference boasting of 1200 delegates, had taken the unprecedented step of closing its platform to any dissident or dissident-paper President Mbeki gathered AID scientists from world-over in July at Johannesburg. From what transpired there in two days, he was emboldened enough to consign the Durban Declaration to the dustbin. Regardless, the hype and the hoopla on HIV-AIDS continues. Our worry is that India's precious foreign exchange is squandered over a non-issue-all for want of clarity on the part of medical establishment and the government that rush to toe Western line, meekly blindfolded. Indians need to wake up. There is no need for a 'Third World' nation to bleed itself white in trying to imitate a Western fashion. It is not uncommon for the US President to declare a huge loan to India or South Africa, with a specific tag that the same shall only be used for the diagnostic kits and the therapy of HIV-AIDS. This is a classical example of rubber-string aid. It is seemingly given to the loanee, but fully returns to the loaner, with the loanee managing the interest for years to come. India, beware ! Peter Duesberg and David Rasnick, from Berkelery, California, pioneered the crusade against the HIV-AIDS dogma. Their conclusion. 'There is but one obstacle to the solution of AIDS : the current AIDS establishment.' *(Genetica* 104 : 85-132, 1998). The Central Government alone, in India, is spending Rs. 145 crores a year on HIV-AIDS, this being the largest quantum as compared to 125 crores for malaria, 125 for TB, 74 for leprosy, and 110 for blindness. *(Humanscape,* December, 2000, p. 11). The HIV-AIDS lobby, in India as elsewhere, never had it so good, trying to contain a virus and a disease that are, alas, yet to be defined. An interesting latest headline is. 'Need foreign funds ? Just inflate your HIV-positive figures.' A large number of people have become rich, from the AIDS programme,' proving that more people live on HIV-AIDS than die from. 'Dinners at five-star hotels, fashion shows—that is what creating awareness about AIDS in India seems to be all about.' The fraud and the folly of HIV-AIDS comprise a costly, dangerous game. The bottom line is a 'learned' article in the latest SPAN (Nov/Dec 2000) is 'HIV-AIDS is incurable.' So, why are all going crazy over a disease publicly declared to be incurable ?

Not a day passes without some allusion to AIDS, some spread of HIV-AIDS paranoia. Modern medicine, in its crusade to cure mankind of all its illness has unleashed a swell-tide of lay expectations. Roy Porter, Professor of social history of medicine at the Wellcome Institute for the History of science, has concluded his recent tome. *The greates benefit To Mankind-A Medical history of Humanity* (Norton, NY, 1997), on a cautionary note : 'The irony is that the healthier western society becomes, the more medicine it craves-indeed, it regards maximum access as a right and duty. The healthier the nation the weathier its medical establishment is. Especially in free market America, immense pressures are created by the medical profession, by medi-buisness, the media, by the high pressure advertising of pharmaceutical companies, and dutiful (or susceptible) individuals-to expand the diagnosis of treatable illness. Scares are created. People are bamboozled in to lab tests, often of dubious reliability. Thanks to diagnostic creep or leap, ever more disorders are revealed. Extensive and expensive treatments are then urged, and the physician who chooses not to treat may expose himself to malpractice accusations. Anxieties and interventions spiral upwards like a space-shot off course.'

The above 1997 summing up by Porter of the medical scene has been updated as it were by Sir David Weatherall in his Foreword to *Oxford Concise Texbook of Medicine 2001,* wherein he bemoans the fact that modern medicine has elevated people's expectation to the skies without being able to perform on the ground.

As closing remarks, some recent events need special mention. Dr. Yusuf Hamied, Cipla Chairman's bold move to market AIDS drug at low cost has impressed the Western Media as well *(Newsweek* Feb. 19, 2001) : Even at Hamied's rate it is going to cost Rs. 15000/- per year. The glee with which the forgoing has been welcomed gives to AIDS thearpy a status it does no way merits. Even if it were totally free, the poisons are not worth dumping into the human frame. The other event occurred in South Africa where people came out in to the shteets to plead that 'these lifesaving medications' be made available to the world's poor, by violating patent rights if need be. For all we know, this show was stage-managed to give therapeutic cradibliity to prescriptions that are rank poisons. As a message from USA declares : 'One of the most vocal 'Medicines Sans Frontieres is funded by corporate sponsors, including Glaxo-Welcome, Monsanto, Pfizer, Lilly, Merck, Warner-Lambert, Pharmacia, and Upjohn. Medicines Sans Integrite, Perhaps ? Another activist group, *Act Up Paris* has admitted that the drug companies had actually paid them to picket their booths and protest for lower prices. That kind of publicity has boistered these drugs reputaion in the public mind.'

The Indian support to such gimmicks, inadvertent though, stems from high places. Purnima Mane, vice-president. population council, and Director, International Programmes Division has talked to the press (TOI May 21, 2001) about the 'New Horizon' to conbat the 'AIDS pandemic'. Pray, What is the pandemic, what really is HIV, and what is AIDS ? Nobody, world over, has any answer to these simple queries. HIV-AIDS mania and paranoid is one hell of an intellectual mistake, a scientific fraud perpertrated on a global scale, on a public that is yet to diagnose its own folly. The game continues unabated.

**Respected Atalji,**

Based on what has been detailed about, I am led to request you to give a thought in the following direction.

1. Please put a halt to routine HIV testing that is being done indiscriminately for even the smallest surgery that a person might face. This will allow the nation to save itself from needless expenses, phobia and paranoia.
2. Virology is full of ifs and buts of which the virology of HIV-AIDS need be no exception. A virologist at the famed Sloan-Kettering Institute, New York, where Shri Neelam Sanjiv Reddy President of India was operated upon for a lung tumor, issued a stern warning not long ago. 'I have some advice for young reserarchers in biology. Stay out of cancer reserarch because it is full of money and just about out of science.'
3. As but as sampling of what monies are doing to the medical world, I draw your kind attention to a publication by the Rockefeller Foundation, New York, titled *Doing Better and Feeling Worse—Health In The United States* (W.W. Norton, New York, 1977). Whereas the U.S.A. was spending eight billion dollars a year on health in the 1969's, it is now spending nearly three billion dollars a day. The outcome is that the madical establishment is DOING BETTER and the patients are FEELING WORSE.
4. The treatment of any immunodeficiency since times immemorial rests in breathable air, trustable water and affordable bread. It is high time that the wide spread immunodeficiency world over induced as much by pollution and poverty as by antibiotics (Raeburn J.A. Antibiotics and immunodeficiency, Lancet 2 : 954-956, 1972) gets the correct treatment in the way of right nutrition and total freedom from such potent immunodepressors such as AZT, Protease inhibitors and what have you that passes as therapy of HIV-AIDS, making the THERAPIST into THE RAPIST.
5. Surprising, as it may seem many a problem in medicine is non-scintiable, non-researchable and non-statistiable, Right now, HIV-

AIDS falls in to this category.

6. The terminology of HIV-AIDS needs urgent overhauling to cure mankind of the tyranny of terms. Martin Fischer, the famed physician of Harvard warned a doctor too quick to make a diagnosis : TO THE DOCTOR A DIAGNOSIS IS BUT A WORD, BUT FOR THE PATIENT IT BECOMES A SENTENCE.
7. All in all, respected Prime Ministerji, HIV-AIDS diagnosis and treatment must be critically evaluated and, if found wanting in rationale, be dropped with exemplary courage.

We in India need not play a second fiddle to the west a common aping habit resulting from WESTOXICATION. Gandhiji gave a liberating lead that freed many other Nations, You with your poetic heart and unsullied and incorruptible mind can help President Thabo Mbeki of RSA to set a new and desirable trend in independent thinking.

I stand in full admiration of you as one of the finest human beings that the world has seen.

Sincerely yours

(Manu Kothari)

**Dr. Manu L. Kothari**
**B-32, Sangam 14-B,**
**S.V. Road, Santacruz**
**Mumbai—400054**
**Ph—6105038/6128107**
**Fax—C/O 4138041**
**E-Mail-anatgsmc@vsnl.com**

# परिशिष्ट-'ग'

यू.एन. जेनरल एसेम्बली

**Fifty fifth session**
**Agenda item 179**

**16 Feb. 2001**

## सेक्रेटरी जेनरल की रिपोर्ट

पिछले दो दशकों में एड्स महामारी बहुत तेजी से फैली है और इससे कोई भी देश अछूता नहीं रहा है। इन दो दशकों में यह विश्वस्तरीय संकट बन गया है।

एक्वायर्ड इम्युनो डिफिशिएंसी सिंड्रोम एक व्यापक संकट बन गया है। यह लाखों लोगों को मौत का शिकार बना देता है, परिवारों को तोड़ देता है, कार्यशक्ति को क्षीण कर देता है। यह लाखों बच्चों को अनाथ बना देता है और समुदायों की सामाजिक-आर्थिक बनावट को बिगाड़ता और देशों की राजनीतिक स्थिरता को धक्का पहुँचाता है। अगर यह महामारी वर्तमान दर से जारी रही तो सर्वाधिक प्रभावित देश अगले 20 वर्षों में अपने अनुमानित आर्थिक विकास का 25 प्रतिशत खो देंगे।

दिसम्बर, 2000 में यून.एन.एड्स और वर्ल्ड हेल्थ आर्गेनाइजेशन (W.H.O.) ने रिपोर्ट दी कि 2000 के अन्त तक 36.1 मिलियन स्त्री-पुरुष व बच्चे एचआईवी या एड्स से पीड़ित थे और 21.8 मिलियन इस बीमारी से मर चुके थे। इसी वर्ष विश्वस्तर पर लगभग 5.3 मिलियन नए संक्रमण देखने को मिले। उस वर्ष एड्स से 3 मिलियन लोगों की मौत हुई जो अब एड्स से हुई मौतों में सबसे बड़ी वार्षिक संख्या थी। संक्रमण के तरीके वही रहे—असुरक्षित सेक्स, बिना जाँचा हुआ रक्त और रक्त पदार्थ, संक्रमित सुइयाँ, माँ से बच्चे तक संक्रमण और दुग्धपान।

अफ्रीका—एड्स ने सब-सहारा अफ्रीका को सबसे अधिक प्रभावित किया है। वहाँ लगभग 70 प्रतिशत पुरुष और 80 प्रतिशत बच्चे एचआईवी संक्रमित हैं। पूरे विश्व में अब तक एड्स से मौत के शिकार बने लगभग 22 मिलियन लोगों में तीन-चौथाई लोग अफ्रीका के थे। 2000 के दौरान लगभग 3.8 मिलियन लोग एचआईवी से संक्रमित हुए और 2.4 मिलियन लोग मौत के शिकार हुए। एड्स अफ्रीका में सबसे बड़ा मौत का कारण

है। लगभग 25.3 मिलियन लोग वहाँ एचआईवी या एड्स पीड़ित हैं और 16 देशों में हर 10 में से एक वयस्क (15-49 आयु वर्ग के) संक्रमित हैं। अनाथ बच्चों की संख्या बढ़ती जा रही है। विश्व में एड्स के कारण अनाथ हुए 13.2 मिलियन बच्चों में 12.1 मिलियन अफ्रीका में हैं।

एड्स दक्षिणी अफ्रीका में अन्य क्षेत्रों की बजाय अधिक फैला हुआ है। 20 से 29 आयु वर्ग की चार में से एक महिला संक्रमित है। उत्तरी अमेरिका और मध्यपूर्व के देश एड्स से सबसे कम प्रभावित क्षेत्र हैं।

वर्ष 2000 में पहली बार नए संक्रमण की संख्या पिछले वर्ष के मुकाबले में कम थी। इसके लिए दो कारक जिम्मेदार हो सकते हैं--पहला कारण यह हो सकता है कि यह महामारी इतने दिनों से है कि यह सेक्सुअली सक्रिय लोगों की बड़ी संख्या को पहले ही संक्रमित कर चुका था। दूसरा कारण, कुछ देशों में चलाए जा रहे रोकथाम कार्यक्रमों की सफलता हो सकती है। युगांडा, जाम्बिया के कुछ हिस्से और तंजानिया ने अपने राष्ट्रीय संक्रमण दर कम किए हैं खासकर युवाओं में।

**एशिया :** एशिया अब तक अफ्रीका की तरह उच्च संक्रमण दर से बचा हुआ है। केवल तीन देशों—कम्बोडिया, म्याँमार और थाईलैंड में संक्रमण दर 15 से 49 आयु वर्ग में एक प्रतिशत से अधिक है।

चीन और भारत जैसे देशों में हालाँकि संक्रमण दर कम है लेकिन उनकी जनसंख्या को देखते हुए कम संक्रमण दर का भी अर्थ बड़ी संख्या में लोगों का संक्रमित होना है। भारत में एचआईवी पर्यवेक्षण से पता चला है कि कुछ क्षेत्रों में गर्भवती महिलाओं में संक्रमण दर दो प्रतिशत है। मणिपुर में सुई द्वारा नशीले पदार्थ लेनेवालों में संक्रमण दर 40 से 75 प्रतिशत है।

**पूर्वी यूरोप और मध्य एशिया :** पूर्व सोवियत संघ के देशों में एड्स के सम्बन्ध में बड़े नाटकीय बदलाव आए। शुरू में काफी कम संक्रमण दर रहा लेकिन अब इस क्षेत्र में नए संक्रमणों में तेजी से वृद्धि हो रही है। 1999 के अन्त तक यह संख्या 4,20,000 थी जो एक वर्ष बाद 2000 में 7,00,000 हो गई।

इस क्षेत्र में आर्थिक संकट, तीव्र सामाजिक परिवर्तन, गरीबी और बेरोजगारी में वृद्धि, वेश्यावृत्ति का विकास और यौन नियमों में परिवर्तन एचआईवी के तीव्र प्रसार में मददगार रहे हैं।

**लातिन अमेरिका और कैरीबियन :** लातिन अमेरिका में वर्ष 2000 के दौरान लगभग 1,50,000 वयस्क और बच्चे संक्रमित हुए जिसने कुल संख्या को 1.4 मिलियन कर दिया। इस क्षेत्र का सर्वाधिक जनसंख्यावाला देश ब्राजील एचआईवी से सबसे अधिक प्रभावित है। यहाँ संक्रमित लोगों की संख्या 540,000 है।

सब-सहारा अफ्रीका के बाद सबसे अधिक संक्रमण दर कैरीबियन में है। इस क्षेत्र में युवाओं में मौत का सबसे बड़ा कारण एड्स है। कैरीबियन में यह रोग विषमलिंगी सम्बन्धों द्वारा तेजी से फैल रहा है। कम आयु में ही सेक्स गतिविधियों में संलग्न होना, जल्दी-जल्दी यौन सहयोगी बदलना और कम उम्र की महिलाओं का अधिक उम्र के पुरुषों के साथ शारीरिक सम्बन्ध बनाना आदि एड्स के फैलने के प्रमुख कारण हैं।

**उच्च आयवाले देश :** उच्च आयवाले देशों में 90 के दशक में एड्स से होनेवाली मौतों में भारी कमी आई। प्रभावी इलाज खासकर एंटी-रेट्रोवायरस थैरेपी लोगों की आयु बढ़ा रही है। इसके बावजूद नए संक्रमणों में कमी नहीं आ रही है। वर्ष 2000 में पश्चिमी यूरोप में 30,000 और उत्तरी अमेरिका में 45,000 लोग संक्रमित हुए।

अधिकतर नए संक्रमण समलिंगी पुरुषों के बीच असुरक्षित सेक्स से हुए। कुछ यूरोपियन देशों में अब एचआईवी संक्रमण का मुख्य स्रोत विषमलिंगी सम्बन्ध है।

## *एचआईवी/एड्स के सामाजिक-आर्थिक प्रभाव*

एड्स एक स्वास्थ्य समस्या होने के साथ ही एक जटिल सामाजिक और आर्थिक समस्या बन गया है। यह मुख्य रूप से युवाओं को प्रभावित करके समाज के सबसे उत्पादक वर्ग को क्षति पहुँचाता है। यह अभिभावकों की मौत का कारण बनके अनाथ बच्चों की संख्या में वृद्धि करता है। एड्स के साथ जुड़ी कलंक की भावना उसके खिलाफ संघर्ष में अवरोध उत्पन्न करती है। संक्रमित लोग समाज के अन्य लोगों से अलग-थलग पड़ जाते हैं।

सर्वाधिक प्रभावित क्षेत्रों में एड्स ने दशकों के विकास को उलट डाला है। निजी व सार्वजनिक सेक्टरों के विकास और समाज के सभी अंगों को प्रभावित करके यह राष्ट्रीय संस्थाओं को कमजोर बनाती है। यह आर्थिक विकास को नुकसान पहुँचाकर, निवेश, व्यापार और राष्ट्रीय सुरक्षा पर प्रभाव डालती है जिसके कारण गरीबी बढ़ती है।

**जनसांख्यिकीय प्रभाव :** एड्स लोगों की अकाल मृत्यु का कारण बनता है। जिन देशों में एचआईवी स्त्री-पुरुषों के बीच असुरक्षित सेक्स से फैलता है, वहाँ संक्रमित लोगों की आयु 20 से 30 के बीच होती है और वे औसतन एक दशक बाद मृत्यु को प्राप्त हो जाते हैं। बहुत से देशों में एड्स ने पाँच वर्ष से कम आयु के बच्चों की मृत्यु-दर में वृद्धि की है और लगभग 50 सालों के विकास को धो डाला है जिनमें नवजात शिशुओं के बचने की दर भी शामिल थी। दक्षिणी अफ्रीका में 1950 से 1990 तक औसत जीवन काल 44 से बढ़कर 59 हो गया था। लेकिन 2005 से 2010 के बीच इसके 45 वर्ष और कुछ देशों में इससे भी कम हो जाने की उम्मीद है।

एड्स के कारण मृत्यु का जीवनपर्यन्त रिस्क सामान्य संक्रमण दर से बहुत अधिक

है। उदाहरण के लिए, जहाँ संक्रमण दर 15 प्रतिशत है आज के 15 वर्षीय लोगों में से आधे एड्स के कारण मर जाएँगे। अफ्रीका में हुए अध्ययन बताते हैं कि 15 से 19 आयु वर्ग की महिलाओं में संक्रमण दर युवा पुरुषों की अपेक्षा पाँच से छह गुना अधिक हो सकती है।

**सामाजिक प्रभाव–परिवार :** एड्स ने परिवारों पर बहुत बुरा प्रभाव डाला है। जो लोग इसके कारण बीमार हो जाते हैं उनकी कार्यक्षमता समाप्त हो जाती है और वे परिवार के लिए रोजी-रोटी कमाने की बजाय दूसरे पारिवारिक सदस्यों पर देखभाल के लिए निर्भर हो जाते हैं। थाईलैंड के ग्रामीण परिवारों और Lotea' ivoire के शहरी परिवारों के अध्ययन से पता चला कि कृषि उपज और आय 52 से 67 प्रतिशत गिर गई। साथ ही एचआईवी पॉजिटिव सदस्य होने पर पूरे परिवार को अलग-थलग कर दिया जाता है जिसके कारण वे सार्वजनिक रूप से उपलब्ध सामाजिक व आर्थिक सेवाओं का लाभ नहीं उठा पाते।

**लिंग :** सामान्यतः नीची सामाजिक व आर्थिक स्थिति के कारण महिलाएँ सुरक्षित सेक्स के लिए कम दबाव बना पाती हैं। एड्स रोगियों की देखभाल करनेवाली महिलाओं की संख्या पुरुषों से अधिक होने के कारण उन पर तिहरी जिम्मेदारी आ जाती है। घर के एड्स पीड़ित लोगों, बच्चों और बुजुर्गों की देखभाल के साथ उन्हें आर्थिक जिम्मेदारी भी उठानी पड़ती है। अतिरिक्त आय कमाने के लिए परिवार की लड़कियों को कार्यस्थल पर सेक्सुअल शोषण का भी शिकार होना पड़ता है।

**शिक्षा :** जैसे-जैसे एड्स तेजी से फैल रहा है, विकास का एक प्रमुख साधन शिक्षा का भी ह्रास हो रहा है। यह महामारी शिक्षकों को तैयार करने और शिक्षा की गुणवत्ता पर असर डाल रही है। एड्स स्कूल फीसों से प्राप्त होनेवाली रकम को भी कम कर देती है और बड़ी संख्या में बच्चों को स्कूल छोड़कर घर में मदद करने पर मजबूर करती है। शिक्षकों के बीमार पड़ जाने के कारण कुछ स्कूल बन्द हो रहे हैं। दक्षिणी अफ्रीका के कुछ भागों में शिक्षकों और सेकेंडरी विद्यार्थियों का पाँचवाँ हिस्सा एचआईवी पॉजिटिव है।

**स्वास्थ्य सेवाएँ :** एड्स की शुरुआत के बाद से लगभग 21.8 मिलियन लोग बीमार हो चुके हैं या मर चुके हैं। इस कारण सर्वाधिक प्रभावित देशों में स्वास्थ्य सेवाओं की माँग लगातार बढ़ती जा रही है। इसके कारण सार्वजनिक स्वास्थ्य सेवाओं पर बहुत अधिक भार पड़ रहा है। 1997 में 16 में से 7 अफ्रीकी देशों में सकल घरेलू उत्पाद का 2 प्रतिशत एड्स पर खर्च किया गया जबकि इन देशों में सभी बीमारियों के लिए सकल घरेलू उत्पाद का 3 से 5 प्रतिशत खर्च किया जाता है। स्वास्थ्य सेवाओं की माँग में वृद्धि से स्वास्थ्य कर्मियों पर भी दबाव बढ़ता जा रहा है। एचआईवी से संक्रमित होने वाले स्वास्थ्य कर्मियों

की संख्या भी बढ़ती जा रही है। साथ ही एचआईवी पीड़ित लोगों की दवाओं और स्वास्थ्य सेवाओं तक पहुँच नहीं हो पाती क्योंकि अस्पतालकर्मियों या स्वास्थ्यकर्मियों द्वारा उनकी उपेक्षा की जाती है।

**अनाथ बच्चे :** एड्स ने बच्चों पर काफी बुरा प्रभाव डाला है। अब तक इस महामारी ने 13.2 मिलियन बच्चों को अनाथ कर डाला है। अध्ययनों से पता चला है कि एड्स के कारण अनाथ हुए बच्चों को कुपोषण, बीमारी, दुर्व्यवहार या यौन शोषण का सर्वाधिक खतरा होता है। उन्हें जो पक्षपात और कलंक झेलना पड़ता है, वह उन्हें मूल सामाजिक सेवाओं और शिक्षा से भी वंचित कर देता है। बहुत से अफ्रीकी देशों में 20 से 25 प्रतिशत परिवारों में अनाथ बच्चे हैं।

**आर्थिक प्रभाव--आर्थिक विकास :** एड्स का आर्थिक विकास और आय पर भी विनाशकारी प्रभाव पड़ा है। वर्ल्ड बैंक के अनुसार यदि सब-सहारा अफ्रीका में राष्ट्रीय एचआईवी संक्रमण दर 1999 में 8.6 नहीं पहुँचा होता तो उस महाद्वीप में प्रतिव्यक्ति आय 1.1 प्रतिशत होती जो तत्कालीन 0.4 प्रतिशत के लगभग तीन गुना थी।

**कामगार :** एड्स ने स्वस्थ कामगारों की संख्या में कटौती की है। इससे निर्भरता बढ़ती है, मानव श्रम का ह्रास होता है और सर्वाधिक प्रभावित देशों में उत्पादकता 50 प्रतिशत तक कम हो सकती है।

**सार्वजनिक क्षेत्र :** सार्वजनिक क्षेत्र में एड्स सरकारी सम्पत्ति को कम करती है और स्वास्थ्य व सामाजिक कल्याण पद पर अधिक व्यय होने से बजटों पर प्रतिकूल प्रभाव पड़ता है।

**सत्ता :** एड्स के कारण शासन पर भी बुरा प्रभाव पड़ता है। यह सरकार की क्षमता खासकर मूल सामाजिक सेवाओं के वितरण को क्षति पहुँचाता है। मानव संसाधन कम हो जाते हैं, सार्वजनिक आय घटती है और रोग के प्रभावों से निपटने के लिए दूसरे क्षेत्रों के बजट में कटौती की जाती है।

**निजी क्षेत्र :** निजी क्षेत्र में फर्मों को प्रशिक्षण, इंश्योरेंस, लाभ, अनुपस्थिति, चिकित्सा व्यय, सिक लीव, दाह-संस्कार और पेंशनों पर काफी अधिक खर्च करना पड़ता है। साथ ही उनकी अनुभवी श्रम शक्ति कम हो जाती है जिससे उत्पादन पर असर पड़ता है।

**कृषि :** एड्स विकासशील देशों में रह रहे लोगों खासकर गरीबों की मूल जीविका पर भी प्रहार करती है। कई देशों में कृषि लगभग 80 प्रतिशत लोगों की जीविका का साधन

dice, morbidity and mortality ensue, the blame for both being laid at the doorstep of the virus. Voltaire could not have been more right when he declared that doctors prescribe drugs of which they know little, to cure diseases of which they know less, in humans of which they know nothing. It does not need even a calculator to work out the dollars that drug companies can rake in, given the inflated figures of HIV positive persons, now running into millions, with each person needings 15,000 for a year's treatment. HIV-AIDS is a drug maker's bonanza. How many doctors or journalists know that AZT when marketed as an experimental agent for animals carries on the bottle a warning in bold print : 'Toxic : Toxic by inhalation, in contact with skin, and if swallowed. Target organ (s) : Blood, Bone marrow. If you feel unwell, seek medical advice (show the label where possible). Wear suitable protective clothing.' *Vive la* AZT; mankind matters naught.

The message writ large on the public walls of India is an unashamed exhortation to condomize sex to keep the AIDS-devil at bay. The condom makers never had it so good. Routinely condomized coitus will spawn FL-towers world over, and the Earth will find hard to metabolize them. Even the straight-line solution of condom as preventive of HIV-AIDS has no scientific underpinning. Sexual transmission of HIV looks like a bit of mythology, Padian and coworkers repoted *(American Journal of Epidemiology, 1997)* that it would take an average of 1090 unguarded sexual acts with a seropositive man before a seronegative woman converts to HIV-positive status. And a cool 8000, the other way round.

Condomed coitus, *vis-a-vis* HIV-AIDS is wrong on two counts : It renders sex into a mere mechanical ejaculator act, and it gives to HIV-AIDS a demonical status it no way deserves.

The carrot of prevention through HIV-AIDS vaccine has been dangling large before the public eye. One cannot but admire polyannaism that keeps on promising a vaccine for a virus that may well not be. A learned *Medical Microbiology* (loc cit) lists the unsurmontable problems faced by a vaccine-worker. 'Vaccine development is difficult because HIV mutates rapidly, is not expressed in all cells that are infected and is not completely cleaned by the host immune response after primary infection. HIV isolates show a marked variation, especially in the envelope

To give AZT a veneer of scientificality, it was subjected to controlled trial against a placebo, and for reasons best known to Burroughs Wellcome, the trial was aborted within a few months under the argument that such a vital drug as AZT cannot be denied to 'controlled' subjects. The statistics were not very favorable; the statistician who knew the truth somehow got killed. The HIV-AIDS Paranoia by now was too strong to allow questioning the validity of AZT which thus continued to reign supreme at, of course, a high price. The high price convinced the public that, if it is so costly, it must certainly be very effective.

*The Times of India* (August 3, 2000) reported what Peter Piot, an international authority told to Kalpana Jain. 'Antiretroviral drugs are the most expensive, have the maximum side effects and are the most difficult to administer.' What a confession !

Piot's words are an echo of the latest *Merck Manual* : 'There are far fewer antiviral drugs than there are antibacterial drugs. Compared with most antibioties, antiviral drugs are generally more difficult to design, more specific for their targeted organisms and generally more toxic.'

In sharp contrast of the foregoing confession of the reality of the paucity of antiviral drugs, there is revealing statement from the 9th edition of *Goodman and Gilman's 1996* bible on *Pharmacological Basis of Therapeuties.* 'The number of antiviral drugs has increased dramatically over the last decade, largely in response of HIV infection and its sequel.' Moral : Basically, there are NO antiviral drugs, but the HIV-AIDS lobby has chosen to ignore this compelling reality, in favour of the huge 'marketing' opportunities.

Soon a time arrived when it became impossible to distinguish between AIDS per se, and AZT-induced illnesses. Such a phenomenon was not new. Jean Fernal, way back in 1579 maintained that much of the symptomatology of late stages of syphilis was because of the therapy with mercury. The AIDS establishment, undeterred by obvious toxicity of AZT, went Lucretia Borgia's way : *'Two poisons are better than one.* So to AZT were added protease inhibitors, one vying with the other for toxicity. All told, the mortality associated with HIV-AIDS is an outcome of must-treatism that rushes to treat even a HIV positive person who is totally asymptomatic. Toxicity being a certainty, and therapy a throw of

है। ग्रामीण क्षेत्रों के वयस्कों के बीमार पड़ने से उत्पादकता तेजी से कम होती है। बच्चों को काम करने या बीमार की सेवा के लिए स्कूल छोड़ना पड़ता है जिससे उनके विकास को नुकसान पहुँचता है।

**सुरक्षा पर प्रभाव :** एड्स बहुत से ऐसे देशों में फैला हुआ है जो पहले से ही संघर्ष, भुखमरी और गरीबी को झेल रहे हैं। यह स्थिति सामाजिक और राजनीतिक स्थिरता के लिए गम्भीर खतरा है।

## *एड्स पर विश्वस्तरीय, क्षेत्रीय और राष्ट्रीय प्रतिक्रिया*

**विश्वस्तरीय प्रतिक्रिया :** हाल तक एड्स के प्रति प्रतिक्रिया में एक आवश्यक तत्त्व का अभाव था—राजनीतिक मान्यता और उच्चतम स्तर पर प्रतिबद्धता। अब एड्स विश्वस्तरीय राजनीतिक एजेंडा बन गया है और लगभग हर देश में एक बेहद महत्त्वपूर्ण मुद्दा बन गया है हालाँकि चिकित्सा और सार्वजनिक स्वास्थ्य सेवाएँ अपर्याप्त हैं। उच्चतम स्तर पर राजनीतिक नेतृत्व को विभिन्न क्षेत्रों का प्रभावी सहयोग सुनिश्चित करना चाहिए।

**एड्स पर ज्वाइंट यूनाइटेड नेशंस प्रोग्राम :** 1996 में संयुक्त राष्ट्र ने अपनी छह एजेंसियों द यूनाइटेड नेशंस चिल्ड्रेंस फंड (यूनिसेफ), द यूनाइटेड नेशंस डेवलपमेंट प्रोग्राम (यू.एन.डी.पी.), द यूनाइटेड नेशंस पॉपुलेशन फंड (यू.एन.एफ.पी.ए.), द यूनाइटेड नेशंस एजुकेशनल, साइंटिफिक एंड कल्चरल आर्गेनाइजेशन (यूनेस्को), द वर्ल्ड हेल्थ आर्गेनाइजेशन (डब्ल्यू.एच.ओ.) और वर्ल्ड बैंक को एक संयुक्त और सहप्रायोजित कार्यक्रम के लिए एक साथ जोड़ दिया। यह कार्यक्रम था—द ज्वाइंट यूनाइटेड नेशंस प्रोग्राम ऑन एचआईवी/एड्स (यू.एन.एड्स)। एक सातवीं संयुक्त राष्ट्र एजेंसी—यूनाइटेड नेशंस इंटरनेशनल ड्रग कंट्रोल प्रोग्राम (यू.एन.डी.सी.पी.) भी 1999 में इसमें शामिल हो गई। अप्रैल, 2000 में एक प्रशासकीय समिति ने सभी संयुक्त राष्ट्र एजेंसियों को एड्स सम्बन्धी गतिविधियों में सम्मिलित होने के लिए कहा।

यू.एन.एड्स के सह प्रायोजिक और यू.एन.एड्स सचिवालय ने एक साथ एक संयुक्त बजट और कार्ययोजना स्थापित की है और एड्स के लिए रणनीतियाँ तैयार कर रहे हैं। संयुक्त राष्ट्र की अन्य एजेंसियों व संगठनों से भी सहयोग लिया जा रहा है।

**विकास एजेंसियाँ :** अन्तर्राष्ट्रीय विकास एजेंसियों ने एड्स के खिलाफ महत्त्वपूर्ण कदम उठाए हैं और उसका सामना करने के लिए तकनीकी और वित्तीय स्रोत जुटाने में मदद की है।

**सिविल सोसायटी :** इस वर्ग ने बहुत से संवेदनशील मुद्दों, जैसे—ड्रग्स सम्बन्धी सावधानियाँ, मानवाधिकारों और एचआईवी/एड्स पीड़ित लोगों की सुरक्षा के लिए आवाज उठाई है। गैर-सरकारी संगठनों ने इस क्षेत्र में महत्त्वपूर्ण योगदान किया है। सिविल सोसायटी समूह क्षेत्रीय और अन्तर्राष्ट्रीय साझेदारियों में भी अहम भूमिका निभाते हैं जैसे अफ्रीका में एड्स के खिलाफ अन्तर्राष्ट्रीय साझेदारी।

**संगठित क्षेत्र :** इस क्षेत्र ने खासकर एचआईवी से सर्वाधिक प्रभावित क्षेत्रों में महत्त्वपूर्ण योगदान दिया है। 'ग्लोबल बिजनेस काउंसिल ऑन एचआईवी/एड्स' जैसे संगठन सरकारों व गैर-सरकारी संगठनों के साथ साझेदारियों में व्यवसाय के समन्वय को प्रोत्साहित करने में मुख्य भूमिका निभा रहे हैं। एम.टी.वी., स्टैंडर्ड चार्टर्ड बैंक, कोला-कोला और यूनीलीवर जैसी कम्पनियाँ लगातार इस दिशा में प्रयास कर रही हैं।

नई एचआईवी दवाओं के शोध और विकास के साथ-साथ बहुराष्ट्रीय फर्मास्युटिकल कम्पनियाँ एड्स के खिलाफ संघर्ष में सहयोग के लिए मई, 2000 में पाँच कम्पनियों ने अपनी दवाओं की कीमत में कमी की।

**अनुसन्धान और शैक्षिक संगठन :** चूँकि अब तक एचआईवी/एड्स का कोई इलाज नहीं है इसलिए प्रभावी सुरक्षा और बचाव के साधनों पर नए शोधों की जरूरत है जैसे टीका, बाइक्रोबाइसाइड और नए उपचार। एड्स का टीका विकसित करने के लिए अन्तर्राष्ट्रीय स्तर पर कई प्रयास हो रहे हैं। निजी व सार्वजनिक दोनों क्षेत्रों के शैक्षिक अनुसन्धान संस्थान भी अहम भूमिका रखते हैं।

**क्षेत्रीय व राष्ट्रीय प्रतिक्रियाएँ :** एड्स को फैलने से रोकने के लिए राष्ट्रीय और क्षेत्रीय स्तर पर भी व्यापक प्रयासों की आवश्यकता है। एचआईवी और एड्स के खिलाफ असली लड़ाई राष्ट्रीय स्तर पर ही लड़ी या जीती जा सकती है।

**एचआईवी/एड्स पर यू.एन. थीम ग्रुप :** संयुक्त राष्ट्र राष्ट्रीय स्तर के प्रयासों में सहयोग के लिए यू.एन. थीम ग्रुपों द्वारा मदद उपलब्ध कराता है। इसमें सहप्रायोजक व अन्य कम्पनियाँ, द्विपक्षीय सहयोगी, गैर-सरकारी संगठन और मेजबान देश के प्रतिनिधि शामिल होते हैं।

**गैर-सरकारी संगठन और सामुदायिक समूह :** सिविल सोसायटी खासकर गैर-सरकारी संगठन और सामुदायिक समूह, जैसे कि एचआईवी पीड़ित लोगों का समूह, एड्स के खिलाफ संघर्ष में महत्त्वपूर्ण योगदान करते हैं। यह अक्सर अन्तर्राष्ट्रीय संगठनों की मदद से किया जाता है।

**व्यवसाय :** बड़े या छोटे व्यवसाय अपने कर्मचारियों के लिए कार्यक्षेत्र में एचआईवी बचाव व सम्बद्ध कार्यक्रम उपलब्ध करवा सकते हैं। इसमें एचआईवी पीड़ित और उससे प्रभावित कर्मचारियों की मदद भी शामिल है। ये अपने क्षेत्र के अलावा सरकारों व गैर-सरकारी संगठनों का सहयोग भी कर सकते हैं।

**अफ्रीका :** अफ्रीकी नेताओं ने एड्स की गम्भीरता को समझते हुए उसे एक राष्ट्रीय संकट का विषय बताया है। हालाँकि वहाँ एड्स का प्रसार जारी है लेकिन एड्स के खिलाफ संघर्ष में सफलता के भी प्रमाण हैं। जाम्बिया, युगांडा और यूनाइटेड रिपब्लिक ऑफ तंजानिया इसके उदाहरण हैं। लुसाका में 1993 के बाद युवा महिलाओं में एचआईवी संक्रमण दर आधी रह गई है। युगांडा के कुछ क्षेत्रों में 1990 के दशक में किशोरियों में संक्रमण दर और गर्भधारण के मामले तेजी से कम हुए।

कई स्तरों पर साझेदारियाँ स्थापित की जा रही हैं। 'द इन्टरनेशनल पार्टनर अगेंस्ट एड्स इन अफ्रीका' (IPAA) अफ्रीकी देशों के नेतृत्व में यू.एन.एजेंसियों, दानकर्ताओं और निजी व सामुदायिक क्षेत्रों का गठबन्धन है।

**एशिया :** एशिया में भी एड्स कार्यक्रमों की सफलता दिखाई देने लगी है। एशिया की विशाल जनसंख्या को देखते हुए एचआईवी संक्रमण दर कम है लेकिन नए संक्रमणों की संख्या बढ़ती जा रही है। दक्षिण एशिया में विकास की कमी ने एड्स कार्यक्रमों की सफलता को सीमित कर रखा है। अमीर-गरीब के बीच बढ़ती खाई, गरीब ग्रामीणों की बड़ी संख्या और स्वास्थ्य व अन्य सामाजिक सेवाओं के लिए धन की कमी ने एड्स जागरूकता पर विपरीत प्रभाव डाला है।

एशिया में रिस्क ग्रुप के लोगों में बचाव सम्बन्धी गतिविधियाँ चलाना आवश्यक है, खासकर असंख्य प्रवासी मजदूरों और कई हजार शरणार्थियों में। एड्स सम्बन्धी जानकारियाँ और स्वास्थ्य सेवाओं का व्यापक प्रसार और उपलब्धता सुनिश्चित करना भी यहाँ एक प्रमुख चुनौती है। साथ ही संक्रमित लोगों के साथ छुआछूत का व्यवहार किया जाता है जिससे निपटना एक बड़ी समस्या है। यह बात अक्तूबर, 1999 में क्वालालंपुर में हुए क्षेत्रीय सम्मेलन में भी उभरकर सामने आई। प्रभावी और सफल कार्यक्रमों से लेकर इन्हें लागू करना भी अत्यन्त आवश्यक है। ऐसे प्रयास काठमांडू के यौनकर्मियों व मादक पदार्थ लेनेवालों और भारत के तमिलनाडु में सफलतापूर्वक लागू किए गए।

हाल में हुए सकारात्मक विकास में बढ़ती राजनीतिक सक्रियता का भी बड़ा योगदान है। एसोसिएशन ऑफ साउथ-ईस्ट एशियन नेशंस के सदस्य देशों ने ब्रुनई में हुए अपने शिखर सम्मेलन में 'एड्स' को अपने एजेंडा में शामिल किया।

एशिया में विभिन्न क्षेत्रों के बीच एड्स के सम्बन्ध में पारस्परिक सहयोग भी आवश्यक है। थाईलैंड में एड्स के खिलाफ रोटरी और लॉयन क्लबों और व्यावसायिक गठबन्धनों की भागीदारी ने भारत, फिलीपीन्स और बांग्लादेश में भी ऐसे प्रयासों को

प्रोत्साहित किया है। खासकर भारत, कम्बोडिया, वियतनाम, चीन जैसे देशों में एड्स बचाव कार्यक्रमों में सेना के लोगों को भी शामिल किया जा रहा है। धार्मिक नेता और समूह भी एड्स कार्यक्रमों में महत्त्वपूर्ण भूमिका रखते हैं।

**पूर्वी यूरोप और मध्य एशिया :** इस क्षेत्र में काफी देशों में एड्स के व्यापक प्रसार के बावजूद अभी यह रोग वहाँ शुरुआती अवस्था में है और मुख्यतया सुई द्वारा नशीले पदार्थ लेनेवालों और उनके सहयोगियों तक सीमित है। इस क्षेत्र में खासकर नशा करने वालों के लिए प्रभावी कार्यक्रमों की आवश्यकता है। कुछ देशों में राजनीतिक और कानूनी सुधार एचआईवी कार्यक्रमों के लिए लाभदायक सिद्ध हुए हैं। उदाहरण के लिए, यूक्रेन और बेलारूस में उच्चतम राजनीतिक स्तरों पर समितियाँ गठित की गई हैं। इस क्षेत्र और पश्चिमी यूरोप के कई सरकारों ने वाल्टिक सागर क्षेत्र में संयुक्त प्रयासों से एक टास्क फोर्स गठित किया है।

**लैटिन अमेरिका और कैरीबियन :** लैटिन अमेरिका के कुछ हिस्सों में एड्स सुरक्षा कार्यक्रम सफलतापूर्वक चल रहे हैं। एड्स के मामलों और मृत्यु दर में कमी आ रही है जबकि क्षेत्र में सुरक्षा कार्यक्रमों का तेजी से प्रसार हो रहा है। 1999 में ब्राजील में हुए एक सर्वेक्षण के अनुसार सुरक्षा कार्यक्रमों की बदौलत पहले यौन सम्बन्ध के दौरान कंडोम के इस्तेमाल का प्रतिशत 4 से बढ़कर 48 प्रतिशत हो गया है और कुछ खास समूहों में यह प्रतिशत 70 से अधिक है। हालाँकि इस क्षेत्र में समलिंगी पुरुषों के बीच सुरक्षा कार्यक्रमों की आवश्यकता अब भी एक बड़ी चुनौती है।

ब्राजील में रेट्रोवायरसों की शुरुआत के बाद एड्स जनित मौतों में 25 प्रतिशत से अधिक कमी आई है।

*UNITED NATIONS genreal assembly*

**उच्च आय वाले देश :** उच्च आय वाले देशों में एचआईवी संक्रमण मुख्यतः सुई द्वारा नशीले पदार्थ लेनेवाले और समलिंगी पुरुषों तक सीमित है, हालाँकि विषमलिंगी (स्त्री-पुरुष) यौन सम्बन्धों द्वारा संक्रमण का फैलाव बढ़ रहा है। सम्पूर्ण जनसंख्या में प्रसार की दर कम है। कुछ समुदायों और देशों ने एचआईवी संक्रमण को नशेड़ियों तक सीमित करने के लिए तीव्र प्रयास किए हैं, अन्य देशों ने नहीं। सुई परिवर्तन और अन्य बचाव कार्यक्रम जहाँ लागू किए गए, वहाँ काफी प्रभावी सिद्ध हुए लेकिन इन कार्यक्रमों को बड़े स्तर पर लागू करने के लिए इनकी राजनीतिक लागत बहुत अधिक बताई जाती है। समलिंगी पुरुषों में सुरक्षा कार्यक्रमों को बड़े स्तर पर स्वीकार और लागू किया जाता है जिसके कारण जोखिम-भरे कार्यों और संक्रमण दर में 1980 के बाद से काफी कमी आई है। बहरहाल इस बात के कुछ प्रमाण मिले हैं कि कुछ समुदायों में जोखिम-भरे कार्यों

में दोबारा तेजी आ सकती है। समलिंगी पुरुषों के बीच सुरक्षा कार्यक्रमों को बढ़ाए जाने और समर्थन देने की आवश्यकता है।

**प्रमुख सबक और सफल प्रतिक्रिया के तत्त्व :** एड्स महामारी से 20 वर्षों के संघर्ष ने प्रभावी प्रयासों की समझ विकसित की है। एचआईवी/एड्स के प्रति सफल प्रतिक्रिया के मूल सिद्धान्त हैं--1. महामारी को बढ़ाने में मदद कर रही लिंग सम्बन्धी भिन्नताओं पर ध्यान दिया जाना चाहिए। 2. सुरक्षा उपाय, जीवन-रक्षक चिकित्सा और वैज्ञानिक उपलब्धियों का हर किसी तक पहुँचना। 3. एचआईवी एड्स से प्रभावित लोगों को एड्स कार्यक्रमों में सक्रिय रूप से शामिल किया जाना चाहिए। 4. सिविल सोसायटी के साथ राष्ट्रीय सरकारों को यह सुनिश्चित करना चाहिए कि राष्ट्रीय और अन्तर्राष्ट्रीय प्रयास देश और समुदाय की जरूरतों के प्रति जिम्मेदार हो।

**मानवाधिकारों के प्रति सम्मान :** एड्स से सम्बन्धित कलंक और भेदभाव से लड़ने के लिए मानवाधिकारों का उचित सम्मान होना चाहिए। भेदभाव के अलावा अन्य महत्त्वपूर्ण मुद्दों में स्वास्थ्य सुविधाओं का अधिकार, सूचना का अधिकार और यू.एन.ह्यूमन राइट्स में उल्लिखित अन्य सामाजिक व आर्थिक अधिकार सम्मिलित हैं। एचआईवी/एड्स व मानवाधिकारों पर अन्तर्राष्ट्रीय दिशा-निर्देश बहुत महत्त्वपूर्ण हैं और सरकारों को उन्हें लागू करने के प्रयास करने चाहिए।

**महामारी से निपटने में सफलता :** एचआईवी/एड्स के मामले में अब यह आत्मविश्वास के साथ कहा जा सकता है कि अब इसे सीमित करना और इसका फैलाव व प्रभाव कम करना तकनीकी, राजनीतिक और वित्तीय रूप से आसान हो गया है। महामारी के पहले दो दशकों ने विश्वभर में इस दिशा में जागरूकता पैदा की है। एचआईवी वायरस ही एड्स का कारण है, यह तथ्य सुस्थापित हो गया है और इसके प्रसार के तरीकों के बारे में पर्याप्त जानकारी उपलब्ध है।

एड्स से प्रभावी ढंग से निपटनेवाले देशों से सबसे महत्त्वपूर्ण बात यह सीखने को मिली है कि सरकार और सिविल सोसायटी नेतृत्व का महामारी की जानकारी बढ़ाने और उससे सम्बन्धित कलंक कम करने में महत्त्वपूर्ण योगदान रहा है। अब बहुत से देशों में सरकारों व सिविल सोसायटी के बीच भागीदारी सरकारों, अन्तर्राष्ट्रीय समुदाय, कार्यकर्ताओं, पीड़ित लोगों, गैर-सरकारी संगठनों, समुदाय आधारित संगठनों, धार्मिक व शैक्षिक संस्थानों और निजी क्षेत्र को साथ लाने में मदद कर रही है।

**महामारी को रोका जा सकता है :** एचआईवी संक्रमण की दर कम करने के लिए उठाए गए प्रभावी कदम अधिक या कम प्रचलन वाले देशों में भविष्य में ठोस परिणाम देंगे। बहुस्तरीय सुरक्षा कार्यक्रमों ने दर्शाया है कि एचआईवी का प्रसार खासतौर पर

युवाओं में कम किया जा सकता है। बचाव कार्यक्रम जनसंख्या के दुर्गमवर्ग विशेषकर सुई द्वारा नशा करनेवाले लोगों में भी कामयाब रहे हैं। एशिया, आस्ट्रेलिया, यूरोप, लैटिन अमेरिका व कैरिबियन, उत्तरी अमेरिका और सब-सहारा अफ्रीका में इस बात के पक्के प्रमाण हैं कि वहाँ सफल बचाव कार्यक्रमों की मदद से एचआईवी दर में कमी आई है।

**क्षमता और प्रतिबद्धता बढ़ी है :** विश्वस्तरीय प्रतिक्रिया के लिए आवश्यक राजनीतिक व तकनीकी तत्त्वों के संयोजन में प्रत्यक्ष प्रगति हुई है। योजना व सामाजिक क्षेत्रों में मजबूत राजनीतिक सहयोग बढ़ रहा है। प्रभावित देशों में विभिन्न क्षेत्रों द्वारा वित्तीय संसाधन उपलब्ध कराए जा रहे हैं। नई संचार क्षमताओं जैसे कि इंटरनेट से भी इस क्षेत्र में अपूर्व सफलता मिली है।

किसी भी राष्ट्रीय एड्स योजना के लिए मूल बात यह है कि एचआईवी का खतरा कम करने के प्रयास तभी प्रभावी होंगे जब सरकारी मन्त्रालय और सामाजिक, आर्थिक व स्वास्थ्य क्षेत्रों के साझीदार बड़े स्तर पर सुरक्षा कार्यक्रमों के लिए वातावरण बनाएँ। अलग-अलग प्रयास इच्छित परिणाम नहीं दे पाएँगे। लक्ष्य पर निगाह और व्यापक प्रचार के साथ ही कार्यक्रमों को प्रभावी बनाया जा सकता है। कार्यक्रमों के क्रियान्वयन और योजना में लक्ष्य समूह और एचआईवी/एड्स प्रभावित लोगों को भी शामिल करना अत्यन्त महत्त्वपूर्ण है।

**रोग की रोकथाम :** सामान्य वर्ग में सेक्सुअल ट्रांसमिशन (सेक्स द्वारा प्रसार) के खतरे को कम करने और सुरक्षित सेक्स को बढ़ावा देने के लिए सघन जानकारी व शैक्षिक कार्यक्रम अत्यन्त आवश्यक हैं। **इनमें संयम, एक के प्रति वफादारी और कंडोम के इस्तेमाल को प्रोत्साहित किया जाना चाहिए।** पुरुष व स्त्री कंडोम की उपलब्धता बढ़ानी होगी। युवाओं के सेक्सुअली सक्रिय होने से पहले ही कार्यक्रमों के जरिये उन्हें जागरूक किया जाना चाहिए।

एक विशेषकर प्रभावी हस्तक्षेप है माँ से शिशु तक पहुँचनेवाले संक्रमण से बचाव। गर्भावस्था के आखिरी काल में एक माह की एंटीरेट्रोवायरल चिकित्सा इस प्रसार की दर 20-50 प्रतिशत तक कम कर सकती है। पायलट प्रोजेक्ट महिलाओं व उनके अजन्मे शिशुओं की सीमित संख्या को लक्ष्य करते हैं लेकिन उनका विस्तार किया जा सकता है। स्वैच्छिक एचआईवी काउंसलिंग और जाँच फिलहाल सब-सहारा अफ्रीका के एक छोटे प्रतिशत तक ही उपलब्ध है, इसे भी बढ़ाया जाना चाहिए।

**देखभाल व इलाज के प्रति विवेकपूर्ण दृष्टिकोण जरूरी :** एचआईवी/एड्स से पीड़ित व्यक्तियों की देखभाल और चिकित्सा आनेवाले वर्षों में एक बड़ी चुनौती होगी। इसका सामना करने के लिए एक विस्तृत दृष्टिकोण रखना जरूरी है। इसमें प्रभावी देखभाल, चिकित्सा, दवाओं व एंटीरेट्रोवायरल थैरेपी तक सबकी बराबर पहुँच होनी चाहिए।

औद्योगीकृत देशों में कभी-कभार होनेवाले संक्रमणों की रोकथाम और एचआईवी संक्रमण से लिए एंटीरेट्रोवायरल थैरेपी में विकास ने एड्स प्रभावित लोगों की जिन्दगी बदल दी है। एचआईवी/एड्स एक दीर्घस्थायी स्थिति के रूप में देखी जाती है और नई दवाओं ने प्रभावित लोगों के स्वास्थ्य में सुधार लाकर उन्हें सामान्य जीवन बिताने में मदद की है। बहरहाल काम्बिनेशन थैरेपी एचआईवी/एड्स से बचाव नहीं करता और इसके दीर्घकालीन प्रभाव अभी ज्ञात नहीं है।

जहाँ उच्च आय वर्गवाले देशों में मेडिकल केयर एचआईवी प्रभावित लोगों की जिन्दगी बढ़ा रहा है, अब जरूरत है कि विकासशील देशों में चिकित्सा व देखभाल की सुविधाओं का विस्तार किया जाए। ब्राजील जैसे कुछ देशों ने प्रभावी कार्यक्रम विकसित किए हैं जिनमें स्वैच्छिक काउंसलिंग व जाँच, मनो-सामाजिक सहयोग और स्वास्थ्य व्यवस्था में सुधार शामिल हैं। हालाँकि ये कार्यक्रम सभी जरूरतमंद लोगों तक उपलब्ध नहीं हैं लेकिन ये विस्तार के लिए अच्छे नमूने हैं। अधिक विकासशील देश अन्तर्राष्ट्रीय सहयोग से रणनीतिक योजनाएँ विकसित कर रहे हैं। घरेलू और सामुदायिक देखभाल, विशेषकर अफ्रीका में एड्स चिकित्सा के महत्त्वपूर्ण अंग के रूप में विकसित हो रहा है।

स्वास्थ्य व्यवस्था मजबूत करने के साथ ही दवाइयों की कीमत कम होना भी एक बड़ी चुनौती है जिससे हर वर्ग तक उनकी पहुँच हो सके। इस दिशा में कुछ प्रयास हो रहे हैं। कई शोध और विकास आधारित फार्मास्युटिकल कम्पनियाँ साझेदारी द्वारा कीमतें कम करने का प्रयास कर रही हैं। एड्स चिकित्सा तक सबकी पहुँच सुनिश्चित करने के लिए कीमतों, वित्तीय नीतियों, व्यापार नीति और स्वास्थ्य सुविधाओं के बीच नजदीकी सम्बन्ध होना जरूरी है।

**सफलता के लिए सामुदायिक प्रयास :** समुदाय केन्द्रित प्रभावी प्रयास समुदाय को निर्णय लेने में सक्षम बनाते हैं और उन निर्णयों पर अमल करने में सहयोग करते हैं। समुदाय के नेता जिन्हें सम्पूर्ण जानकारी होती है, वे अपने समुदाय में रिस्क फैक्टर का विश्लेषण करने में सफल होते हैं। इस आधार पर क्षेत्रीय कार्यकर्ता उन तत्त्वों पर विचार-विमर्श करके उसी अनुसार कदम उठाने में मदद करते हैं। सामुदायिक स्तर पर सफल रणनीतियों के लिए सामाजिक समूहों, सरकारी सेवाओं, गैर-सरकारी संगठनों, प्रभावित लोगों, समुदाय आधारित समूहों और धार्मिक संगठनों के बीच भागीदारी का विकास आवश्यक है।

**युवावर्ग को मजबूत बनाना आवश्यक :** एक प्रभावी कार्यक्रम के लिए युवाओं पर विशेष फोकस होना जरूरी है। सेक्सुअली सक्रिय किशोरों को परिवार नियोजन सूचना काउंसलिंग व स्वास्थ्य सेवाओं के साथ यौन रोगों के इलाज व एचआईवी/एड्स से बचाव के बारे में जानना चाहिए। इस सम्बन्ध में जानकारी व सेवाएँ प्रदान करने के लिए उच्च राजनीतिक स्तर पर प्रयास होने चाहिए। एचआईवी प्रभावित लोगों को भेदभाव से बचाने के लिए कानून बनाया जाना चाहिए।

एड्स से सम्बन्धित कलंक से संघर्ष के लिए नए स्तर पर प्रयास शुरू होना चाहिए। इसका एक अच्छा तरीका है एड्स को 'मानवीय आधार' देना। इसके लिए प्रभावित लोगों को शामिल किया जाना आवश्यक है। दिसम्बर, 1994 को पेरिस एड्स सम्मेलन में इस प्रकार का एक सिद्धान्त लांच किया गया, एचआईवी से प्रत्यक्ष या अप्रत्यक्ष रूप से प्रभावित लोगों को कार्यक्रमों में शामिल करके भेदभाव जैसी कठिनाइयों से लड़ने का निर्णय लिया गया। हालाँकि महामारी की जटिलता सभी उम्मीदों से अधिक हो गई है लेकिन यह स्पष्ट है कि इसके मूल तत्त्व एक-दूसरे से सम्बद्ध हैं और प्रभावी रोकथाम के लिए उन पर नियन्त्रण किया जाना जरूरी है। एचआईवी संक्रमण कुछ विशिष्ट रिस्कों (खतरों) से जुड़ा हुआ है जिसमें व्यवहार और परिस्थिति सम्बन्धी खतरे एचआईवी संवेदनशीलता को बढ़ाते हैं। इनके चपेट में कुछ वर्ग जल्दी आ जाते हैं **जैसे प्रवासी लोग या गरीब महिलाएँ**। अनुभवों से पता चलता है कि दीर्घकालीन और प्रभावी कार्यक्रम के लिए रिस्क, संवेदनशीलता और प्रभाव, इन सभी तत्त्वों पर ध्यान दिया जाना चाहिए। संक्रमण का खतरा कम होने से महामारी की गति धीमी हो जाती है। संवेदनशीलता कम करने से संक्रमण और रोग के प्रभाव का खतरा कम होता है और रोग का प्रभाव कम करने से एचआईवी/एड्स के प्रति संवेदनशीलता कम होती है।

अलग-अलग परिस्थितियों में इन तीन तत्त्वों के बीच अलग-अलग सन्तुलन और अलग-अलग फोकस की आवश्यकता होती है। कई देशों में राष्ट्रीय रणनीतिक योजना प्रक्रियाओं ने केन्द्र व स्थानीय सरकारों, गैर-सरकारी संगठनों, समुदायों और अन्तर्राष्ट्रीय भागीदारों को रणनीतियाँ बनाने के लिए प्रोत्साहित किया है। क्षेत्रीय और उपक्षेत्रीय रणनीतियों ने राष्ट्रीय प्रयासों को मजबूती दी है। कम प्रचलन लेकिन बढ़ते संक्रमणवाले क्षेत्रों और उच्च प्रचलनवाले क्षेत्रों पर प्राथमिकता से ध्यान दिया जाना चाहिए।

**कार्यक्रमों के विस्तार में चुनौतियाँ :** सरकारों को इन सात महत्त्वपूर्ण चुनौतियों पर ध्यान केन्द्रित करना चाहिए :

1. प्रभावी नेतृत्व और समन्वय की चुनौती।
2. महामारी के सामाजिक और आर्थिक प्रभावों को कम करने की चुनौती।
3. कुछ विशिष्ट सामाजिक समूहों की एचआईवी संक्रमण के प्रति संवेदनशीलता कम करने की चुनौती।
4. एचआईवी संक्रमण से बचाव के लिए स्वीकृत लक्ष्यों को हासिल करने की चुनौती।
5. एचआईवी/एड्स से संक्रमित और प्रभावित लोगों की देखभाल और सहयोग सुनिश्चित करने की चुनौती।
6. प्रासंगिक और प्रभावी अन्तर्राष्ट्रीय जन सुविधाओं को विकसित करने की चुनौती।
7. वित्तीय संसाधनों को एकत्र करने की चुनौती।

**नेतृत्व और समन्वय :** एड्स को शासन और नेतृत्व के संक्रमण-काल के रूप में पेश किया जाता है। प्रभावी प्रयासों के लिए नेतृत्व बहुत महत्त्व रखता है। यदि महामारी को पूरे समाज के लिए स्पष्ट और राष्ट्रीय प्रयासों को सुदृढ़ करना है तो प्रभावी नेतृत्व का विकास आवश्यक है। रोग से जुड़े कलंक से बचने, सभी क्षेत्रों की पूरी प्रतिबद्धता, समर्पण और उत्तरदायित्व सुनिश्चित करने और प्रयासों के बिखराव से बचने के लिए यह आवश्यक है। मजबूत राजनीतिक नेतृत्व की रूपरेखा के अन्दर समाज के विभिन्न क्षेत्रों की प्रतिबद्धता ही महामारी से निपटने के लिए प्रभावी प्रयास सुनिश्चित कर सकती है।

**सामाजिक और आर्थिक प्रभाव कम करना :** एड्स के प्रभावों की व्यापकता एक व्यापक, बहुक्षेत्रीय प्रयास की जरूरत दर्शाता है। कई देशों में एड्स ने महत्त्वपूर्ण सामाजिक और आर्थिक क्षेत्रों की क्षमताओं को नुकसान पहुँचाया है। एचआईवी/एड्स के नकारात्मक प्रभाव **श्रम शक्ति, शिक्षा के क्षेत्र, स्वास्थ्य क्षेत्र और कृषि पर पड़े हैं।** महामारी के प्रभावों को कम करने के लिए गरीबी कम करने के प्रयास, आधारभूत संरचना का विकास और शिक्षा व स्वास्थ्य के क्षेत्र में विकास जरूरी है।

**संवेदनशीलता कम करना :** एचआईवी/एड्स के खतरे कम करने और सामाजिक व आर्थिक संवेदनशीलता कम करने के लिए प्रभावी प्रयासों की आवश्यकता है। सामाजिक, आर्थिक व राजनीतिक रणनीतियाँ, जानकारी व आवश्यक सेवाओं की उपलब्धता का विस्तार करके और अनुकूल कानूनी व सामाजिक नियमों के निर्माण से इस दिशा में सफलता प्राप्त कर सकते हैं।

**बचाव :** एड्स का प्रसार सीमित करने के लिए बचाव प्रयासों को विस्तार देना महत्त्वपूर्ण है। युवावर्ग पर ध्यान केन्द्रित करके भविष्य में प्रभावों को कम किया जा सकता है। एचआईवी/एड्स से पीड़ित लोगों में 30 प्रतिशत लोग 25 वर्ष से कम उम्र के युवा हैं। सुरक्षा के लक्ष्य में सुरक्षात्मक उपायों जैसे स्वास्थ्य और सेक्स शिक्षा का विस्तार, स्त्री व पुरुष कंडोमों की पूर्ति बढ़ाना और अन्य सुविधाओं का विस्तार है।

**देखभाल और सहयोग :** एचआईवी संक्रमण से सुरक्षा के लिए उससे प्रभावित लोगों की देखभाल और सहयोग बहुत आवश्यक है। सरकारों को सुनिश्चित करना चाहिए कि एचआईवी/एड्स से संक्रमित और प्रभावित लोगों तक स्वास्थ्य सुविधाएँ पहुँचे। इसके लिए विस्तृत दृष्टिकोण रखना होगा जिसमें एचआईवी से प्रभावित व्यक्तियों, परिवारों और समुदायों के लिए पर्याप्त सुविधाएँ, स्वैच्छिक काउंसलिंग व जाँच, जरूरी कानूनी शैक्षिक व सामाजिक सेवाएँ, मनो-सामाजिक समर्थन और एचआईवी के कारण अनाथ हुए बच्चों की देखभाल सम्मिलित होगी।

बीच-बीच में होनेवाले संक्रमणों की रोकथाम और प्रभावी एंटीरेट्रोवायरल थैरेपी से

एचआईवी के सामाजिक और आर्थिक प्रभाव कम हुए हैं। बहरहाल इन चिकित्सा सुविधाओं की उपलब्धता असमान है और विकासशील देशों में लोग पर्याप्त देखरेख के अभाव में मर रहे हैं। चिकित्सा सुविधाओं की इस असमानता को कम किया जाना चाहिए। दवाइयों की कीमतों में कमी, सप्लायर्स के बीच प्रतियोगिता, क्षेत्रीय प्रयासों आदि द्वारा इस चुनौती का सामना किया जा सकता है।

**अन्तर्राष्ट्रीय जन सुविधाएँ :** अन्तर्राष्ट्रीय शोध और विकास का एक केन्द्रीय लक्ष्य एचआईवी के लिए माइक्रोनाइसाइड और टीके विकसित करना होना चाहिए। वर्तमान जानकारी का प्रभावी ढंग से इस्तेमाल करके या अनसुलझी समस्याओं पर ध्यान केन्द्रित करके नई एचआईवी दवाओं के विकास और उनकी पहुँच सुनिश्चित करने की दिशा में प्रयास होना चाहिए। महिलाओं द्वारा नियन्त्रित गर्भ निरोधक उपायों को विकसित करने पर भी ध्यान दिया जाना चाहिए।

**स्रोत :** सरकारों के लिए प्राथमिक चुनौती है—उपलब्ध स्रोतों को एचआईवी के नियन्त्रण के लिए एकत्र करना। इस महामारी का सामना करने के लिए अधिकाधिक स्रोतों की आवश्यकता होगी। जरूरी आधारभूत संरचना व प्रशिक्षण, सामाजिक व आर्थिक प्रभाव कम करने, सुरक्षा कार्यक्रमों के विस्तार और दवाइयों तक पहुँच बढ़ाने के लिए विभिन्न स्रोतों की जरूरत है। राष्ट्रीय बजटों में एचआईवी सुरक्षा की हिस्सेदारी के लिए यह सुनिश्चित करना होगा कि विकास योजनाओं की मुख्यधारा में एचआईवी को प्राथमिकता दी जाए। गरीबी कम करने की योजनाओं, सार्वजनिक निवेश और वार्षिक बजट प्रक्रियाओं में एचआईवी सम्मिलित होना चाहिए।

## *UNITED NATIONS SYSTEM RESPONSE*

**यूनाइटेड नेशंस चिल्ड्रेंस फंड :** यूनिसेफ ने निम्नलिखित प्राथमिकताएँ तय की हैं :

1. यह सुनिश्चित किया जाए कि सभी युवा एचआईवी और उससे बचाव के तरीकों के बारे में जानें।
2. अभिभावक से बच्चे को होनेवाले संक्रमण को रोकने के लिए उपायों का विस्तार आवश्यक है। एंटीरेट्रोवायरल थैरेपी के इस्तेमाल, दुग्धपान, स्वैच्छिक, काउंसलिंग व जाँच, एचआईवी से प्रभावित महिलाओं को भेदभाव व कलंक से बचाने के सम्बन्ध में स्पष्ट दिशा-निर्देश होने चाहिए।
3. अनाथ और एचआईवी के प्रति संवेदनशील बच्चों की देखरेख के लिए कार्यक्रम बनाना। इस सम्बन्ध में विकास के लिए स्कूलों को शामिल किया जाना जरूरी है।
4. लड़ाई और आपातकाल की स्थिति में युवाओं व महिलाओं की एचआईवी से

सुरक्षा।

5. एड्स प्रभावित यूनिसेफ के सदस्यों का सहयोग।

यूनिसेफ ने अपने राष्ट्र और विश्वस्तरीय कार्यक्रमों में इन प्राथमिकताओं को शामिल किया है।

**संयुक्त राष्ट्र विकास कार्यक्रम :** एचआईवी/एड्स संयुक्त राष्ट्र विकास कार्यक्रम की प्रमुख प्राथमिकताओं में से एक है। इसका काम विभिन्न देशों में इस महामारी से लड़ने की चुनौती में मदद करना है। यह अपना ध्यान चार क्षेत्रों में केन्द्रित करता है :

1. सभी स्तरों के नेतृत्व, राजनीतिक प्रतिबद्धता और संस्थाओं व कार्यकर्ताओं का स्वास्थ्य क्षेत्रों की ओर ध्यान दिलाना।
2. देशों को महामारी के खिलाफ योजनाएँ बनाने और उन्हें लागू करने की क्षमता विकसित करने में मदद करना। गरीबी नियन्त्रण रणनीतियों और सुरक्षा कार्यक्रमों के लिए स्रोतों के बँटवारे में एचआईवी को सम्मिलित करना।
3. मानवाधिकार रूपरेखा को बढ़ावा देना।
4. बुरी तरह प्रभावित देशों में मानव विकास, शासन तन्त्र की स्थापना और आवश्यक सेवाएँ उपलब्ध कराने में विशेष सहयोग करना।

**संयुक्त राष्ट्र जनसंख्या कोश : UNFPA** की प्राथमिकताओं में एचआईवी सहित अन्य यौन संक्रमणों से बचाव एक आवश्यक तत्त्व है। यह राष्ट्र स्तर पर संयुक्त राष्ट्र सहयोगियों, अन्तर्राष्ट्रीय एजेंसियों और राष्ट्रीय सहयोगियों के साथ मिलकर यौन संक्रमणों और एचआईवी/एड्स से बचाव के लिए मदद उपलब्ध कराता है। इस सहयोग में परामर्श, सुरक्षित सेक्स की शिक्षा व जानकारी, स्वैच्छिक काउंसलिंग व जाँच, कंडोम का इस्तेमाल विकसित करना आदि शामिल है। UNFPA के राष्ट्रीय, क्षेत्रीय व विश्वस्तरीय कार्यक्रमों में युवाओं व किशोरों पर विशेष ध्यान दिया गया है। किशोरों को इस बारे में पर्याप्त जानकारी होनी चाहिए ताकि वे जीवन में सही निर्णय और चयन कर सकें।

**संयुक्त राष्ट्र शैक्षिक, वैज्ञानिक व सांस्कृतिक संगठन (यूनेस्को) :** यूनेस्को की गतिविधियाँ शिक्षा, बेसिक रिसर्च, सामाजिक व मानव विज्ञान, मानवाधिकार, जन सूचना और जागरूकता कार्यक्रमों की ओर केन्द्रित है। उसकी प्राथमिकताओं में एचआईवी संक्रमण से बचाव के लिए शैक्षिक रणनीतियाँ विकसित करना है खासतौर पर स्कूल छात्राओं के लिए। यह अनाथों और गरीब बच्चों के लिए कार्यक्रम आयोजित करती है। युवाओं को नशीले पदार्थों से बचाव के लिए प्रोत्साहित करती है और यह सुनिश्चित करती है कि एचआईवी प्रभावित समूह शोध प्रयासों और सुरक्षा उपायों से लाभ पा सकें। यूनेस्को

के कार्यों में शामिल है जानकारी व वैज्ञानिक शोध को हस्तान्तरित करना ताकि हर जगह चिकित्सा सुविधाएँ उपलब्ध हो सकें। एचआईवी/एड्स से सुरक्षा व देखरेख के लिए सामाजिक-सांस्कृतिक दृष्टिकोण विकसित करना भी यूनेस्को की गतिविधियों में सम्मिलित है।

**यूनाइटेड नेशंस ड्रग कंट्रोल प्रोग्राम :** एचआईवी/एड्स से सम्बन्धित UNDCP के लक्ष्य हैं नशीले पदार्थों द्वारा महामारी के फैलाव से बचाव, कानून विकसित करना और सामाजिक कल्याण और स्वास्थ्य नीतियों से इस मुद्दे को शामिल करना। UNDCP ने मध्य एशिया के पाँच देशों में परियोजनाओं के विकास को प्रोत्साहित किया है ताकि नीति निर्माण, योजनाओं और यौन रोगों व एचआईवी/एड्स के प्रबन्धन की उनकी क्षमताएँ मजबूत हो सकें। UNDCP विभिन्न क्षेत्रों में नशीली वस्तुओं की माँग में कमी और सुई द्वारा एचआईवी का प्रसार रोकने के लिए कार्यक्रम व नीतियाँ लागू करने में मदद करता है।

**विश्व स्वास्थ्य संगठन :** WHO अपने सदस्य देशों के प्रयासों का समर्थन तीव्र कर रहा है। इसकी प्राथमिकताओं में देशों द्वारा किए जा रहे इन कार्यों में सहयोग करना है—यौन संक्रमणों से बचाव, स्वैच्छिक काउंसलिंग व जाँच उपलब्ध करना, माँ से बच्चे को होने वाले संक्रमण से बचाव, एचआईवी/एड्स से प्रभावित लोगों की देखरेख व समर्थन सुनिश्चित करना। अधिक खतरे और संवेदनशीलता वाले वर्ग की ओर विशेष ध्यान दिया जाता है जिनमें (सेक्स वर्कर) और सुई द्वारा नशा करनेवाले आते हैं। **युवाओं की जरूरतों को महत्त्व दिया जाता है** और स्वास्थ्य व्यवस्था पर एचआईवी के प्रभाव को कम करने पर विशेष ध्यान दिया जाता है। एचआईवी के प्रभाव को कम करने पर विशेष ध्यान दिया जाता है। एचआईवी या एड्स पर उच्च स्तर के शोधों को सहयोग देना, कार्यक्रम विकास के लिए तकनीकी सहयोग उपलब्ध कराना भी WHO की प्राथमिकताओं में शामिल हैं। WHO एचआईवी/एड्स **और यौन रोगों से संघर्ष के लिए एक विश्वस्तरीय स्वास्थ्य रणनीति विकसित कर रहा है।** इस प्रक्रिया में सरकारों, और गैर-सरकारी संगठनों, WHO के क्षेत्रीय कार्यालयों और राष्ट्रीय प्रतिनिधियों, सहयोगी केन्द्रों और विशेषज्ञों से व्यापक विचार-विमर्श किया जाता है। विश्वस्तरीय रणनीति तीन मुख्य मुद्दों पर आधारित है—एचआईवी संक्रमण के खतरे को कम करना, एचआईवी संक्रमण के प्रति लोगों की संवेदनशीलता घटाना और लोगों के जीवन व विकास पर एड्स के सम्पूर्ण प्रभाव को कम करना।

**विश्व बैंक :** विश्व बैंक ने एचआईवी/एड्स को विश्लेषण और कार्य दोनों लिहाज से एक प्रमुख प्राथमिकता बताया है। बैंक ने अप्रैल, 2000 में विश्व-भर के वित्त मन्त्रियों की बैठक के दौरान एच.आई.वी/एड्स को विश्वस्तरीय विकास एजेंडा का केन्द्र बनाया।

उसने एड्स के प्रभावों के आर्थिक विश्लेषण को विस्तार दिया है और यू.एस.एड्स सचिवालय के सहयोग से राष्ट्रीय एड्स कार्यक्रमों की अनुमानित लागत का विश्लेषण किया है। एड्स टीका विकसित करने में भी विश्व बैंक सहयोग दे रहा है और गरीब देशों में एंटीरेट्रोवायरल दवाओं की उपलब्धता सुनिश्चित करने के लिए यू.एन.एड्स की मदद कर रहा है।

बैंक ने एड्स कार्यक्रमों को दिए जानेवाले सहयोग का भी विस्तार किया है। सितम्बर, 2000 में उसने अफ्रीका के लिए बहुराष्ट्रीय कार्यक्रम का पहला चरण शुरू किया। इसमें अफ्रीकी देशों में एड्स कार्यक्रमों और बचाव व इलाज के लिए 500 मिलियन डॉलर की सहायता दी गई। बैंक अब ऐसी ही शुरुआत कैरीबियन में करने की तैयारी कर रहा है। और कई अन्य देशों जैसे ब्राजील, चीन और भारत में एचआईवी/एड्स परियोजनाओं को सहयोग दे रहा है।

**अन्तर्राष्ट्रीय श्रम संगठन** : ILO की प्राथमिकताएँ हैं कार्यस्थल नीतियों का विकास और एचआईवी पर एक विश्वस्तरीय तकनीकी सहयोग कार्यक्रम को लागू करना। कार्यक्रम की प्राथमिकताओं में आय व रोजगार की सुरक्षा, उन्नत जानकारी द्वारा वायरस के खिलाफ गतिविधियाँ मजबूत करना, अन्तर्राष्ट्रीय श्रम मानकों को लागू और स्वीकार करके एचआईवी सम्बन्धी भेदभाव और कलंक को कम करना, सभी स्तर पर ILO कार्यक्रमों में एचआईवी/एड्स के मुद्दे को सम्मिलित करना आदि।

**खाद्य व कृषि संगठन** : FAO कृषि व गाँवों के विकास के लिए अपनी तकनीकी विशेषज्ञता प्रदान करता है और एचआईवी का सामना करने के लिए रणनीतियाँ विकसित करता है जिससे कृषि क्षेत्र पर एचआईवी का प्रभाव सीमित किया जा सके। यह यू.एन.एड्स के साथ बचाव कार्यक्रमों द्वारा जानकारी का प्रसार करेगा। जिसमें एचआईवी संवेदनशीलता, खतरा कम करने और ग्रामीण क्षेत्रों के विकास के बारे में विशेषकर युवाओं और महिलाओं को शिक्षित किया जाएगा।

**मानवाधिकार के लिए संयुक्त राष्ट्र उच्चायोग का कार्यालय** : UNHCR की एचआईवी सम्बन्धी प्राथमिकताओं में रिफ्यूजियों के लिए एचआईवी/एड्स व यौन रोगों से सुरक्षा कार्यक्रमों को मजबूती देना और सुरक्षा कार्यक्रमों के लिए UNHCR के स्टाफ व भागीदारों की क्षमता में वृद्धि करना। इसके प्राथमिक भौगोलिक क्षेत्र हैं 'ग्रेट लेक्स' क्षेत्र और पश्चिम अफ्रीका।

**सामाजिक विकास के लिए संयुक्त राष्ट्र शोध संस्थान** : एचआईवी/एड्स की गम्भीरता को देखते हुए UNRISI ने प्रसिद्ध शोधकर्ताओं का नेटवर्क बनाने की शुरुआत की है ताकि इस दिशा में आगे भी गम्भीर प्रयास किए जा सकें। इस क्षेत्र में संस्थान का लक्ष्य

है एड्स के बारे में नई जानकारी उत्पन्न करना, साथ ही उसका सामना करने के लिए विशिष्ट समुदायों की क्षमता बढ़ाना।

**संयुक्त राष्ट्र स्वयंसेवक :** UNV का इस क्षेत्र में केन्द्रीय लक्ष्य है एड्स से सुरक्षा व नियन्त्रण के लिए समुदाय केन्द्रित क्षेत्रीय प्रयासों को मजबूत करना। साथ ही संयुक्त राष्ट्र स्वयंसेवक एचआईवी से सम्बन्धित जानकारी का प्रसार और प्रशिक्षण व सामान्य हेल्थ केयर उपलब्ध करवाकर एड्स के सामाजिक-आर्थिक प्रभावों को कम करने का प्रयास करते हैं। यू.एन.एड्स सविचालय और UNDP के साथ UNV ने एक परियोजना शुरू की है। इसमें एचआईवी से प्रभावित लोगों को राष्ट्रीय संयुक्त राष्ट्र स्वयंसेवकों के रूप में उनके अपने समुदायों में कार्य करने को प्रेरित किया जाता है। इसके प्राथमिक क्षेत्र हैं—अफ्रीका, एशिया और प्रशान्त महासागर क्षेत्र।

**विश्व खाद्य कार्यक्रम :** WFP ने अपने सभी विकास और आपातकालीन कार्यक्रमों में एचआईवी/एड्स का मुद्दा शामिल किया है। यह केन्द्रीय स्तर पर सभी वर्तमान और नए कार्यक्रमों में एचआईवी को समाहित करने के लिए रणनीतियाँ और दिशानिर्देश विकसित कर रहा है। फील्ड स्तर पर इसके कार्यक्रमों में अनाथ परिवारों के लिए स्कूलों व घर में राशन की व्यवस्था, थैरेपी प्राप्त कर रहे टी.बी. मरीजों के लिए खाद्य सामग्री और गरीब व अनाथ बच्चों के लिए व्यावसायिक या कृषि सम्बन्धी प्रशिक्षण है। यह ठेके पर काम करनेवाले ट्रांसपोर्ट वर्करों के लिए एचआईवी शिक्षा और रिस्क कम करने के कार्यक्रमों को सहयोग देता है।

**महिलाओं के लिए संयुक्त राष्ट्र विकास कोश :** UNIFEM ने लिंग सम्बन्धी विषमताओं को देखते हुए लिंग, मानवाधिकार और एचआईवी/एड्स पर अपना कार्य विस्तृत किया है। संगठन की तीन प्राथमिकताएँ हैं—महिलाओं के आर्थिक अधिकारों को मजबूत करना, शासन और नेतृत्व को बढ़ावा देना और महिलाओं के अधिकारों का समर्थन करना।

**संयुक्त राष्ट्र औद्योगिक विकास संगठन :** UNIDO शहरी और ग्रामीण जीवन पर एचआईवी/एड्स के विनाशकारी प्रभावों को निरस्त करने के प्रयास में जुटी है। एड्स कार्यक्रमों में निजी क्षेत्रों, व्यावसायिक समुदाय को शामिल करने के लिए प्रयास किए जा रहे हैं। साथ ही एड्स सम्बन्धी स्वास्थ्य उत्पादों के निर्माण फार्मास्युटिकल शोध और दक्षिणी अफ्रीका व अन्य क्षेत्रों में एड्स कार्यक्रमों के विकास के लिए क्षमता विकसित करने के लिए तकनीकी सहयोग कार्यक्रम चलाए जाएँगे।

**रेसीडेंट कोआर्डिनेटर सिस्टम :** रेसीडेंट कोआर्डिनेटर सिस्टम UNDAF की गतिविधियों

के लिए जिम्मेदार होता है जिसमें संयुक्त राष्ट्र के थीम ग्रुप महत्त्वपूर्ण भूमिका निभाते हैं। एचआईवी/एड्स के लिए थीम ग्रुप एचआईवी प्रभावित देशों के समर्थन में संयुक्त राष्ट्र को एक मंच पर लाते हैं। वे समन्वय, सहयोग और भागीदारी बनाने, संयुक्त नीतियों व रणनीतिक निर्णय लेने और संयुक्त योजनाओं में मदद करते हैं। एचआईवी/एड्स पर थीम समूहों का विस्तार किया गया है ताकि भागीदारों के बीच बातचीत और नेटवर्क को सहज बनाकर राष्ट्रीय प्रयासों को सहयोग दिया जा सके। इसकी सदस्यता में सरकारों, सिविल सोसायटी समूहों, गैर सरकारी संगठनों और द्विपक्षीय ऋणदाताओं को सम्मिलित किया गया है। एचआईवी/एड्स से प्रभावित लोगों को भी सदस्य बनाया गया है।

**संयुक्त राष्ट्र सचिवालय (United Nations Secretariat) :** संयुक्त राष्ट्र सचिवालय के विभिन्न अंग एड्स सम्बन्धी विभिन्न गतिविधियों को संचालित करते हैं।

**वर्ल्ड इंटेलेक्चुअल प्रोपर्टी आर्गेनाइजेशन :** यह संगठन एचआईवी/एड्स के इलाज के लिए फार्मास्युटिकल उत्पादों के पेटेंट सम्बन्धी मुद्दों का ध्यान रखता है। यह कानूनी सलाह, मानव संसाधन और ढाँचागत विकास उपलब्ध कराता है ताकि स्वास्थ्य सुविधाओं की पहुँच सुनिश्चित की जा सके।

**यूनाइटेड नेशंस रिलीफ एंड वर्क्स एजेंसी फॉर पेलेस्टाइन रिफ्यूजीज इन द नियर ईस्ट :** UNRWA की वर्तमान प्राथमिकताओं में संवेदनशील समूहों को शिक्षित करना, व्यावसायिक प्रशिक्षण केन्द्र और महिला कार्यकेन्द्र शामिल हैं। यौन रोगों और एचआईवी/एड्स के नियन्त्रण के लिए स्वास्थ्यकर्मियों को प्रशिक्षित किया जाता है और शिक्षकों व विद्यार्थियों के लिए शैक्षिक सामानों का उत्पादन किया जाता है। मेजबान देशों और जॉर्डन, सीरियन अरब रिपब्लिक, लेबनान, फिलिस्तीन के क्षेत्रों की राष्ट्रीय एड्स समितियों में UNRWA का प्रतिनिधित्व है।

**वर्ल्ड टूरिज्म आर्गेनाइजेशन :** यह संगठन पर्यटन सम्बन्धी नीतियों और मुद्दों पर विश्वस्तरीय मंच के रूप में है। यह सेक्स टूरिज्म विशेषकर चाइल्ड सेक्स के खिलाफ अन्तर्राष्ट्रीय अभियान चलाता है।

**एचआईवी/एड्स पर संगठित संयुक्त राष्ट्र कार्यक्रम :** यह सात संयुक्त राष्ट्र अंगों को एड्स के खिलाफ संघर्ष में एक साथ लाता है–UNICEF, UNDP, UNFPA, UNDCP, UNESCO,WHO और विश्व बैंक।

# परिशिष्ट-'घ'

**संयुक्त राष्ट्र एचआईवी/एड्स पर विशेष सत्र**
**वैश्विक संकट/वैश्विक कार्यक्रम**
**25-27 जून, 2001, न्यूयार्क**

एचआईवी/एड्स पर विश्वस्तरीय नेतृत्व की रूपरेखा 1998 से बननी शुरू हुई। इस प्रक्रिया में संयुक्त राष्ट्र के कार्यालयों, राष्ट्रीय सरकारों और प्रत्येक क्षेत्र में द्विपक्षीय सहयोगियों के बीच विचार-विमर्श शामिल था। इसमें **गैर-सरकारी संगठनों और धार्मिक संस्थानों को भी शामिल किया गया था।** एड्स पर व्यापक नेतृत्व की यह रूपरेखा इस महामारी के प्रति विश्वस्तरीय प्रतिक्रिया और लामबन्दी की आवश्यकता को तर्क प्रदान करती है। यह नेतृत्व कुछ मार्गदर्शक सिद्धान्त स्थापित करता है और विश्व, राष्ट्र व समुदाय स्तर पर इन्हें अपनाये जाने के लिए प्रेरित करता है। यह भिन्न स्तरों पर सक्रिय संगठनों को आवश्यक प्राथमिकताओं पर जोर देने और एक-दूसरे की रणनीतियों से मेल बिठाने के लिए प्रोत्साहित करता है ताकि प्रतिक्रिया को अधिक शक्तिशाली बनाया जा सके।

दिसम्बर, 2000 में UN AIDS प्रोग्राम कोआर्डिनेटिंग बोर्ड (PCB) (जिसमें सदस्य देश, गैर-सरकारी संगठन और संयुक्त राष्ट्र के प्रतिनिधि शामिल थे) ने एड्स पर विश्वस्तरीय नेतृत्व की रूपरेखा की पुष्टि की और कहा कि उसके मार्गदर्शक सिद्धान्त और प्रतिबद्धता को व्यापक तौर पर लागू किया जा सकता है तथा इन्हें तेजी से राष्ट्र स्तर पर सक्रिय किया जाना चाहिए। इसने सदस्य देशों को सामान्य लक्ष्यों के विस्तार और उच्च स्तर पर विशेष प्रतिबद्धताओं को सूत्रबद्ध करने को प्रोत्साहित किया। बोर्ड ने कहा कि UN AIDS इस रूपरेखा का व्यापक विस्तार सुनिश्चित करेगा और विभिन्न भाषाओं के माध्यम से और देशों के सहयोग से इसके विकास को प्रोत्साहित करेगा।

यू.एन. सिस्टम स्ट्रेटेजिक प्लान (UNSSP), एड्स पर संयुक्त राष्ट्र की प्रतिक्रिया को पाँच वर्ष की अवधि के लिए निर्देशित करता है। वर्तमान अवधि 2001-2005 की है। यह राष्ट्रीय प्रयासों के समर्थन में संयुक्त राष्ट्र सिस्टम के प्रमुख कार्यों की पहचान करता है और हिस्सेदार संगठनों की पहुँच और प्राथमिकताओं की व्याख्या करता है।

योजना अवधि के दौरान यूनाइटेड नेशंस जेनरल असेम्बली स्पेशल सेशन (UNGASS) के लक्ष्यों और उद्देश्यों पर प्रमुखता से ध्यान दिया जाएगा।

UNSSP में उल्लिखित रणनीतिक उद्देश्यों में स्वतन्त्र यू.एन. एजेंसी से लेकर सम्पूर्ण यू.एन. सिस्टम के कार्य शामिल हैं जो कि राष्ट्रीय सरकारों और अन्य सहयोगियों की लक्ष्य प्राप्ति में मदद करता है। इंटरएजेंसी एडवाइजरी ग्रुप (IAAG) के द्वारा UNSSP की रूपरेखा और प्रक्रिया को अन्तिम रूप दिया गया और 29 संयुक्त राष्ट्र व्यवस्था संगठनों ने अलग-अलग योजनाओं और रणनीतियों के विकास द्वारा अपना योगदान दिया। इन एजेंसियों ने योजना काल के दौरान अपना निवेश, प्रभाव और विश्वसनीयता बढ़ाने के लिए प्रतिबद्धता प्रकट की है।

## *युवाओं के लिए लक्ष्य*

युवा वर्ग के लिए एचआईवी से बचाव के लिए अन्तर्राष्ट्रीय रूप से मान्य एक लक्ष्य रखा गया। जुलाई '99 में यूनाइटेड नेशंस जेनरल एसेम्बली के 21वें विशेष अधिवेशन में इस लक्ष्य को स्वीकार किया गया जिसमें निम्नलिखित बातें थीं :

'सरकारें यह सुनिश्चित करेंगी कि 2005 तक 90 प्रतिशत और 2010 तक 95 प्रतिशत युवा स्त्री-पुरुष एचआईवी इन्फेक्शन से बचाव के लिए आवश्यक जानकारियों से युक्त होंगे। बचाव के तरीकों तक उनकी पहुँच होगी जैसे महिला व पुरुष कंडोम, स्वैच्छिक जाँच, परामर्श इत्यादि। सरकारें यह लक्ष्य सुनिश्चित करेंगी कि 2005 तक 15 से 24 आयुवर्ग में एचआईवी इन्फेक्शन स्तर में कमी आए, अधिक प्रभावित देशों में यह दर 2005 तक 25 प्रतिशत कम होनी चाहिए और विश्वस्तर पर 2010 तक इस आयुवर्ग में 25 प्रतिशत संक्रमण दर में कमी आनी चाहिए।

प्रतिबद्ध देशों में एचआईवी संक्रमण दर में कमी आई है लेकिन कई देश अभी इस रोग के आरम्भिक चरण में हैं। वहाँ एचआईवी इन्फेक्शन और विस्तार की संख्या बढ़ रही है, इसलिए वहाँ 2005 तक इस लक्ष्य को प्राप्त करना मुश्किल होगा। बुरी तरह प्रभावित देशों में अगर प्रभावी कार्यक्रम तुरन्त लागू किए जाएँ तो 25 प्रतिशत की कमी लाना सम्भव होगा। विश्व स्तर पर भी इस लक्ष्य को 2010 तक हासिल किया जा सकता है।

अन्तर्राष्ट्रीय लक्ष्यों को हासिल करने में सबसे बड़ी चुनौती एचआईवी से बच्चों और युवावर्ग की सुरक्षा है। **हर वर्ष जितने एचआईवी इन्फेक्शन के नए मामले उभरते हैं, उनमें से आधी संख्या 24 से कम आयुवर्ग के लोगों की है। इसका प्रमुख कारण है बच्चों से यौन सम्बन्धों और ड्रग्स के सम्बन्ध में बात करने से हिचकिचाहट। विश्वस्तर पर 15 से 19 वर्ष की आयु के सिर्फ आधे बच्चे यह जानते हैं कि एचआईवी इन्फेक्शन से स्वयं को कैसे बचाया जाए। अभिभावकों, शिक्षकों** और समुदाय प्रमुखों को अक्सर उन तरीकों की जानकारी नहीं होती जिनके द्वारा वे अपने बच्चों से ऐसे संवेदनशील मुद्दों पर प्रभावी

ढंग से बातचीत कर सकें। सुरक्षा की जानकारी और सेवाएँ सीमित हैं। युवा वर्ग की सामाजिक सुरक्षा और रोजगार सम्बन्धी आवश्यकताओं को सार्वजनिक क्षेत्र बजटों में बहुत कम प्राथमिकता दी जाती है जिसके कारण **युवाओं की क्रयशक्ति कम या बिल्कुल नहीं होती है और वे आवश्यक सेवाओं और वस्तुओं का लाभ नहीं उठा पाते। इसी वजह से ऐसे युवा जिन्हें इन्फेक्शन से बचाव की जानकारी होती है, वे भी अपना बचाव नहीं कर पाते।** जहाँ नीति निर्धारक बच्चों और युवा वर्ग को प्राथमिकता देना चाहते हैं, वहाँ उनकी नीतियों और कार्यक्रमों को समर्थन नहीं मिल पाता और उन नीतियों व कार्यक्रमों को लागू करने के साधनों का अभाव होता है। बच्चों, युवाओं व **गर्भवती महिलाओं** पर कुल निवेश बहुत कम होता है, इसलिए अक्सर ढाँचा ही कमजोर होता है जिस पर प्रभावी कार्य नहीं सम्पादित किए जा सकते हैं। संगत रणनीतियों और प्रभावी सहयोग के अभाव में यह कमजोरी और भी उभरकर सामने आती है।

**हार्म रिडक्शन :** हार्म रिडक्शन यानी खतरा कम करने के कार्यक्रम में ऐसी नीतियाँ और कार्यक्रम शामिल हैं जिनमें ड्रग्स के स्वास्थ्य पर पड़नेवाले प्रभावों और सामाजिक, आर्थिक परिणामों को कम करने का प्रयास किया जाता है। इसमें शामिल हैं–(i) **ड्रग्स के सेवन में कमी या परहेज करना,** (ii) **सुई द्वारा ड्रग्स लेनेवालों को एचआईवी इन्फेक्शन से बचाना,** (iii) **अधिक खतरनाक ड्रग्स के स्थान पर कुछ कम नुकसानदायक ड्रग्स लेना।**

कई देशों में इस बात के पुख्ता सबूत मिले हैं कि हार्म रिडक्शन कार्यक्रम, ड्रग्स का सेवन करनेवालों के बीच एचआईवी इन्फेक्शन रोकने में सफल रहे हैं। प्रभावी हार्म रिडक्शन कार्यक्रम केवल स्टेराइल इंजेक्शनों के प्रयोग तक ही सीमित नहीं हैं बल्कि उसमें ड्रग्स का सेवन करनेवालों में एड्स के प्रति जागरूकता बढ़ाना और उन्हें व उनके यौन सहयोगियों को सही जानकारी उपलब्ध कराना है। साथ ही इन्फेक्शन से बचने के तरीकों, नशा मुक्ति इलाज, गुप्त रोगों का इलाज और अन्य स्वास्थ्य सम्बन्धी सुविधाओं से उन्हें अवगत कराना है। स्वैच्छिक और गोपनीय परामर्श और जाँच की सुविधाएँ भी उन्हें उपलब्ध कराई जानी चाहिए।

## *अनौपचारिक क्षेत्र और कार्यक्षेत्र बचाव कार्यक्रम*

अनौपचारिक क्षेत्र एक प्रकार की आर्थिक इकाई के रूप में है, खासकर शहरी क्षेत्रों में। इसमें रोजगार के अवसर बढ़ाने और मूल आमदनी में वृद्धि करने पर ध्यान दिया जाता है। रोजगार के क्षेत्र में इस सेक्टर की हिस्सेदारी 30 से 80 प्रतिशत है। एशिया में यह शहरी श्रम शक्ति का 40 से 50 प्रतिशत है। यह श्रम शक्ति पिछड़े इलाकों में रहती है, स्वास्थ्य सुविधाओं से वंचित है, सामाजिक सुरक्षा लाभों का फायदा नहीं उठा पाती और अस्वस्थ वातावरण में कार्य करने को मजबूर है। महिलाएँ, किशोर और बच्चे भी काम करते हैं। कम पूँजी और उच्च प्रतियोगिता के कारण इस क्षेत्र में

कार्यस्थिति अच्छी नहीं है और अच्छी स्वास्थ्य सुविधाएँ शायद ही उपलब्ध हैं। इन स्थितियों के कारण यह विशाल श्रम शक्ति एचआईवी इन्फेक्शन और अन्य रोगों से जल्द ग्रसित हो जाती है।

अनौपचारिक क्षेत्र में एड्स बचाव और सुरक्षा एक गम्भीर चुनौती है क्योंकि इसमें जनसंख्या का एक कठिन पहुँचवाला वर्ग है। इस क्षेत्र में महिलाओं और युवा वर्ग की संख्या अधिक होने से इसमें एड्स नियन्त्रण कार्यक्रम चलाना और भी महत्त्वपूर्ण हो जाता है। प्राथमिक शिक्षा, कार्यदक्षता स्वास्थ्य सुविधाओं, कार्यसुरक्षा आदि के अभाव के साथ-साथ **लिंग सम्बन्धी कारण** भी अतिरिक्त मुश्किलें उत्पन्न करते हैं। साथ ही यह समूह कार्यक्षेत्र में यौन शोषण का भी शिकार है।

### *माता से बच्चे तक वायरस सम्प्रेषण*

15 वर्ष की आयु तक के बच्चों में एचआईवी का मुख्य स्रोत उनकी माँ से उन तक वायरस का पहुँचना है। वर्ष 2000 में ही लगभग 6 लाख नए इन्फेक्शन के मामलों में उन महिलाओं से इन्फेक्शन फैला जिन्हें यह मालूम नहीं था कि वे एचआईवी से ग्रस्त हैं। अधिकतम प्रभावित देशों में माता से शिशु तक एचआईवी संक्रमण 25 से 35 प्रतिशत तक है।

इसके बचाव के लक्ष्य में निम्नलिखित तत्त्वों को शामिल किया गया—गर्भवती महिलाओं में एचआईवी संक्रमण, माता से शिशु संक्रमण के वार्षिक मामले, जन्मपूर्व सुरक्षा सेवाओं तक पहुँच और विस्तार, स्वैच्छिक काउंसलिंग व जाँच, दुग्धपान के विकल्प आदि, गर्भधारण करने योग्य महिलाओं में एचआईवी से सुरक्षा।

यह लक्ष्य इन पूर्वानुमानों पर आधारित है :

* 2005 तक 50 प्रतिशत एचआईवी पॉजिटिव गर्भवती महिलाओं और जिन्हें इन्फेक्शन का अधिक खतरा है, के लिए स्वैच्छिक काउंसलिंग और जाँच सुविधा का विस्तार। 2010 तक 75 फीसदी तक विस्तार।
* 2005 तक 80 फीसदी और 2010 तक लगभग 100 फीसदी एचआईवी पॉजिटिव महिलाओं तक दवाओं की उपलब्धता सुनिश्चित करना।
* अधिक प्रभावित देशों में 2005 तक और विश्व स्तर पर 2010 तक युवा महिलाओं में इन्फेक्शन के प्रचलन में 25 फीसदी कमी।

इस लक्ष्य तक पहुँचने के लिए ये रणनीतियाँ बनाई गईं—गर्भधारण योग्य महिलाओं में एचआईवी वायरस से सुरक्षा के उपाय, उनकी स्वास्थ्य सुविधाओं में वृद्धि, महिलाओं और उनके यौन सहयोगी की स्वैच्छिक काउंसलिंग और जाँच द्वारा अनचाहे गर्भ से बचाव जिसमें परिवार नियोजन सेवाओं की जानकारी दी जाएगी, माँ से बच्चे तक संक्रमण को रोकने के लिए आवश्यक सेवाओं का विस्तार जिनमें आसानी से और कम मूल्य पर उपलब्ध दवाओं की जानकारी शामिल है।

*सावधानी, सहयोग और चिकित्सा*

**तकनीकी सहायता :** तकनीकी सहायता का तात्पर्य है दवाओं को मरीज तक पहुँचने से जुड़े लोगों की योग्यता और बाहरी संरचना। दवाओं का उचित इस्तेमाल सुनिश्चित करने के लिए योग्य प्रिस्क्राइबर की भी आवश्यकता होती है जो मौजूद दवाओं में से सही दवा चुनने में मदद करता है। **साथ ही मरीज को निर्धारित दवा लेने के लिए प्रेरित किया जाना चाहिए।**

**उचित कीमतें :** आवश्यक दवाओं और महत्त्वपूर्ण एचआईवी दवाओं की कीमतें विभिन्न देशों की क्षमता के अन्दर होनी चाहिए ताकि कम औसत आयवाले देश भी इन्हें खरीदने में सक्षम हो सकें।

*देखभाल के प्रकार*

**चिकित्सीय देखभाल :** डॉक्टरों और नर्सों द्वारा दी जानेवाली सेवाओं में दवाएँ और सर्जरी शामिल होती हैं।

**साइकोसोशल (मनोसामाजिक) देखभाल :** इसमें रोग के कारण उपजनेवाली मनोवैज्ञानिक प्रतिक्रियाएँ, जैसे–डिप्रेशन, तनाव आदि और रोग के सामाजिक स्थिति पर पड़नेवाले प्रभाव, जैसे–बेरोजगारी, सामाजिक हीनता आदि शामिल होते हैं। मनोसामाजिक देखभाल अक्सर दोस्तों, परिवार और सामुदायिक सदस्यों द्वारा दी जाती है, बाद में प्रोफेशनलों जैसे मनोवैज्ञानिकों, समाजसेवकों आदि द्वारा भी इस प्रकार की देखभाल की आवश्यकता पड़ती है।

**पेलिएटिव देखभाल :** इसमें शारीरिक या मनोवैज्ञानिक लक्षणों को दबाया या कम गम्भीर बनाया जाता है। यह रोग के सभी स्तरों पर आवश्यक होता है। यह औपचारिक रूप से प्रशिक्षित हेल्थ केयर कर्मियों द्वारा दिया जाता है लेकिन पारिवारिक सदस्यों और सामाजिक संगठनों द्वारा भी बड़े पैमाने पर दिया जाता है। मनोवैज्ञानिक लक्षणों को दबाना एक तरह से मनोसामाजिक देखभाल के अन्तर्गत भी आता है।

## एचआईवी और मानवाधिकार

### अन्तर्राष्ट्रीय निर्देशिका

–मानवाधिकार पर संयुक्त राष्ट्र समिति के सेक्रेटरी जेनरल ने अपनी रिपोर्ट में इन निर्देशक सिद्धान्तों (गाइडलाइंस) के विकास पर बल दिया। उनके अनुसार ऐसे सिद्धान्तों

का विकास, राष्ट्रीय, क्षेत्रीय और अन्तर्राष्ट्रीय स्तरों पर मानवाधिकारों पर विचार-विमर्श के लिए अन्तर्राष्ट्रीय रूपरेखा तैयार करने में मदद करेगा। एचआईवी के क्षेत्र में मानवाधिकारों का प्रयोग दर्शानेवाले इन सिद्धान्तों से सरकारें लाभ उठा सकती हैं, जिनसे उन्हें कानून बनाने और उन्हें लागू करने में मदद मिलेगी।

—मानवाधिकार समिति के 1996 के प्रस्ताव में मानवाधिकार पर संयुक्त राष्ट्र हाई कमिश्नर से अनुरोध किया गया कि एचआईवी के सन्दर्भ में मानवाधिकार सिद्धान्तों के विस्तार के सम्बन्ध में UN AIDS व गैर-सरकारी संगठनों के सहयोग से अपने प्रयास जारी रखें। साथ ही समिति ने इन निर्देशक सिद्धान्तों पर एक रिपोर्ट तैयार करने का अनुरोध किया।

—उपरोक्त अनुरोधों की प्रतिक्रिया में मानवाधिकारों पर संयुक्त राष्ट्र हाई कमिश्नर कार्यालय और एचआईवी/एड्स पर संयुक्त राष्ट्र कार्यक्रम ने 23 से 25 सितम्बर, 1996 तक जेनेवा में एचआईवी पर दूसरा अन्तर्राष्ट्रीय विचार-विमर्श आयोजित किया। इसमें निर्देशक सिद्धान्तों का प्रारूप तैयार किया गया।

—1997 में मानवाधिकार पर संयुक्त राष्ट्र समिति ने इन सिद्धान्तों का स्वागत किया।

—1998 में संयुक्त राष्ट्र कमिश्नर कार्यालय और UN AIDS ने संयुक्त रूप से इन सिद्धान्तों को प्रकाशित कराया। इन्हें पॉलिसी डाक्यूमेंट्स (नीति प्रल्लेख) और मानवाधिकार व एचआईवी पर संयुक्त राष्ट्र समिति प्रस्तावों के आधार के रूप में उपयोग किया गया।

## *शोध और विकास*

महिलाओं द्वारा नियन्त्रित किए जानेवाले तरीके एचआईवी से सुरक्षा एजेंडा में खास महत्त्व रखते हैं क्योंकि अधिकांश एचआईवी इन्फेक्शन स्त्री-पुरुष के बीच यौन सम्पर्क से होते हैं। फिर भी वर्तमान में उपलब्ध एचआईवी से सुरक्षा उपाय मुख्यतः पुरुष नियन्त्रणवाले हैं। यौन सम्बन्धों में स्त्री कम शक्तिशाली सहयोगी होती है। उन्हें अक्सर अपनी इच्छा के विरुद्ध या नापसन्द सहयोगी के साथ सम्पर्क बनाना पड़ता है। यह जानने के बावजूद कि उनका सहयोगी एचआईवी पॉजिटिव हो सकता है उन्हें सेक्स से इनकार करने में मुश्किल होती है। अगर इस स्थिति को कुछ हद तक सुधार दिया जाए तो एचआईवी संक्रमण पर अनुकूल प्रभाव पड़ सकता है। अतः स्त्री के पास अपनी सुरक्षा के उपाय उपलब्ध होने चाहिए जैसे कि फीमेल कंडोम इत्यादि।

**माइक्रोबाइसाइड :** ये यौन सम्पर्क द्वारा फैलनेवाले इन्फेक्शन को कम कर सकते हैं। इन्हें कई रूपों, जैसे—जेल, क्रीम आदि रूपों में उपयोग किया जा सकता है।

**डायग्नोस्टिक :** ये तकनीकी उपकरण होते हैं जिनसे रोग का निदान किया जा सकता है। इसमें खून, मूत्र की जाँच, रेडियोलॉजी स्कैनिंग प्रक्रिया आदि सम्मिलित हैं।

**टीके :** एचआईवी की रोकथाम करनेवाला प्रभावी टीका विकासशील देशों में सबसे बढ़िया उपाय हो सकता है। हालाँकि इस प्रकार का कोई टीका फिलहाल उपलब्ध नहीं है।

## *DPKO नियमावली*

संयुक्त राष्ट्र के अंग DPKO (डिपार्टमेंट ऑफ पीसकीपिंग ऑपरेशंस) की नियमावली में जोखिम युक्त व्यवहार (रिस्क बिहेवियर) से सम्बन्धित तत्त्व हैं लेकिन इसमें एचआईवी/एड्स का खास उल्लेख नहीं है। DPKO नियमावली की अगले वर्ष पुनर्समीक्षा करने का इरादा रखता है।

## *कम और मध्यम आयवाले देशों के लिए वर्तमान और भविष्य में एचआईवी संक्रमण के खिलाफ स्रोत–*

पूरे विश्व में एड्स नियन्त्रण कार्यक्रमों की सफलता के बारे में पता चला है। युगांडा, थाईलैंड और ब्राजील ने प्रभावी कार्यक्रमों द्वारा इस रोग पर नियन्त्रण पाने में सफलता हासिल की है। बहरहाल पूरे विश्व में इस प्रतिक्रिया के लिए अतिरिक्त स्रोतों की आवश्यकता पड़ेगी। अनुमान लगाया गया है कि एचआईवी के खिलाफ विश्वव्यापी अभियान के लिए और एक दशक में 7-10 बिलियन अमेरिकी डॉलरों का अतिरिक्त स्रोत चाहिए। ऐसे स्रोत घरेलू (सार्वजनिक व निजी) तथा अन्तर्राष्ट्रीय स्रोतों द्वारा आएँगे।

अफ्रीका में आवश्यक स्रोतों पर किए गए कार्यों के परिप्रेक्ष्य में विश्व स्तर पर एचआईवी के लिए आवश्यक स्रोतों के बारे में ताजा अनुमान लगाया गया। इस अध्ययन के नतीजों से अनुमान लगाया गया कि पाँच सालों में विश्वस्तरीय कार्यक्रम के विस्तार के लिए 9.2 बिलियन अमेरिकी डॉलरों की आवश्यकता है। लगभग आधा स्रोत प्रभावी सुरक्षा कार्यक्रमों को लागू करने के लिए आवश्यक होगा और आधा एचआईवी से ग्रस्त लोगों व उनके परिवारों की देखभाल और सहयोग पर खर्च होगा। इन कार्यक्रमों के लिए फिलहाल 1.5 से 2 बिलियन तक खर्च हो रहा है, अर्थात् प्रभावी कार्यक्रमों के लिए इसमें पाँच गुना वृद्धि की आवश्यकता है। इन अनुमानों में कम व मध्यम आय वाले देश भी शामिल हैं।

यह अध्ययन विभिन्न देशों के अलग-अलग विश्लेषण पर आधारित है। इसमें रोग का स्तर, देखभाल व सहायता कार्यक्रमों का वर्चस्व, आधारभूत संरचना, सामाजिक लामबन्दी का स्तर और देश की सम्पन्नता का स्तर देखा गया। इन पैरामीटरों पर

आधारित एक मॉडल और यथार्थवादी लक्ष्य तैयार किए गए।

ये आँकड़े विभिन्न देशों की संरचना के अनुसार अलग-अलग हैं। जैसे एंटीरेट्रोवायरल थैरेपी द्वारा इलाज का पाँच वर्षीय लक्ष्य विस्तार विकासशील देशों के 43 प्रतिशत एचआईवी ग्रस्त लोगों तक पहुँचने का है, कमजोर आधारभूत संरचना और स्रोतवाले देशों में यह प्रतिशत 20 से कम और शक्तिशाली देशों में 40 प्रतिशत है।

ये स्रोत अन्य विकास स्रोतों के पूरक हैं। इनमें मूल संरचना जैसे अस्पताल आदि बनाने के लिए प्रावधान नहीं है।

# परिशिष्ट-'ङ'

## एड्स परिकल्पना का इतिहास (Michael u. Baumgartner, Switzerland)

1981 : लॉस एंजिल्स विश्वविद्यालय के डॉ. माइकल गॉटलीब ने सेंटर फॉर डिजीज कंट्रोल (CDC) को सूचित किया कि अमेरिका के पुरुष समलिंगियों में त्वचा रोग 'कापोसी सरकोमा' (के.एस.) और निमोनिया निमोसाइस्टिक कारिनी, (पी.सी.पी.) की घटनाएँ बढ़ रही हैं।

*(MMWR No. 21/vol. 30, 5 जून, 1981)*

1982 : CDC ने इस नई परिस्थिति को एक्वायर्ड इम्यून डिफिशिएंसी सिंड्रोम (एड्स) का नाम दिया जबकि यह जाहिर है कि के.एस. (त्वचा रोग) इम्यून डिफिशिएंसी (कम टी.सेल गणना) के कारण नहीं होता।

*(MMWR No. 37/vol. 31, 24 सितम्बर, 1982)*

1983 : 1. पास्चर इंस्टीट्यूट के Dr. Luc Montagnir ने एक पुरुष समलिंगी के लिम्फनॉड में कुछ रेट्रोवायरस तत्त्व पाए जिसे उसने 'लिम्फोडिनोपैथी एसोसिएटेड वायरस (LAV) का नाम दिया। इसे बाद में ह्यूमन इम्यूनो डिफिशिएंसी वायरस (HIV) के नाम से जाना गया।

*('साइंस' 20 मई, Vol. 220, 1983)*

2. अमेरिका के नेशनल कैंसर इंस्टीट्यूट में कैंसर शोधकर्ता डॉ. राबर्ट गैलो ने डॉ. मांटेग्नियर के शोधपत्र की जाँच करते हुए उसकी भूमिका में जोड़ा कि LAV तथाकथित ह्यूमन टी.सेल ल्यूकेमिया वायरस (HT LVS) समूह से सम्बन्धित है। इस वायरस की खोज के श्रेय के लिए 80 के दशक की शुरुआत में डॉ. गैलो ने दावा किया था (साइंस Vol. 220,20 मई, 1983) जबकि यह 70 के दशक के मध्य में ही जापान में पहचाना जा चुका था। (शिकागो ट्रिब्यून, 19 नवम्बर, 1989)। गैलो ने कहा कि HTLV I 'टी-सेल ल्यूकेमिया' का कारण था। यह टी.सेल्स को संक्रमित कर उन्हें

अनियन्त्रित तरीके से बहुगणित कर देता था। एड्स के मामले में HTLV III के द्वारा इसके बिल्कुल विपरीत कार्य करने का दावा किया गया। कहा गया कि यह इन टी. सेल्स को नुकसान पहुँचाकर उन्हें नष्ट करता है। ये दोनों परिकल्पनाएँ गलत सिद्ध हो चुकी हैं।

3. डॉ. मांटेग्नियर ने डॉ. गैलो को 'LAV' का नमूना भेजा जिसके साथ LAV पर आधारित भविष्य के टेस्ट किटों के लिए पेटेंट के अधिकार का भी दावा था। डॉ. गैलो ने कहा कि उनकी प्रयोगशाला LAV विकसित करने में असमर्थ है।

*(स्टीव कोनोर, 'न्यू साइंटिस्ट', 12 फरवरी, 1987)*

1984 : 1. डॉ. राबर्ट गैलो ने अपना यह दावा बरकरार रखा कि HTLV III ही टी-सेल को नष्ट करके एड्स उत्पन्न करता है। साथ ही उसने टी.सेल पंक्तियों में HTLV III के बहु उत्पादन पर पेटेंट भी प्राप्त किया।

*(साइंस, Vol. 224, 4 मई, 1984)*

2. डॉ. गैलो ने अपने HTLV III के चित्र प्रकाशित करवाए जो फ्रेंच LAV के चित्र निकले जिसे बाद में एचआईवी कहा गया।

*(साइंस Vol. 224, 4 मई, 1984)*

*(स्टीव कोनोर, न्यू साइंटिस्ट, 12 फरवरी, 1987)*

3. रीगन प्रशासन में स्वास्थ्य और मानवीय सेवा सचिव डॉ. माग्रेट हेकलर द्वारा बुलाए गए संवाददाता सम्मेलन में डॉ. गैलो ने HTLV III संक्रमण को 'एड्स का सम्भावित कारण' घोषित किया। हालाँकि इस दावे को पुष्ट करने के लिए कोई वैज्ञानिक शोधपत्र उपलब्ध नहीं था। इस तथ्य का जिक्र नहीं किया गया कि 72 में से 26 रोगियों में HTLV III और 49 में 43 रोगियों में HTLV III से सम्बन्धित एंटीबॉडीज का पता लगाने के लिए बेहद अविश्वसनीय एलीजा (ELISA) टेस्ट का प्रयोग किया गया।

4. अमेरिकी सरकार की तरफ से नेशनल इंस्टीट्यूट ऑफ हेल्थ (NIH) ने HTLV III एंटीबॉडी टेस्ट (एड्स टेस्ट) के लिए विश्वस्तरीय पेटेंट हासिल किया जिसमें डॉ. गैलो को भी हिस्सा मिला।

*(स्टीव कोनोर, न्यू सांइटिस्ट, 12 फरवरी, 1987)*

1985 : डी.एन.ए. विश्लेषण ने साबित किया कि मांटेग्नियर का LAV और गैलो का HTLV III समान हैं। डॉ. गैलो के एक नमूने में

LAV पाया गया। ऐसा एक बार पहले भी ह्यूमन ल्यूकेमिया वायरस 23 (HLV 23) के मामले में हुआ था जिसकी खोज का 1975 में गैलो ने दावा किया था लेकिन वह बन्दरों के तीन वायरसों का कॉकटेल पाया गया था।

*(स्टीव कोनोर, न्यू साइंटिस्ट, 12 फरवरी, 1987)*

1986 : 1. अन्तर्राष्ट्रीय समिति ने सभी विवादित वायरसों को 'ह्यूमन इम्यूनो डिफिशिएंसी वायरस' नाम दिया।

*(साइंस Vol. 232, 9 मई, 1986)*

2. फ्रांस सरकार ने अमेरिकी सरकार के खिलाफ पेटेंट अतिक्रमण का मुकदमा दायर कर दिया। और दावा किया कि डॉ. मांटेग्निर ने HIV की खोज की।

3. 70 के दशक की शुरुआत की विषैली कैंसर रोधी दवा AZT का एड्स रोगियों पर एंटीवायरल प्रभाव सिद्ध करने के लिए अमेरिकन फेज 2 अध्ययन शुरू हुआ। इसे समय पूर्व ही बन्द कर दिया गया क्योंकि दावा किया गया कि यह एड्स रोगियों का जीवन काल लम्बा करता है। बहुत से वैज्ञानिकों ने इस अध्ययन को धोखाधड़ी से परिपूर्ण बताया।

*(जॉन लौरिटसन, द ए.जेड.टी. स्टोरी : पॉयजन बाई प्रिस्क्रिप्शन, Askiepious, न्यूयार्क 1990)*

1987 : कैलीफोर्निया विश्वविद्यालय में मॉलिक्यूलर बायोलॉजिस्ट डॉ. पीटर ड्यूसबर्ग ने मनुष्यों में एचआईवी द्वारा टी.सेलों को नष्ट किए जाने पर सवाल उठाया और कहा कि CD 4 सेल्स (टी.सेल) इस प्रकार नष्ट नहीं होते।

*(कैंसर रिसर्च, Vol. 47, 1987)*

1988 : 1. डॉ. गैलो ने एचआईवी द्वारा टी.सेल्स को नष्ट किए जाने की अपनी परिकल्पना को नकारा लेकिन एचआईवी को एड्स का कारण माननेवाले अपने अप्रमाणित सिद्धान्त पर डटे रहे।

*(जर्नल ऑफ एक्वायर्ड इम्यून डिफिशिएंसी सिंड्रोम्स ने No. 6/Vol., I, 1988)*

2. एचआईवी पॉजिटिव लोगों पर AZT के एंटीवायरल प्रभाव की जाँच के लिए AZT के निर्माता 'वेलकम' के सहयोग से एक एंग्लो-फ्रेंच अध्ययन शुरू हुआ। अभी तक पश्चिमी देशों में रिस्क ग्रुप के लोगों को AZT दिया जाता रहा है।

1989 : 'यू.एस. रिक्रूट' अध्ययन में 20 से कम आयु के युवा सैनिकों का एचआईवी परीक्षण किया गया। लगभग साढ़े तीन वर्ष की अवधि

के दौरान केवल 393 को पॉजिटिव पाया गया जो 0.035 प्रतिशत से भी कम है।

*(JAMA 15 Vol. 263, 18 अप्रैल, 1990)*

1990 : सेन-फ्रांसिस्को में एक संवाददाता सम्मेलन में Dr. Montagnier ने कहा कि सिर्फ एचआईवी टी-सेल्स को नष्ट नहीं करता।

1992 : 1. अमेरिकन बायोकैमिस्ट और पॉलिमिरेस चेन रिएक्शन (PCR) के आविष्कारक डॉ. कैरी मुलिस ने कहा कि PCR ने एचआईवी को देखना आसान बना दिया है लेकिन मनुष्यों में असंख्य रेट्रोवायरस हैं और एचआईवी या कोई अन्य रेट्रोवायरस किसी प्रकार का खतरा उत्पन्न नहीं करता। इसका अर्थ यह नहीं कि एड्स जैसी कोई चीज नहीं है, बल्कि यह कि एचआईवी उसका कारण नहीं है।

2. NIH का एक वैज्ञानिक अंग 'द कमिटी ऑफ रिसर्च इंटीग्रिटी' एड्स वायरस की स्थापना से सम्बन्धित कई अवसरों पर वैज्ञानिक दुर्व्यवहार का दोषी पाया गया।

*(शिकागो ट्रिब्यून, 19 नवम्बर, 1989)*

3. पूरे विश्व के वरिष्ठ वैज्ञानिकों और डॉक्टरों ने 'रिएप्रेजिंग एड्स' नामक प्रकाशन समूह का निर्माण किया जिसमें एड्स परिकल्पना के प्रोफेशनल पुनर्मूल्यांकन का प्रस्ताव रखा।

1993 : 1. इस बात के प्रमाण मिले कि पश्चिमी देशों में एचआईवी पॉजिटिव घोषित अधिकतर लोग रेट्रोवायरस का पता लगने के पन्द्रह साल बाद तक एड्स से पीड़ित नहीं हुए।

*(WER, WHO Repcrt No. 27, 1993)*

2. पहली बार जेनेवा में 'पीपुल्स इंटरनेशनल हेल्थ प्रोजेक्ट' द्वारा एड्स परिकल्पना और लोगों के जीवन पर उसके प्रभाव के बारे में कार्रवाई की अपील की गई।

*(प्रेस रिलीज HR 3358, children's issues एजेंडा आइटम 24 और HR 3360 साइंस एंड टेक्नोलॉजी, एजेंडा आइटम 14)*

3. AZT के कॉनकार्ड ट्रायल से उसके प्रभावों के बारे में कुछ पता नहीं चल पाया लेकिन प्लेसबो ग्रुप की बजाय AZT ग्रुप में मृत्युदर अधिक पाई गई। इसके बाद भी निर्माता वेलकम ग्रुप एक पुराने आस्ट्रेलियन अध्ययन और अन्य छोटे-मोटे अध्ययनों का हवाला देते हुए इस दवा की क्षमताओं के बारे में भरोसा दिलाते रहे।

*(Lancet, Vol. 341, 3 अप्रैल, 1993)*

4. आस्ट्रेलिया के रॉयल पर्थ अस्पताल के भौतिक शास्त्री

Dr. Eleni Papadopulos-Eleopulos ने सभी एचआईवी टेस्टों—ELISA, वेस्टर्न ब्लॉट और पी.सी.आर. की अप्रामाणिकता सिद्ध की। इस शोध ने दर्शाया कि एचआईवी से असम्बद्ध अन्य शारीरिक अवस्थाएँ जैसे टी.बी. मलेरिया, कुष्ठ, हैपेटाइटिस बी का टीकाकरण, यहाँ तक कि साधारण फ्लू या फ्लू का टीकाकरण एचआईवी टेस्ट में पॉजिटिव परिणाम दे सकता है।

5. 4621 एड्स रोगी ऐसे पाए गए जिनमें एचआईवी नहीं पाया गया। इनमें से कम से कम 1500 अमेरिका में थे।

*(बायोटेक्नोलॉजी, Vol. II, अगस्त, 1992)*

6. CDC ने फिर से एड्स की परिभाषा को विस्तार दिया। अब प्रति माइक्रोलीटर रक्त में 200 या उससे कम टी.सेल, गले का कैंसर, बैक्टीरियल निमोनिया का बार-बार आक्रमण या पुराने 25 रोगों में से कोई हो और एचआईवी एंटीबॉडीज भी उपस्थित हों तो सम्बन्धित व्यक्ति एड्स से पीड़ित है।

*(MMWR No. RR17/Vol. 41, 1993)*

7. डॉ. कैरी मुलिस को पी.सी.आर. के लिए रसायनशास्त्र का नोबेल पुरस्कार दिया गया। उन्होंने एड्स के एचआईवी सिद्धान्त को नकारना जारी रखा।

8. वैज्ञानिक दुर्व्यवहार की परिभाषा में फेर-बदल करके वकीलों के एक पैनल ने डॉ. गैलो को इस दोष से बरी कर दिया।

9. एड्स के आलोचक समाचारपत्र 'द न्यूयार्क नेटिव' की अमेरिकन पत्रकार Neenyah Ostrom ने अपनी पुस्तक प्रकाशित की जिसमें 'क्रोनिक फेटिग सिंड्रोम (CFS) और एक्वायर्ड इम्यून डिफिशिएंसी सिंड्रोम (AIDS) के बीच जुड़ाव की बात कही।

1994 : 1. Mrs. Sue Threakell ने वेलकम ग्रुप पर अभियोग लगाने के लिए इंग्लैंड में कानूनी मदद ली। उसने हेमोफीलिया से ग्रस्त अपने पति की मौत के लिए एड्सरोधी दवा AZT को दोषी ठहराया। यह मामला अभी अनिर्णीत है।

2. 'कॉनकार्ड ट्रायल' के सम्पूर्ण आधिकारिक आँकड़े अध्ययन के बीच में ही खत्म होने के एक साल बाद जारी किए गए और इसने उन शुरुआती खोजों की पुष्टि की कि इसका कोई Prophylactic आधार नहीं है और इससे मृत्युदर में वृद्धि होती है। (कॉनकार्ड कोआर्डिनेटिंग कमिटी, लांसेट, Vol. 343, 9 अप्रैल, 1994) कोआर्डिनेटिंग कमिटी में शामिल वेलकम कर्मचारियों को इस रिपोर्ट की पुष्टि न करने को कहा गया।

3. 'हारबर्ड यूनिवर्सिटी स्कूल ऑफ पब्लिक हेल्थ' के Dr. Max Essex जो एचआईवी एड्स सिद्धान्त के मूल प्रवर्तक थे, ने प्रमाणित किया कि एचआईवी टेस्ट अफ्रीका में कथित महामारी के विशिष्ट सन्दर्भ से सम्बद्ध नहीं है जहाँ एड्स रोगियों की संख्या बढ़ा-चढ़ाकर बताई जाती रही है।

*(जर्नल ऑफ इन्फेक्शस डिजीजेस, Vol. 169, 1994)*

4. 'नेशनल इंस्टीट्यूट ऑफ ड्रग एब्यूज' द्वारा प्रायोजित एक बैठक में डॉ. गैलो ने स्वीकार किया कि टी.सेल्स में एचआईवीडी.एन.ए. कभी नहीं मिले।

*(Lauritsen, New York Native, June 13, 1994)*

5. आखिरकार Dr. Montagnier को एचआईवी की खोज के लिए अकेले श्रेय दिया गया।

*(न्यूजवीक, जुलाई, 1994)*

6. रॉयल फ्री हॉस्पिटल, लन्दन द्वारा किए गए एक अध्ययन ने दावा किया कि 25 प्रतिशत एचआईवी संक्रमित हेमोफीलिया रोगी लगभग 20 वर्षों तक एड्स से मुक्त रहेंगे और 15 प्रतिशत हेमोफीलिया रोगी 25 साल से अधिक अवधि तक एड्स मुक्त रहेंगे।

*(ब्रिटिश मेडिकल जर्नल Vol. 309, 1994)*

7. अमेरिका के 'हेल्थ एंड ह्यूमन सर्विसेज' विभाग के इंस्पेक्टर जनरल के ऑफिस ने रिपोर्ट दी कि वायरस की खोज और एड्स टेस्ट के लिए डॉ. गैलो के दावे का कोई प्रमाण नहीं है कि न ही उन्होंने अकेले यह खोज की है।

*(Ostorm, New York Native, Vol. 585, जुलाई, 94)*

8. जर्मनी के University of konstang के मॉलीक्यूलर बायोलॉजिस्ट Dr. Stefan Lanka ने कहा कि एचआईवी के अस्तित्व का कोई प्रमाण नहीं है।

*(Fehidiaghose AIDS, wechselwirkelng, दिसम्बर, 94)*

योकोहामा में दसवीं अन्तर्राष्ट्रीय एड्स सम्मेलन में जापानी वैज्ञानिकों ने अब दावा किया है कि एड्स एक ऑटो इम्यून बीमारी है यानी इम्यून सिस्टम ही अवयवों के खिलाफ काम करने लगती है। अब तक प्रचलित ऑटो-इम्यून रोग टॉक्सिन के कारण होते हैं न कि वायरसों के कारण।

बहरहाल AZT और अन्य एंटीवायरल थैरेपी जो उतने ही खतरनाक हैं, पश्चिमी देशों के एचआईवी पॉजिटिव और एड्स

रोगियों को लगातार दिए जा रहे हैं। जल्द ही AZT दूसरे ब्रांड नाम से 'तीसरे विश्व' के देशों में भी उपलब्ध होगी।

22 बिलियन अमेरिकन डॉलरों और दस साल के एचआईवी शोध और 'एड्स महामारी' के दावे के बावजूद लोग एक अनिश्चित परिकल्पना जिसे एक्वायर्ड इम्युनो डिफिशिएंसी सिंड्रोम नाम दिया गया, के कारण मौत के शिकार हो रहे हैं। जबकि यह तथ्य अपनी जगह है कि 40 प्रतिशत 'एड्स रोग' इम्यूनो डिफिशिएंसी के कारण नहीं होते। इसमें के.एस. भी शामिल है जो शुरुआती एड्स सूचक रोगों में एक है।

*(Lang serge, HIV/AIDS : have we been misled, Yale Scientist, Fall, 1994)*

1995 : 1. 'Aaron Dimond AIDS research centre' , न्यूयार्क सिटी के डॉ. डेविड हो ने दावा किया कि एचआईवी हर दूसरे दिन करोड़ों वायरसों का उत्पादन करता है और इस प्रकार करोड़ों CD4 टी-सेल्स को नष्ट करके इम्यून सिस्टम को क्षति पहुँचाता है।

*(साइंस, 373 पेज. 102)*

2. गम्भीर वैज्ञानिक सन्देहों और पूर्व असफलताओं के बावजूद CD4 ने अमेरिका में निर्मित टीकाकरण परीक्षण तीसरी दुनिया के लिए जारी करने का निर्णय लिया। ('स्पिन' पत्रिका, जनवरी, 95)

3. एक लेख में सिडनी विश्वविद्यालय के मार्क क्रैडोक ने हो के कार्यों में बहुत सी गलतियों की ओर ध्यान खींचा जैसे कि गणितीय गलतियाँ, गलत गणना आदि।

*(रिअप्रेजिंग एड्स, Vol. 3/no.5, मई 1995)*

4. नई एंटी वायरल दवाएँ–प्रोटीज इनहिबिटर्स के साथ नवीनतम उपचार लांच किया गया। किसी प्रकार के क्लिनिकल लाभ का कोई प्रमाण नहीं लेकिन फिर भी ये दवाएँ बेहद महँगी।

1996 : 1. Prof. Alfred Hassig ने दबाव सम्बन्धित इम्यून डिफिशिएंसी का एक उदाहरण प्रस्तुत किया जिसमें बताया गया कि एचआईवी की उपस्थिति के बिना भी CD4 में कमी आई।

*(CONTINUUM, Vol. 3/No.5, जनवरी-फरवरी 96)*

2. जर्मनी की एक याचिका प्रक्रिया में वहाँ के स्वास्थ्य मन्त्री को शुरुआती इनकार के बाद यह पुष्टि करनी पड़ी कि एचआईवी पॉजिटिव घोषित लोगों के खून में एचआईवी का कोई चिह्न नहीं पाया गया।

3. Heinrich Kremer ने बारसीलोना, स्पेन में हुए एक सम्मेलन

में बताया कि एड्स के लिए दी जानेवाली बहुत सी दवाओं से कोशिकाएँ नष्ट होती हैं।

*(CONTINUUM, Vol. 4/No. 4, नवम्बर-दिसम्बर, 96)*

4. एमस्टरडम विश्वविद्यालय में इन शोधकर्ताओं की एक टीम ने 'हो' की खोजों को गलत सिद्ध किया। उन्हें इस बात का कोई प्रमाण नहीं मिला कि एचआईवी संक्रमण के कारण CD 4 टी-सेल्स में तेजी से बदलाव लाता है।

*(साइंस, Vol. 274, नवम्बर 96)*

इस पूरे प्रकरण में 1970 में जापान के 'स्मॉन' (SMON) स्वास्थ्य स्कैंडल की याद ताजा हो जाती है जहाँ कथित 'Inoui virus', नहीं बल्कि एंटी-डायरिया दवा Clioquinol एवं Mexa form के कारण हजारों लोग मौत के शिकार हुए।

# परिशिष्ट-'च'

## एचआईवी सम्बन्धी शब्दावली

**एड्स :** एक रोग के रूप में प्रचलित एड्स हकीकत में 29 एवं अन्य सामान्य स्वास्थ्य समस्याओं का एक नया नाम है। एचआईवी पॉजिटिव व्यक्ति में यदि ये समस्याएँ उभरती हैं तो उसे एड्स पीड़ित माना जाता है। उदाहरण के लिए, एक एचआईवी पॉजिटिव व्यक्ति को यदि हरपीज है तो वह एड्स पीड़ित है जबकि एचआईवी निगेटिव व्यक्ति को यदि हरपीज है तो उसे एड्स नहीं है। ये सभी 29 स्वास्थ्य अवस्थाएँ सिर्फ एचआईवी पॉजिटिव लोगों को ही नहीं होतीं, सभी लोगों में पाई जाती हैं।

**एड्स शिक्षा/एड्स जागरूकता :** एचआईवी और एड्स के सम्बन्ध में प्रचलित मतों, अप्रमाणित दावों और मिथ्या अनुमानों की प्रस्तुति जिसमें तथ्यात्मक जानकारी का अभाव होता है।

**एड्स महामारी :** सामान्यतः महामारी ऐसे संक्रामक रोग के प्रकोप को कहते हैं जो तेजी से फैलता है, तुरन्त उत्पन्न होता है और व्यापक रूप से प्रसारित होता है। 1981 के बाद से एड्स केवल 'ओरिजनल रिस्क ग्रुप' तक ही सीमित रहा है, रिस्क ग्रुप सदस्यों में भी तेजी से नहीं फैला और विश्व में कहीं भी व्यापक स्तर पर फैला नहीं है। उदाहरण के लिए, एड्स से सर्वाधिक प्रभावित माने जानेवाले अफ्रीका महाद्वीप में 99.5 प्रतिशत लोगों को एड्स नहीं है।

**एड्स संक्रमित :** एक अप्रामाणिक टेस्ट में पॉजिटिव पाए जानेवाले लोगों के लिए प्रयुक्त किया जानेवाला एक भ्रामक और बेतुका शब्द। एड्स संक्रमण जैसी कोई चीज वास्तव में नहीं है।

**एड्स सम्बन्धित :** कोई भी तकलीफदेह स्वास्थ्य समस्या जो एड्स की आधिकारिक परिभाषा में शामिल नहीं है, अगर एचआईवी पॉजिटिव व्यक्ति में उभरती है तो उसका श्रेय एड्स को दिया जाता है। अधिकतर एड्स सम्बन्धित शारीरिक समस्याएँ एड्स की चिकित्सा के कारण होती है जिनके लिए अन्य एड्स दवाएँ दी जाती हैं।

**एड्स जाँच :** एड्स जाँच असलियत में एचआईवी के खिलाफ सक्रिय एंटीबॉडीज की जाँच होती है हालाँकि एचआईवी टेस्ट एचआईवी सम्बन्धी एंटीबॉडीज की विशिष्ट पहचान